唐山的晨雾汶川的風

我的两次抗震救灾

贾方亮 著

中共党史出版社

图书在版编目（CIP）数据

唐山的晨雾汶川的风：我的两次抗震救灾 / 贾方亮著 .
— 北京：中共党史出版社，2018.4
ISBN 978-7-5098-4549-3

Ⅰ . ①唐… Ⅱ . ①贾… Ⅲ . ①抗震救灾—概况—唐山
②抗震救灾—概况—汶川县 Ⅳ . ① D632.5
中国版本图书馆 CIP 数据核字 (2018) 第 013698 号

出版发行：中共党史出版社
责任编辑：吕佳音
复　　审：潘鹏
终　　审：汪晓军
责任校对：龚秀华
责任印制：谷智宇
责任监制：贺冬英
社　　址：北京市海淀区芙蓉里南街 6 号院 1 号楼
邮　　编：100080
网　　址：www.dscbs.com
经　　销：新华书店
印　　刷：北京盛通印刷股份有限公司
开　　本：170mm × 240mm　1/16
字　　数：238 千字
印　　张：18.5
印　　数：1—5070 册
版　　次：2018 年 4 月第 1 版
印　　次：2018 年 4 月第 1 次印刷

ISBN 978-7-5098-4549-3
定　　价：58.00 元

唐山的晨霧
汶川的風

遲浩田

中央军委原副主席迟浩田题写书名

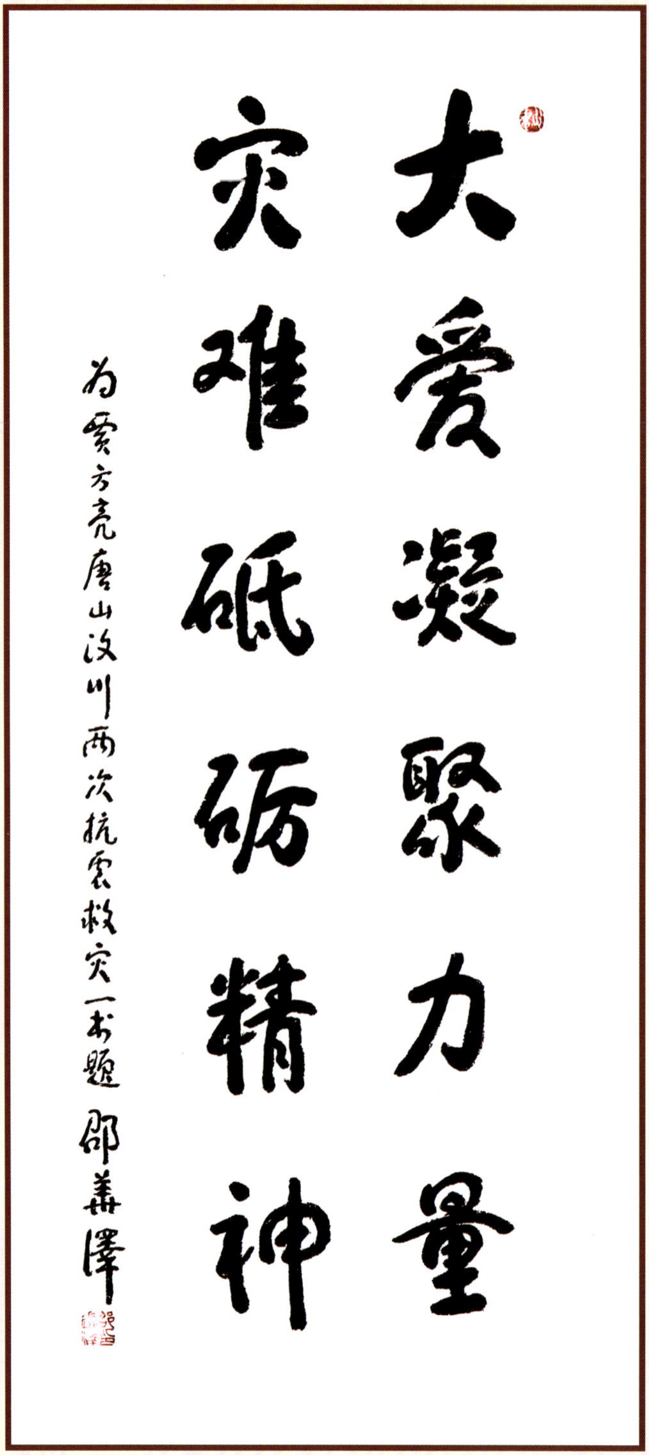

人民日报社原社长、中华全国新闻工作者协会名誉主席邵华泽题词

目录

当人民需要的时候

——序《唐山的晨雾汶川的风》

一个人的一生总会有许多所经历的重要时刻铭记在心，这亦可将其称之为宝贵而独有的精神库存。当于云淡风轻、山川悠然的闲暇之时，必定会以鲜有的充裕时间和依然澎湃的激情，对这一切进行反刍式的回溯与咀嚼，而从中品尝出万千滋味。在唐山大地震42周年和汶川大地震10周年即将来临之际，作为两次大地震的亲历者，也是我的老领导的贾方亮将军，这类颇有生命不能承受之重的灾难性事件，以及在灾难面前一个民族肉体的伤痛和精神的升腾，就自然成为其审视和观照的最为沉重和慷慨的不二选择，进而以饱含的情感、深沉的忧思和凝重的笔墨，来进行灼热如厮、不能自已的追忆和书写，因此便有了《唐山的晨雾汶川的风》这样大气酣畅、直叩心扉的力作。

随着作者叙述的渐次展开，我们首先看到的是1976年唐山大地震发生后奉命出征的贾方亮，还是一位年轻热血的基层军官。他与众多衔命而来的战友一起，在大地震废墟上奔走和忙碌，全身心地感受这山崩地裂般的灾难，给唐山人民造成的巨大而惨不忍睹的死伤，不舍昼夜地拯救或挖掘大地震的幸存者或罹难者，使数不清的绿色身影成为灾区民众重生的希望和精神的慰藉。其精湛、深蕴和写实性的文字，具有某种刺人眼目、震撼心灵的力量。而在2008年汶川大地震发生时，贾方亮已是武警水电部队将星闪耀的政委，灾难传来时的牵挂，身心焦灼般的运筹，特别是于危险重重之中亲临一线指挥，都被那一管情真意切的有力之笔一一道来，无疑显示出了其所具有的更高的视野，承担起了更重的担子，体现出了更深挚的情怀。诸如指挥转移一批批惊魂未定的受灾群众，抢通一条条犹如命脉般的道路，解除唐家山等一个个危水高悬的堰塞湖威胁等,真切地再现了艰苦卓绝的抗震历程和作者自我的心路历程，章节字句之间蕴含着既扎心、更暖心的冲击力。

两次大地震虽然都以过去时定格了，但作者却引领我们再度回到地震时间，体会它们突然来临后的日日夜夜和分分秒秒。对于大地震之中种种为人们知之不详，或不应忘却的过程或细节，无论是前者所处年代的信息不畅，抑或是后者堪称拉网式的报道，都是难同作者这种身临其境、耳闻目睹和记忆犹新的第一人称写作相比拟的。作品必将有助于读者在某种阅读的心境之下，去重温那些不堪回首的时刻，使我们的心跟随作者再一次进行那样艰难的跋涉，为大地在倏忽之间爆发的震怒和蛮力而惊恐，为无数生灵猝不及防地悲惨逝去而哀伤，为民族遭受如此深重无辜的灾害而痛惜，也为中华民族所表现出的遇难雄起、众志成城的意志与精神而鼓舞，更为我们的党、政府和人民子弟兵在国难当头之时，秉持人民至上、生命至上的理念，所采取的迅速有效、全力以赴和大规模的施救行动，所体现出的巨大的仁爱与关切之情、责任与担当之心而宽慰。那一幕幕令人揪心泣血的惨状，那一行行冲锋陷阵般的军人队列，那一幅幅气壮山河的救灾战斗场景，都是民族大爱情怀和抗震精神的凝聚和激发，都仿佛是民族经历的一次次凤凰涅槃式的再生。

同样令我们为之感慨和赞佩的，两次参与如此重大的非战争军事行动，在其漫长而纷繁的军旅生涯中，都不过是较为短暂的段落。但透过这部洋洋洒洒、带血含泪的20多万字作品，我们看到的则是一个为将者对于大地震这类突发事件，及其所造成的极度破坏和严重后果，所具有的悲悯与思致、对策与建议、胸怀与境界。作者军人情怀的真挚、火热与丰沛，不仅体现在其多维度的叙事中，还体现在多向度的思考中。诸如从自己最为切身的经历和独特的感知出发，结合对于世界地震史和大地震相关案例的悉心剖析，提出鉴于当前地震的预报水平，还不足于使人类能够及时而有效地躲过大地震的侵害，应当着眼与着力于加强预防措施的见解；再譬如认为对大地震废墟不应是不假思索、毫无章法的匆忙清理，而提出保留下“地震遗址遗迹这一鲜活的历史与自然的印记”，使之成为重要的自然遗产发挥其独具的功能等设想。这都显然表明作者并不满足和停留于往日情景的追忆上，而反映出一种想得更为深远的科学与务实的态度。对这一切的思考，可能在其参加实际的抗震救灾中就已经进行了，而在更长时间里想必仍然萦绕在胸，及至进入本书的写作与梳理过程时，更形成了这类理性警醒、富有价值的认识。

应该说，一生能作为亲历者、战斗者、指挥者，先后两次参加举世瞩目的大地震的抗震救灾行动，既是悲怆的也是幸运的，其所不忍直视的惨烈生死与使其热血沸腾的伟大抗争，都必将在作者心中产生极度的震撼，灵魂也一定仿佛被有力地洗礼和重塑了。两次大地震给作者留下的记忆因过于强烈而挥之不去，倘若不能将其行诸烫人灼心的文字，将会是其终生的遗憾。因此，当这一切经过时间的沉淀与发酵，以及各种相关资料严谨细致地披拣、翻阅和运用，《唐山的晨雾汶川的风》因此就呼之欲出了。而长期从事部队思想、政治、理论教育工作的作者，本身不仅具有行文走笔、叙事状物的高度和深度，而采用报告文学的体裁来写这类回忆录，也是非常恰当和明智的，从而使自己获得了充分的话语自由。作品所鲜明呈现出的田野调查式的、第一现场式的述说特征，都使他的作品成为写实、抒情和思辨融合，亲历性、史料性和科普性兼具的权威版本。从这个意义上讲，这是一部值得广大读者倾心一读和长久珍藏的力作。

汪守德

2018 年春节前夕

（作者为原总政治部宣传部文艺局局长、著名文艺评论家）

地震是什么？有人说，地震是地球的一声叹息。或许这是一声不经意的叹息，却让人类蒙受苦难，说不尽生命之痛、家国之殇。

中国位于环太平洋地震带与欧亚地震带之间，是一个地震多发的国家。有这样一些数字不该忘记：中国占世界7%的国土面积，五个区域分布着23条地震带，承受了全球35%的7.0级以上的大陆强震，是世界上地震最多的国家之一。20世纪以来，中国共发生6.0级以上地震近800次，遍布除贵州、浙江两省和香港、澳门特别行政区以外所有的省、市、自治区，死于地震的人数达60万之多，占同期全球地震死亡人数的53%。在包括因洪水、山火、泥石流等各种自然灾害死亡人数中，地震居群害之首。

40多年走来，时间距离并不算遥远。经历过的人们都会忆及，仿佛就在昨天的两次地动山摇，其情其景，犹如锥心——

1976年7月28日，里氏7.8级的强烈地震袭击了唐山；

2008年5月12日，里氏8.0级的特大地震降临在汶川。

使命在肩。我先后全过程地参加了两次波澜壮阔的抗震救灾。有的同志说，这不容易。一方面是因为两次地震，时间跨度32年；一方面是因为唐山与汶川，海北与天南，地理距离遥远；另一方面是因为不是所有的部队都能够参加所有的抢险救灾。

然而，从唐山到汶川，我都赶上了。

第一篇

唐山印记

1976年，那是农历丙辰年，我在16军坦克团政治处当干事，24岁。那时，关于地震，只知道邢台地震、海城地震，知道天发怒了，地颤抖了，地震来了，于是房倒屋塌、家毁人亡。感觉上，地震离自己很遥远，遥远的如同太平洋海啸，如同美国俄州龙卷风，如同南极冰川崩塌。

然而，没多久，我就亲身感受了地震的恐怖，经历了感天动地的抗震救灾。

第一章 唐山怎么了?

7月28日，星期三，再过5天就是七夕，一个有情人相亲相爱的日子。

那天，时在农历大暑，长白山脚下的吉林地区天气却没有那么酷热。清晨，太阳从庄稼地里慢慢升起来，薄雾淡抹，微风习习，清爽宜人。一早，我们起床准备出操。站在操场上，几个同志相互打听：下半夜是不是地震了，床铺怎么一直在晃？那时的我，快乐单身汉一个，睡着了，打雷下雨都没有感觉。

出操归来，太阳的光晕一圈接着一圈，异样的炫目耀眼，似乎预示着这是一个不平常的日子。上午，我们几个同志在办公室研究汇报材料。一位65年入伍的老干事悄然进来说，听军机关的同志讲，唐山发生了地震，死人不少。那时，我对唐山并没有多少印象，只知道那里的开滦煤矿、“穷棒子社”很有名，知道那里有位抗日英雄节振国。

听到这个最早的地震消息，大家心头一沉，尽管谁也没有往更严重的地方想，但话题集中在唐山，没离开地震。我们都没有亲历过地震，但议论起来话还是不少。大家议起1966年3月河北邢台地震，印象最深的是周恩来总理三次亲临灾区视察慰问；议起1975年2月海城地震，那是发生在不远的辽宁，由于预报准确没有多少人伤亡。我们团有一批邻近唐山的宝坻、大厂、三河籍干部，记忆中是上世纪60年代初入伍的，大都在营连主官岗位上工作。快中午了，不知道他们从哪儿听到的音信，心急火燎地跑到政治处打听消息：上级有没有通报？军机关有没有说法？我们什么也不清楚，结果只能使他们失望。大家心里都揣着一个问号——唐山真的发生了地震？

我们还议论到，如果唐山真的发生了地震，报纸、广播会不会报道？新闻学中，灾害报道是新闻传播的重要内容。但是，长期以来，由于种种原因的限制，灾害报道成为新闻传播的"禁地"。尤其是"文化大革命"时期，灾害报道更是受到严格控制。有一位老干事，河南人，讲起了"75·8"大水。

1975年8月初，中国内地"7503号"台风，穿越台湾岛后在福建晋江登陆，以罕见的强力，越江西，穿湖南，在常德附近突然转向，北渡长江直入中原腹地，带来如注的暴雨。暴雨的中心位于驻马店地区板桥水库的林庄，最大6小时雨量830毫米，超过了当时世界最高纪录（美国宾州密士港）的782毫米；最大24小时雨量1060毫米，也创造了中国同类指标的最高纪录。暴雨区形成的特大洪水，量大、峰高、势猛，致使板桥、石漫滩两座大型水库，竹沟、田岗两座中型水库，以及58座小型水库在短短数小时间相继垮坝溃决，成为世界最大的水库垮坝惨剧。在这一被称为"75·8"大水的灾难中，河南有29个县市、1700万亩农田被淹，1100万人受灾，超过2.6万人遇难，倒塌房屋596万间，冲走耕畜30.23万头，猪72万头。纵贯中国南北的京广铁路被冲毁102公里，中断行车18天，影响运输48天，直接经济损失近百亿元。由一场特大暴雨而引发整整一个水库群的大规模溃决——无论是垮坝水库的数目，还是蒙难者的人数，都远在全球同类事件之上。这样一场震惊世界的重大灾难，国内媒体讳莫如深，鲜有报道。如今，这场大水灾已经过去40多年，在中国报刊和新闻史上仍是一个“空白”。

尽管没有准确的消息，大家只是议论和揣摩，但凭直觉，还是预感到这次地震来势不小，唐山恐怕凶多吉少。中午，接到军司令部命令——坦克团出动36台运输车辆，配属46师赶赴唐山抗震救灾。一时间，机关上下忙碌起来。尽管我们出动的是一个汽车连，但配属的是46师，从千里之外的吉林，调一个全训师到唐山抗震救灾，说明唐山地震非同小可。团党委迅速研究确定，团里派出指挥组，由参谋长李树春和政治处副主任赵银成带队。机关人员很精干，只有司令部参谋秦希峰、政治处一位老干事和卫生队军医姜殿文3个人。

那时的我，正是年轻气盛，遇到大一点的任务，一腔热血，总想向前冲一冲，不是想表现，只是想经受一下考验，再加上见见世面。有的同志鼓动我，去找政治处孙登龙主任。于是，我莽撞地跑到主任办公室要求去唐山。没有想到的是，领导竟然同意由我换下那位老干事，估计是因为我去可以兼搞新闻报道，多少还懂一些摄影。现在想来，坚决要求上战场是好事，其他同志何尝不是如此？！

一切按照打仗的标准进行：组织动员部队，报送铁路输送计划，检修车辆装备，准备个人物品。李树春参谋长带我和秦希峰参谋到汽车连，一个一个人员、一台一台车辆检查落实情况。很快，我们做好了各种准备，14时向梅河口车站开进，团长、政委和机关的同志在大门口为我们送行，很有几分出征的悲壮。

我们的驻地海龙县，那时县城叫梅河口，位于吉林省东南部、通化市北部、长白山西麓、辉发河上游，地处松辽平原与长白山区的过渡地带。梅河口火车站是全国46个全路编组站之一，沈（沈阳）吉（吉林）线、长（长春）通（通化）线两条铁路交叉通过。车站反应之快，出乎我们的预料，运载大型车辆和装备的平板车早早推进站台。后来我们知道，铁道部已经下达紧急指令，务必保证救灾部队铁路输送。17时许，部队开始装载，一台一台车辆固定好，每两台车安排一名驾驶员值守。平板车前部挂了一节闷罐车，我们在车厢里垫上稻草，铺上竹席，然后是随身携带的被褥，准备好蜡烛、气灯、手电筒和必不可少的便桶，一切准备就绪。23时左右，漆黑的夜色下，列车缓缓启动，向唐山进发。

从梅河口到唐山，先是走由吉林到沈阳的沈吉线，进入沈阳后转行京沈线，铁路距离816公里。列车疾驶前行，闷罐车厢里极度闷热，光线昏暗，空气混浊，“咣当”声不停，大家的心情似乎也不平静。我们几个干部围着暗淡的灯光又议论起唐山，议论起地震，分析很快就要投入的抗震救灾会是什么样子。夜幕黝黑，有的同志进入梦乡，有的一夜未眠。我是似睡非睡，刚睡着又醒，醒了又困，总算熬过一宿。

从梅河口出发，途经清原、新宾、抚顺，第二天一早到了沈阳。车厢里，我们收听到中央人民广播电台播发的新华社关于地震的消息：“我国河北省冀东地区的唐山——丰南一带，7月28日3时42分发生强烈地震。天津、北京市也有较强震感。据我国地震台网测定，这次地震为7.5级，震中在北纬39.4度，东经118.1度。震中地区遭到不同程度的损失……”

那个年代，有经验的人读新闻，会从“形势大好”、“莺歌燕舞”、“空前团结”中，捕捉到蛛丝马迹的异样信息。这则消息，关于地震本身的描述，仅限于时间——7月28日3时42分，地点——唐山、丰南一带，震级——7.5级。关于震情，只有“震中地区遭到不同程度的损失”一句话。更多的是强调，“他们决心在毛主席的革命路线指引下，在批邓、反击右倾翻案风斗争取得伟大胜利的大好形势下，发扬人定胜天的大无畏革命精神，团结起来，奋发图强，夺取这场抗灾斗争的胜利”。当时，正值“批邓、反击右倾翻案风”如火如荼，从这条典型的泛政治化的灾害报道中，我们意识到，唐山地震能够作为重要新闻放在头条播出来，本身就意味着灾情的严重性，唐山要命了！

第二章 车过滦河

一直到锦州，列车运行是顺利的。过了锦州，开始走走停停；到了秦皇岛，一停就是几个小时。大家心急如焚，一遍一遍地同车站工作人员交涉，不厌其烦地催促。铁路同志讲，唐山地震，整个京沈线受到程度不同的破坏，从昌黎向关外尚可通行，但也并不安全。现在，他们是在冒死调度运行，最大限度地增大通行容量。

无论那时还是今天，京沈线都是联结关内与关外的重要干线，也是中国通过能力最大和最繁忙的铁路交通大动脉之一。它自北京向东南进入天津，越过冀东平原，出山海关，沿渤海北部的辽西走廊，过锦州达沈阳，全长859公里。这条铁路，北京至山海关段是中国人自己修建的第一条铁路，因而在中国铁路史上具有标志性的意义。此时，一次历史上罕见的全国范围内受伤灾民大转移已经开始。按照党中央、国务院部署，唐山10万多名危重伤员开始向吉林、辽宁、山西、陕西、河南、湖北、江苏、安徽、山东、浙江、上海等全国11个省市转运治疗，而转运的主要交通工具是铁路。震后最初几天，唐山至北京方向的铁路正在抢通，转运的方向主要集中在关外，这就极大地增大了昌黎、秦皇岛、锦州一线铁路部门的压力。

急也没有用，我们只能等待。继续前行是北戴河，车速越发缓慢，估计不会超过几十公里。沿途从灾区转运出来的伤员越来越多，基本上都是重伤者，或是躺在担架上，或是被人搀扶着，破衣烂衫，血迹斑斑，情形十分凄惨。这已是震后第二天，多数伤者是被先期进入的部队转运出来的，在沿途车站等候换乘火车。

停车间隙，我们向一些伤者和护送的人们打听情况。还记得一个40多岁的伤员，因水泥房梁砸在肚子上，脾破裂，大出血，口吐白沫，呼吸急促。还有一位女伤员，骨盆骨折，右腿受挤压，生命垂危。他们悲痛欲绝，痛不欲生，讲的最多的几句话，令人至今难忘：

“唐山全平了!”

“死的人太多了!”

“你们快去吧!”

……

越接近唐山，了解的情况越多。地震如此惨烈，伤亡如此严重，远远超出大家的想象。震惊和痛楚之中，我们异常地沉默，内心则在不断地呼唤：唐山！唐山！快一点到唐山！只有在那种情形中，人们才会真正感受到，什么是救人如救火，什么叫时间就是生命。

伴随着焦虑和不安，列车好不容易抵达昌黎，此时已是29日16时左右。我们被告知，前方铁路遭地震毁坏，所有列车无法通行。无奈，部队开始卸载，一台车一台车从平板车开下来，然后编队，摩托化行军向唐山进发。

从昌黎到唐山市区，全程101公里。一路上烟尘弥漫，马达轰鸣，汽笛声不断，交通越来越混乱。由西向东，是连绵不断的救灾部队向外运送伤员的车辆，还有一些地方人员开着破旧的嘎斯车拼命向外涌。由东向西，挂着河北、辽宁等地车牌的车辆疾驶前行，各地救援队伍马不停蹄地赶赴前方，各种救援物资源源不断运往唐山。向西更多的是救灾部队的车辆，摇晃着鞭状天线的电台车，飘扬着红十字旗的卫生车，满载士兵的解放车，此起彼伏地鸣响急促的车笛，在坑洼不平的公路上连成一条前望不到头、后看不到尾的长龙。再加上数不清的驮着伤员或是铺盖卷的自行车、三轮车、牛车、毛驴车，我们的车队几乎是几米几米挪动着前行。

经过百波千折，接近午夜时分，车队好不容易挪到滦河边。这里是联接关内外的205国道进入唐山的主要通道，过了滦河就是古冶，不远就是唐山市区。

滦河，河北省第二大河流，发源于丰宁，全长877公里，西北流经坝上草原，然后南流至潘家口过长城，经迁西、迁安、卢龙、滦县、昌黎，在乐亭注入渤海，流域面积4.46万平方公里。位于滦县境内的滦河段有三座桥梁，一座是1939年修建的双线铁路桥，一座是1974年建成的双线公路桥，再一座是百年老桥，俗称滦河大铁桥。

滦河大铁桥，位于滦县滦州镇老站村西北的滦河主河道上，1892年兴建，1894年2月竣工，全长670.6米，17孔钢梁，是中国历史上第一座铁路大桥。这是一座历经沧桑、锈迹斑斑的老铁桥，由“中国铁路之父”詹天佑设计监修。1891年，滦河大桥相继被英、日、德工程师包工承建，但因滦河水大流急淤沙过厚，均告失败。当时32岁的詹天佑临危受命，在研究了外国工程师用过的各种施工方法、对河床地质条件做了缜密考察后，决定重新选址，把桥墩改建在西岸横山与东岸武山山脚的岩床上，“下挖八丈四五尺，剔尽浮砂碎石，露见实底。再用俄国长松木密钉梅花桩，上面铺放长方大石。讨得宫廷秘方修建地下陵墓的‘万年牢’三合土砌之，历经两年零八个月告竣”。作为中国近代第一座大型铁路桥，滦河大铁桥是当时连接华北与东北铁路交通运输的咽喉要道。1939年上游双线铁路桥建成通车后，此桥停用。1951年，为适应公路交通需要，大铁桥拆除铁轨，铺以木板，做公路桥使用。1974年新建公路桥落成后大铁桥“寿终正寝”，停止使用。

不幸的是，新建刚两年的双线公路桥在强烈地震中拦腰垮塌。远远望去，桥中央像被老天重重砸了一下，整座桥断成了两截，两端翘了起来，中间部分插在河里。原本，这应该是一条生命通道，瞬间变成为横在救灾人员面前的巨大障碍。滦河平时水面宽50余米，汛期几百米。40军有一个连队，28日16时赶到滦河边，呈现在眼前的是公路桥全线垮塌。在正值汛期、河水湍急、深度和宽度是原来两倍的情况下，全连官兵是将绳子系在腰间一个一个趟水过河的。

有幸的是，那座历经百年风霜雨雪和几次特大洪水冲刷的大铁桥坚固如初，尽管早已停止使用，但经受住了这次强烈地震的考验，安然无恙，傲然屹立。120师是从关外最早进入唐山的部队。28日19时行至滦河东岸时，发现公路桥垮塌，部队前进受阻。师长李德章不顾个人安危，引导他的指挥车带头通过已多年禁行的大铁桥，为部队开辟了前进通道。随后，经过抢险人员紧急抢修后重新启用，为大批救灾人员和物资迅速进入唐山立下了甚伟厥功。

从铺着木板还在摇晃着的桥上强行驱车通过，是件危险系数极高的事情。但是，为了唐山，为了抗震救灾，必须冒这样的风险。等候过桥时，李参谋长召集我们几个干部开了个短会，强调救灾是第一位的，因而过桥是第一位的，况且前面已经有那么多车辆通过。既要保安全，更要过得去。

没有任何照明条件的深夜，36台解放车前灯大开，每隔几台车前有一名干部观察指挥，车队低速缓慢前行。我在车队的中间导调车辆，感觉桥在晃、车在晃、人也在晃，战战兢兢，提心吊胆。终于，最后一台车安全通过了摇摇晃晃的滦河大铁桥，悬着的心总算放了下来。

向唐山的一路走得不容易，我们最终闯过了挺进灾区的最后一关。大家知道，前面就是危难中的唐山，就是唐山人民正在呼唤的地方。真正的考验就在前面，就在唐山！

第三章　“唐山全平了！”

报载：20世纪100年间，十大自然灾害对人类造成巨大损失。它们是：百慕大三角区神秘灾难，北美黑风暴，伦敦雾都劫难，唐山大地震，秘鲁大雪崩，孟加拉特大水灾，印度鼠疫大流行，通古斯大爆炸，智利大海啸，喀麦隆湖底毒气。

唐山地震，赫然其中。

公元1976年7月28日，这是一个蒙难日。凌晨3时42分53.08秒，一场里氏7.8级的大地震猝然而至，持续23秒。这是恐怖的23秒、血腥的23秒，永远写在人类灾难史上的23秒。东经118.1度，北纬39.6度，在距地面16公里深处发出的轰鸣声中，半个亚洲跟着晃。摇晃之后，唐山夷成废墟。

唐山地震遗址公园里，这座雕塑的时钟，永远定格在那个令人悲痛的时刻——1976年7月28日3时42分

那时我还年轻，经不住连续熬夜，车队过了滦河，就在驾驶室里睡着了。冀东地区，七八月份天亮的早。清晨4点多，我们醒来，跳出驾驶室，至今我没有搞清楚，当时车队停在市区的哪一段路、哪一条街。

晨曦中的唐山，天上无云，空中没风，整个城市灰土土的。空气中，令人窒息的煤尘味、黄土味，连同人死后尸体发出的腐臭味混合在一起，一波一波地，缓缓悬浮于空中，笼罩着这座痉挛之后还没有苏醒的末日之城。一切都是静悄悄的，听不见呻吟，听不到呼喊，空寂无声，令人恐惧。偶尔地，有几声孩子的哭声和女人的抽泣，像是从废墟中发出，又像是从遥远的地心深处传来，断断续续，牵着揪心的哀伤和绝望，随着微弱的风飘来飘去。放眼望去，唐山满目疮痍，奄奄一息，房屋倒了，水塔倒了，电线杆倒了，感觉上，所有站立的一切都倒了；七零八落的混凝土梁柱东倒西歪，悬而未落的楼板悬挂在空中，整座城市仿佛遭到雷打电劈，又像是被地震的大手东撕一块、西掐一块，体无完肤，已经分不清哪是民居、哪是商店、哪是机关、哪是企业。视野所及，一片废墟，用"残垣断壁"形容这座城市，已经远远不够了。

走近废墟，我们完全被震惊、恐惧和悲痛所浸透。一堆一堆的砖石里，一摞一摞的水泥预制板下，死的人太多了，或是露出头部，或是伸着四肢，依然保持着瞬间坠入死亡深谷的模样。震时的天气可能太热了，有的人入睡时没有穿衣服，裸露在堆积的瓦砾上。最令人心颤的，是那一具具挂在残楼断壁上的尸体，有的仅仅一只手被楼板压住，砸裂的头耷拉着；有的跳楼时被砸住下肢，整个人倒悬在空中。身边的驾驶员指给我看，一堆废墟的间隙里，一位妇女已经死了，是被垮塌下来的砖块砸死的，双膝还跪着，整个上身向前匍匐着，双手扶着地支撑着身体，有些像古人行跪拜礼，只是身体被压得变形了。一个个鲜活的生命就这样戛然而止，永远定格在这里，或是像正在安详地入睡，或是像在惊恐中仍在挣扎。整个唐山犹如一座坟墓场，说尸横遍野，实不为过。据说，当天18时45分，又在滦县发生了7.1级强烈余震，紧接着大雨滂沱，地上的泥浆都被血水染红了。一场大自然的恶作剧，就这样毁灭了一切。

从接受命令到进入唐山，我们已经奔波了30多个小时，一路上心急如焚，想的最多的是救人。然而，就在那个瞬间，我被眼前的情形惊呆了：从来没有见到过这么凄惨的场景，从来没有面对过这么多罹难的遗体，惊愕之中也有几分恐惧。以至那一刻，完全失去了救人的意识——不知道该救谁，不知道怎么去救，不知道该上哪里去救。

我们车停的位置，是一条马路，没有了路标。所谓的马路，只是断垣残壁中的一线痕迹，隐约地还能看出昨日的走向。由于两侧的楼房倒塌，废墟中只剩下三五米的空间，勉强能够通行一台车。这已是震后40多个小时了，依然没有电、没有水、没有车辆、没有人头攒动，整个城市窒息了，停止了呼吸。惨白的晨日照在废墟上，凄惶无助的幸存者，把能够找到的遇难亲人从废墟里挖出来，捡条被褥裹起来，摆放在路边废墟旁，他们连掩埋的能力都没有了。大地震瞬间改变了他们生存的一切，没有了家园，离别了亲人，他们披头散发，目光呆滞，恍恍惚惚，好像刚刚从废墟中爬出来似的，谁也讲不清唐山怎么了，谁也想不到怎么会有如此规模浩大的劫难。刚刚与死神擦肩而过，他们无暇思索，无暇感觉，甚至来不及为骨肉别离而悲恸。他们毕竟还要活下去，从废墟上找些板条和雨布搭个窝棚，用废砖瓦砾堆起个炉灶，捡些锅碗和能够找到的食物，从路边排水沟里掏些水，度过那几天凄惨的时光。看得出，我们的到来，燃起了他们的希望，但没有人围上来哀求帮助他们搜寻废墟下的亲人。他们知道我们这是一个车队，除了驾驶员没有其他人员，只是呆呆地望着。他们的身边就是永远睡着了的亲人，一边是生，一边是死，生与死的距离就那么几米。空中飘荡着的缕缕炊烟，偶尔有人燃起的祭奠亲人的纸片，飘飘欲断，宛如死难者的幽魂。那一刻，生命显得何其脆弱，转瞬之间，生死两隔！

这就是唐山吗？这就是地震吗？

人类进入20世纪，地球上发生20万以上人口死亡的地震有两次。不幸的是，两次都发生在中国，一次是海原地震，一次是唐山地震。

海原，这个宁夏回族自治区的偏远小县，少有人知。发生在这里的那场大地震，也可能是世界上最少被人忆及的灾难。1920年12月16日晚20时06分，整个海原山摇地动，一场震级里氏8.5级的大地震袭击了这里。震中烈度12度，震源深度17公里，其释放的能量如果换算成电能，需要当今的刘家峡水电站工作将近一年。地震致23.41万人死亡，毁城4座，数十座县城遭受破坏。这是中国历史上一次波及范围最广的地震，宁夏、青海、甘肃、陕西、山西、内蒙古、河南、河北、北京、天津、山东、四川、湖北、安徽、江苏、上海、福建等17地有感，有感面积达251万平方公里。史料记载，这次地震，200公里外的兰州，“倒塌房屋十分之三”；距震中400公里的西安，“门窗暴响，房摇墙塌，被毁房屋约有百户”；距震中700公里的太原，“房屋间有倒塌，人民微伤”；距震中1000公里的北京，“电灯摇动，令人头晕目眩”；更远的上海，“时钟停摆，悬灯摇晃”；广州“掉绘泥片”，汕头“客轮荡动”，香港“大多数人感觉地震”。甚至在越南海防附近的观象台上，也有“时钟停摆”的现象。地震释放的能量相当于11.2个唐山地震。强烈的震动持续了10余分钟，当时世界上有96个地震台记录到了这场地震，被称为绕地球震了一圈的“寰球大震”。

56年后，又是唐山。

唐山，南临渤海，北依燕山，毗邻京津，总面积13472平方公里，城市总人口震前已经超过100万，是河北省省域中心城市和经济中心。

这是一座有着绵长历史根脉的城市。滦河流域是中国古代文明的发源地之一，早在4万年前就有人类在这里劳作生息。1300多年前，唐太宗李世民东征高丽，选择在此驻跸，由此得名唐山。这里又是中国近代工业发祥地之一，孕育了丰厚的工业文明。从某种意义上讲，一部人类文明史，其实也是一部矿业和能源开发利用的历史。唐山因煤而兴，煤是光和热的源泉。1877年，开平矿务局创办，中国最早使用机器开采的现代化煤井在这里诞生。1881年11月，唐山至胥各庄铁路竣工通车，这是中国第一条标准轨距铁路。与此同时，车头两侧用黄铜镌刻着飞龙的第一台蒸汽机车，拉响了中国铁路史上的第一声汽笛。1892年，这里生产出中国第一袋机制水泥——“马牌”水泥，中国由此成为亚洲最早生产水泥的国家之一。唐山还是著名的瓷都，建于1914年的唐山陶瓷厂，开启了中国现代卫生陶瓷制品的先河。这里还建造了中国企业第一个煤炭码头——秦皇岛港，驶出了中国企业最早的自营海运船队……

大风泱泱，大潮滂滂。北京“中华世纪坛”，沿着广场北面拾阶而上，是一条长262米用锡青铜铸成的甬道，甬道中央3米宽的青铜板由南向北，镌刻着距今300万年前人类出现到公元2000年的时间纪年，凝练的铭文记述了中华民族科技、文化、教育等方面的重大历史事件。穿越漫长悠远的历史隧道，驻足在1881年——“开平至胥各庄运煤铁路建成”“中国火箭号车头首次行驶”“开平煤矿建成投产”……从这一个个“第一”中，可以体味到唐山的风雨沧桑和发展历程。正因为有这样的一个个“第一”，唐山被誉为“中国近代工业的摇篮”。

北纬40度线，被世人称为“不祥的恐怖线”。这里曾发生过诸如美国旧金山(1906年和1986年)、葡萄牙里斯本（1755年）、日本十胜冲（1968年和2003年）等一系列大地震。这次，地震这个恶魔又一次突袭了北纬39.6度——唐山成为它的牺牲品。

许多人给我描述过那个痛彻心扉的早上。7月28日，原本再平常不过的日子。凌晨，怪异般的炎热，即使在室外乘凉的人们，也抵不住困意沉沉睡去。3时42分的唐山，似乎一切都和往日一样，人正酣睡，万籁俱寂。突然，地光闪射，地声轰鸣，令人毛骨悚然的巨大声响，由远而近轰隆隆地奔腾而来。起初，地面为小幅度、高频率的晃动或筛动，几秒钟后做快速、强烈的水平扭动，以震后形成的主破裂带为界，先是东盘向南、西盘向北，随之东盘向北、西盘向南扭回原位，然后又重复第一次的扭动。这个过程只有三四秒钟。地面水平扭动的同时，又连续大幅度地上下颤动三次，以第二次颤动的幅度为最大。仅仅几分钟，从监测的记录看只有几十秒，整个城市就被令人窒息的尘埃淹没了。科学解释地震现象，属于地下积累的能量自然释放。唐山人的感觉，似乎是大地耐不住数千载的沉寂，轻轻地喘了一口气、摇晃了一下。于是，建筑物酥松了，随之青山失色，房倒屋塌。数十米的烟囱，硕大的商场，成片的居民住宅楼，都在强烈的摇撼中倾斜了、坍塌了，夹着无辜的人坠落。睡梦中的人们大脑还在麻木状态，就跟床板桌椅混杂在一块，任地震波随意摆布，从床上抛到床下，被恶狠狠地摔来摔去，然后就是屋顶落下、墙壁倒下，听凭死神成千成万地吞噬。由此，相当于400颗广岛原子弹的能量在唐山释放，揭开了世界地震史上最为悲恸的一页。

短短23秒过后，唐山仿佛一下子回到中世纪。后来，知道我参加了抗震救灾的同志都会打听：唐山怎么了？我的回答简洁的不能再简洁，那是唐山人的一句话：唐山全平了！

唐山全平了——意味着什么？

原始人类经过“穴居”和“巢居”，逐渐进化到营建房屋。作为人类建造物，房屋是人们挡风避雨的栖身地，是对人类个体或群体的生命、身体提供保护和停留的地方。然而，作为“家”的物质载体，有时它也能助纣为虐，使灾难变本加厉。地震发生前的1976年，唐山市工业和民用建筑总面积1413万平方米，其中住宅780万平方米。这些建筑物普遍没有地震设防措施。地震主震区在路南区与路北区交界处，东起市郊的越河公社，西至河北矿冶学院，南自女织寨，北到贾各庄、打靶场一带，呈东北走向的椭圆形，面积约47平方公里，长轴约10.5公里，短轴约3.6~5.5公里。地震袭来，主震区内96%的建筑物荡然无存，整个城市夷为平地。这里曾经是那些遇难者的家，就是在这里，埋葬了他们最后的喜怒哀乐。当尘雾散去，幸存的人们从废墟上爬起来时，他们眼前是另一个世界——周围所有的建筑物都塌了。他们找不到家了，因为他们没有家了！我看过许多关于第二次世界大战的影视资料。1942年6月开始的斯大林格勒保卫战，被称为现代史上最为血腥的战役，经过199天的激战，这座英雄的城市成为了瓦砾场。1945年4月，苏联红军攻克柏林，经过盟军空军饱和轰炸与苏军强大炮火突袭，柏林只剩下火海中的断壁颓垣。1945年8月，“小男孩”和“胖子”两颗原子弹扔到日本广岛和长崎的头上，两座城市摧毁殆尽。从空中看唐山，就其建筑物倒塌被毁的惨状，堪比影视中的斯大林格勒、柏林、广岛和长崎。不过，摧毁这座城市的不是战争而是地震。

唐山地震，发生在华北地块上燕山地震带与河北平原地震带的交汇地区，是两大构造带交相作用的结果。与海原地震不同的是，唐山是一座老工业城市，交通发达，人口稠密，震前人口106万，市区73万，人口密度每平方公里1.1万人。地震的震中位于唐山市区，时间正值人们酣睡的凌晨，顷刻间整个城市夷为平地，市区80%的人来不及反应被埋在瓦砾之下。地震造成242769人死亡枕藉，重伤164851人，轻伤544000人，15886户家庭失亲丧友，7000多家庭断门绝烟，3817人成为截瘫患者，25061人肢体残废，遗留下孤寡老人3675位，4204个孩子成为孤儿，数十万居民转眼变成失去家园的灾民。这是20世纪世界上人员伤亡最大的地震之一，死亡人数是东京1923年大地震的2.4倍，智利1960年大地震的35倍，阿拉斯加1964年大地震的1300多倍。他们当中，有本该幸福成长的孩子，有力撑家庭重任的父母，有希望安享晚年的老人。他们不仅仅是他们自己，对亲人而言，每一个人都是这个世界之所以幸福的依据。从这个意义上说，每一个人的离去，都意味着世界的坍塌。灾难降临，不论年龄、性别，不分官阶、职业，所有的人同样遭受浩劫。地震使唐山地委损失严重，13名常委中，第一书记李悦农、代理第一书记牛勇等7名常委震亡。唐山市委领导班子成员伤亡相对小些。震后两小时，几位市领导先后被从废墟中救出。他们互相搀扶着来到当时唐山最宽阔的马路新华道上，想找一块立着的能够靠一靠、喘口气的墙壁都没有了。从那以后的每年7月28日，整个唐山的大小路口，都有人在焚烧纸钱，祭奠亡灵。第二天汽车带起的纸灰，纷纷扬扬，撒向天穹，好像是在说：你们收到了吗？

地震发生时，胜利路至望马台一带出现的地裂缝带，全长11公里，错层由原来的150厘米不等，垂直落差0.2~0.7米。大地裂开的巨大缝隙，横切围墙、房屋和道路、水渠。震区及其周围地区，出现大量的喷水冒沙、井喷、重力崩塌、滚石、边坡崩塌、地滑、地基沉陷、岩溶洞陷落以及采空区坍塌等。震前，唐山市公共建筑面积275.1万平方米，受震破坏率90%。所有的医院和医疗设施毁于一旦。总长140公里的市区地下给水管网毁坏646处，每公里约4.61处，全市供水中断。36座变电站，34座受到损坏，发电能力损失30%。邮电建筑倒塌96%，设备损坏84%，唐山通往各地的103条通信线路全部中断。东西铁路干线被切断，京沈铁路瘫痪。震区行驶的28列列车，由于路基线路突然变形和巨大的地震力，7列客货车和油罐车脱轨。蓟运河、滦河上的两座大型公路桥梁塌落，71座大中型桥梁、160座小型桥梁、1000多道涵洞以及280公里的柏油路受到严重破坏，唐山至天津、沈阳、承德、北京和沿海等地的主要公路干线路面开裂、下沉、积沙、积水，与关内外的公路交通全部切断。整个唐山，城市功能陷入瘫痪，一条条支撑这个巨大经济体的生命线，一阵痉挛后，变为一片废墟。

作为华北著名的工业重镇，地震发生前，唐山以约占全国万分之一的面积、千分之一的人口，其工业产值达到全国的百分之一。唐山有一批国内举足轻重的大企业，曾一度是国家重要的能源、原材料供应基地。开滦矿务局煤产量占全国的1/20，支撑着中国的主要钢铁厂。陡河发电站是华北电网的主力电站之一，也是中国最大的火力发电站。唐山的陶瓷企业，可与景德镇一比上下。唐山还有冶金业、纺织业、水泥、汽车、机械制造等许多重要企业。罕见的地震灾害，使这座工业重镇停滞在公元1976年7月28日凌晨3点42分那一刻。据303个工矿企业不完全统计，职工死亡1.9万余人，占总数的30%；厂房倒塌318万平方米，占原有厂房面积的60%以上；各种机械设备损坏2.7万多台（件），企业全部停产。尤其是开滦矿务局地面建筑物和构筑物倒塌或严重破坏，井下生产中断，上万名矿工被困在井下。唐山钢铁公司毁坏严重，被迫停产，钢水、铁水凝铸在炉膛内，55%的生产设备毁坏。农业生产同样遭受严重损失。大面积农田被毁，灌溉系统淤塞，6万多眼机井受损，毁坏农业机具5.5万台(件)、农业用电线路4800多公里。唐山地震对国民经济造成的直接损失，高达54亿元。灾情之重，损失之巨，为世界地震史所罕见。

唐山，前夜还是灯火通明、人声鼎沸，在没有任何征兆的大地颤抖中，顷刻间毁于一旦——唐山全平了！

2000年，我在哈尔滨工作。市委机关的一位同志告诉我，他曾经与唐山地震擦肩而过。地震发生10分钟前，从齐齐哈尔到北京的第40次特快列车从途经站唐山开出，他就在这趟列车上。10分钟后，大地开始颤抖，灾难顷刻降临。列车上包括他在内的838名旅客，刚上车的和醒着的，连同47名乘务人员，谁也没有想到，他们会是最后向这个即将毁灭的城市行注目礼的一群人。

第四章 生命大救援

进入唐山，最紧迫的事情是找到上级领导机关，受领任务，展开救援。这件事，今天看起来很容易，那时可不简单。我们遇到两个棘手的问题，一个是通讯联络，一个是道路交通。

上个世纪70年代，即使是部队，通信装备也是比较落后的。我们部分机关人员带一个汽车连出动，不可能携带电台，也没有架设有线电话的条件，更不可能有今天随处可见的移动通信工具，加之唐山所有的通讯设施中断，只能采取最原始的办法——人找人。于是，李树春参谋长和我们几个机关的同志分别带车，沿着满城废墟中尚可通行的街道，哪里有救灾部队就向哪里打听。

震后的唐山市区，所有的街巷被震塌的建筑物堵塞，轻重伤员和脱险群众搭棚露宿，遇难者尸体到处停放，加之救灾人员和物资源源抵达，车辆互不相让，致使交通严重阻塞，秩序混乱。北京军区前指命令救灾部队所有人员统统下车，步行赶到指定救灾位置。随后又要求24、38、66军派出部队，由军师领导带队，务必于30日上午疏通市区交通。我们通行时情况虽有好转，但堵塞仍很严重。

经过千辛万苦，最终在位于马家沟的唐山耐火材料厂找到军师领导机关。后来我才知道，按照唐山抗震救灾指挥部部署，沈阳军区部队配置在陡河以东东矿区，主要负责陡河两岸和滦河以西古冶、赵各庄、马家沟、唐家庄、林西和开滦矿区厂矿农村的救灾。

当时，带领16军前指进入唐山的是刘凤鸣副军长、聂济潼副政委和朱敦法参谋长。三位首长都是抗战时期入伍的老前辈，经受过严酷战争的考验，具有丰富的领导指挥经验。几年后，我调到军机关，曾直接在三位首长身边工作过几年。带领46师进入唐山的是杜炳申师长、贺守信政委，他们都是我敬重的老首长。

见到军师首长，我们心里踏实了。首长们也很高兴，表扬了部队攻坚克难、准时到位，明确我们的任务是配署137团，保障车辆运输。具体任务是：保障救灾部队人员用车和救灾所需的工具、给养；运送安置灾民所需的食物、药品、建筑材料等物资；由市区向远郊外转运废墟和遇难者遗体等。要求我们发扬人民军队大无畏的革命精神，为抗震救灾作出最大贡献。首长们还诙谐地要求我们，多拉、快跑、确保安全。

按照要求，我们迅速开进越河公社国各庄。越河公社，过去叫越河村，地处唐山城区东部，北靠开平，西临陡河，东部和南部分别与路南区、丰南区接壤，是唐山的东大门。相传，越河村建于明代。明燕王扫北时被敌军围困于此，他提战马横跨越陡河突围。从那以后，河东岸的村叫东越河，河西岸的村叫西越河。越河地势平坦，交通便利。地震时，这里是11度极震区，全公社23620人中，遇难6203人，23709间房屋倒塌。

容不得喘息，浩浩荡荡的车队立即开进国各庄。刚刚经历地震灾害，救灾压倒一切，跟大队领导简单商量，用不着再向上请示，很快就在大队部附近找到一块开阔场地，略经平整，搭起帐篷，开辟出进出场通道，就有了营地和简易车场。接下来，就是与137团建立联系，明确隶属关系，接受领导指挥。

那时，部队的士气不用动员。刚刚目睹了震后唐山的一幕幕——荡然无存的城市，数不清的罹难者遗体，无助的幸存者的期盼，所有这一切，强烈震撼着官兵们的心灵。30日中午，也就是进入唐山当天的中午，我们开始配属137团伴随保障。

8月5日前的抗震救灾，拯救生命是第一位的任务。137团10多个连队，一个连队负责一片或者几片废墟的搜救和清理。汽车停靠在废墟旁，一有救出的幸存者，立即开车送到最近的医疗点。挖出的遇难者遗体堆积多了，马上运送到郊外掩埋。

地震救援，时间就是生命。那时没有“黄金72小时”的概念，大家只知道前三天很重要，第一天更关键。终然如此，所有的人们，无论是逃过劫难的灾民，还是抢险救灾的官兵，即使震后第3天第4天，他们始终坚信废墟下还会有生命，有生命就有希望。整个唐山，数不清的废墟上，到处是与死神赛跑的生命竞速。

时间就是生命！官兵们奋战在废墟上，抢险救灾，一刻不停

唐山大地震，幸运躲过劫难的是三部分人：一部分人是因为各种原因震时恰好在室外，逃过一劫；一部分人是因为震时房屋没有完全垮塌，或是身居没有垮塌的那一部分，因而死里逃生；还有一部分人尽管陷在废墟中，但身上埋压物不多、伤势不重，自己能够挣脱出来。

这些没有身陷废墟中的人们，和从废墟中挣脱出来的人们，既是大地震的亲历者，又是第一支拯救生命的“救援队”。山摇地动之后，每片楼群、每条街道、每个村庄、每个厂矿，凡是有人出来的地方，就有救人的队伍。他们带着惊慌、恐惧和悲痛，首先想到的是拯救废墟中的亲人，过后就是街坊邻居。46师最早开进的唐山冶金矿山机械厂，有个年轻的女司药叫于翠芬，是个军人家属。地震中，她的独生女儿被砸死了。当她从倒塌的房屋中钻出来后，只是把女儿简单地往一个筐里一放，扭头就去抢救其他人。那个时候，他们连哭的时间都没有了，因为他们知道，活着的人比死了的更重要。有材料统计，唐山地震，有60万人埋压在废墟之下，48万人是在部队到达之前靠自救互救脱离险境的。如此规模宏大的自救互救，在人类抗震史上是独有的；如此感人肺腑的高风亮节，在人类文明史上是永恒不朽的。后来我们研究过，他们之所以成为废墟下幸存者的救护神，一是因为他们处于震后第一时间，二是因为他们处在灾难第一现场。离地狱最近，又与天堂最近，早几分钟，多搬几块瓦砾，紧紧地拉上几把，多少人因此远离死神，告别厄运。

8月3日，我们见到团里一年前转业到唐山工作的尹柱山副政委。这是一次偶然的巧遇。当震后稍微安定下来，尹副政委蹬自行车准备到同事家中看看灾情，骑行中几辆沈阳军区的汽车从身边疾驶而过，感觉似乎是老部队牌号的车，于是调头拼命追去。终于汽车停了下来，一打听，果然是坦克团来唐山抗震救灾。这位50年代中期入伍的老兵，把自行车扔上车厢，跟着司机就来到了我们的营地。

在唐山，尤其是在这样艰难的时候相见，大家激动不已。尹副政委给我们讲了许多震前震后的事情：

地震发生时，他在睡梦中被山摇地动的冲击掀到床下，幸运的这是一栋平房，震倒的只是一面山墙。冲出屋外，眼前是一个天塌地陷的世界，弥漫的尘埃中传来阵阵哭喊和尖叫，伴随着隆隆的崩塌声。逃过一劫的邻居们在灰雾中晃动，有人裹着床单，有人赤身裸体。他们战栗惊恐，捶胸顿足，仿佛一切都从人间消失了。忽然有人喊：活着的人快来扒人、救人！

尹副政委说，这一声很重要。幸存的人们马上清醒了，现在不是哭的时候，需要刻不容缓地同死神抗争。于是，他们自发地组织起来，对周边废墟一片一片地搜索，身上埋压物不多的，废墟下发出声音的，只要有生命的迹象、能够搬得动的瓦砾，一个活着的人没有放弃。邻居有个五六岁的小男孩被压在废墟下，人还活着。上面喊一声，孩子在下面回答一声，稚嫩的声音揪着众人的心。一个早上，他们救出几十人。救出的人越多，救人的队伍越来越大。

唐山抗震救灾，党的领导是主心骨，人民军队是擎天柱。在灾区人民心目中，解放军就是救星，就是英雄。无论抢救废墟下的生命，还是搭建简易过冬住房，只要同灾民接触，他们都会说，解放军来了我们就有救了！被从死亡边缘拉回来的人更会动情地说：我们是死过一回的人了，是毛主席派来的解放军给了我们第二次生命！现在回想起来，那真是掏心窝子的话，没有丝毫矫揉造作，没有一点渲染客套，一切都是真挚情感的自然流淌。有人做过调查，震后头一两天，九死一生的人们最迫切的愿望，是尽快沟通与外界的联系，以消除内心的“孤独感”“失落感”和“遗弃感”；而使他们“震后心情开始平静的事件”，60%以上的人回答是“解放军开赴救灾第一线”。8月1日，快傍晚了，我们途经华新纺织厂家属宿舍，138团三炮连正在抢救废墟下的厂财务科会计吴振明一家三口。地震来袭，三口人被压在倒塌的房子里，爱人韩淑敏患严重高血压病，快坚持不住了。绝境中，他们渴了喝自己的尿，饿了吃一口在废墟中摸到的枕头芯里的荞麦皮。109个小时过去了，他们的确活了下来。当战士们把他们从废墟中抬出时，一家三口人处于半昏迷状态，已经不能动了。清醒过来后，他们说出的第一句话是

废墟上，官兵们展开与死神赛跑的生命竞速

"解放军万岁!……"。"解放军万岁",在那样一种弥漫着死亡气息的环境中,无疑是他们最直接、最质朴的心声。

最早投入抢险救人的是驻唐山地区的部队。地震发生后,驻唐山的空6军、197师、唐山军分区、72师216团、炮5师50团、高炮67师626团、255医院等单位,同样遭受到强震的摧残,伤亡惨重。我曾经到过受灾严重的255医院,这个1956年移驻唐山的驻军医院,11栋楼房全部震塌,在院工作人员、休养员和家属1300多人,震后查点人数时,遇难竟有400多人。院党委成员一人重伤外,其余全部遇难。尤其令人痛惜的是66个女兵,地震来袭时,鲜花般的青春顷刻消殒。危难之际,方显英雄本色。那些幸免于难的官兵们,从强震中清醒过来,马上从废墟上爬起来,带着伤,赤着脚,穿着背心、短裤,顾不得抖掉身上的尘土,来不及掩埋遇难战友的遗体,循着夜色中的哭声、喊声,在倒塌的房屋上用双手扒开砖石瓦砾,用肩膀扛起房梁石板,奋力抢救群众。197师处于震中地带,损失严重,师领导中有7人受伤。就在当天,他们救出本师被埋压的官兵2370人;5天时间,救出周围群众2920人。据统计,当时驻唐部队约两万人,仅占全部救灾兵力的20%,却抢救出被埋压群众15893人,占救灾部队全部抢救人数的96%。他们的英勇作为,诠释了"时间就是生命"的蕴意,揭示了"时间就是军队"的真理性。

根据党中央、中央军委命令,全军部队紧急行动起来,支援唐山,抗震救灾。北京军区、沈阳军区、海军、空军、工程兵、基建工程兵等各军兵种部队,计2个军部、5个军前指、5个军级特种兵前指、1个海军基地、1个基建工程兵部、15个师、2个基建支队另13个团、280多支医疗队,10多万名官兵昼夜兼程,赶赴灾区。其中,出动兵力最多的是北京军区和沈阳军区。按照当时的说法,唐山地震,犹如在沈阳、北京两大区的结合部打了一颗原子弹。北京军区24、38、65、66四个军的12个师,沈阳军区40军机关、118师、120师、116师、46师、炮11师、炮兵36团、舟桥81团和后勤4分部,从关内关外两个方向疾驶唐山。震后不到7个小时,北京军区前指乘飞机抵达灾区;4个小时后,沈阳军区指挥机关到达唐山。我们配属的46师，许多部队正在野营训练，接到命令后仓促拉回营区，不待集结完毕，随到随组织开进，全师4个团45个连队1万多人，从长春及其周边地区启程，铁路输送与摩托化行军相结合，过吉林，越辽宁，进河北，31日上午全部到达灾区指定位置。这是新中国成立后，人民解放军动用兵力最多的一次抢险救灾军事行动，打了一场波澜壮阔的“唐山战役”。

规模宏大的抗震救灾，是在突然、紧急和缺乏准备的情况下进行的。按照进入唐山的方向，上级划定了各部队救灾责任区域。那些日子的唐山，到处是坍塌的废墟，废墟上到处是帽徽、领章“三块红”的官兵，或是陆军的，或是海军的，或是空军的。如潮的绿色中一闪一闪的颗颗红星，托举着唐山人民生的希望。从现在的视角看，那时的部队训练素质还不是很高，尤其缺乏必要的地震救援训练，组织指挥也多少有些混乱，但人民军队英勇顽强的战斗精神薪火相传。抗震救灾不是枪林弹雨的战争，却同样艰苦、紧张和激烈；灾区不是战场，但同样险象环生。震后废墟重墙叠屋，砖砾上压着沉重的预制板，预制板上又压着更重的梁柱。死神攫住奄奄一息的生命不放，刁难和阻挠着抢夺生命的官兵们。7月28日至8月24日，唐山发生大于3.5级的余震3225次，其中6.0—6.9级12次，主震之外又发生了一次7级以上大震。随时可能发生的余震，严重威胁着抢险官兵的生命安全。生与死的考验面前，他们似乎忘记了自己也是血肉之躯，忍饥渴、攀危楼、钻险洞、扒碎石、掀楼板、扯钢筋，哪里有呼救声就冲向哪里。没有合适的工具，就用肩膀扛，用双手抬，用手指刨。手指磨破了，鲜血淋淋；腿脚磕破了，顾不上擦一擦、揉一揉。有的楼房，墙体倒塌了两面或三面，剩下的部分突兀孤立、摇摇欲坠，抢救群众和清除墙下的堆积物时，如果再有余震，随时有倒塌下来的危险；有时要扒挖开一个深洞或一段通道，钻到里面去救人，如果支撑不牢或遇到余震，也会把战士们砸在里面。

那时的救灾，没有救生犬，没有生命探测仪，也很少见到铲车、推土机，最缺的是起吊和破拆器材。137团在十多处废墟上抢险，官兵们使用的是锹、锤、钎、镐等简易工具。上吨重的水泥预制板，先是用大绳拽，拉不动就用大锤砸，再用锯条把钢筋一条一条锯断，然后一块一块移走。搜寻到长时间受困的遇险群众，先开小洞通风，想尽办法送下去水和食物，用早已嘶哑的声音一遍遍喊话，让幸存者耐心等待、继续坚持，然后慢慢挖大洞口，最后再把人抬出来。许多战士指甲剥落，双手血肉模糊。

在与死神赛跑中，时间一分一秒地过去，废墟下等待救援的生命气息渐渐稀薄，近于停止。有材料统计，第一天扒出来的人，救活率为80%左右，第二天救活率减少到30%左右，再往后救活率就更低了。有一个晚上，夜深人静了，我坐在汽车驾驶室里，看到137团6连一些战士拿着木棒在废墟上敲打。我问连队干部他们在干什么，连长告诉我，这是在搜寻废墟下有没有幸存者。为了概率可能是百分之一甚至零点几的希望，连队成立了“侦察组”，一切安静下来之后，官兵们屏息静听废墟下的动静，捕捉每一个哪怕是最微弱的生命音讯，然后拿着木棒或铁棍到处敲打，一边走一边喊“有人吗？”再趴下听有没有回应。一有动静，立刻出动，奋力挖掘；为了救活一个人，哪怕把倒塌的楼房翻个底朝天也在所不惜。官兵们不仅承担着劳累、危险，还承受着巨大的心灵重负。分析他们的心理历程，刚接受任务时，大家热情高涨，恨不得马上把人救出来；当真正面对成堆成堆的尸体时，内心又生恐惧；再后来，为了完成任务，他们又全然不顾，坚强地担起使命。

8月4日，快中午了，我们从唐山机场回到137团4连救灾现场保障。这已经是震后第8天。战士们说，宁愿把废墟倒腾个遍，只要下面的人有一分钟存活的可能，我们就要奋战60秒。就是凭着这种精神，唐山市第一人民医院两位女护士，生命之花再次绽放在废墟上。

那晚，王芝兰带孙桂敏值夜班。地震突如其来时，她们刚刚巡视完病房回到治疗室，山崩地裂的冲击，将她们冲掀到一张桌子下。王芝兰后来回忆说，那是一张1米多一点长、50公分宽、4个腿、3个抽屉那样的桌子。她们所在的小儿科是一楼，正是这张桌子，神奇地支撑了垮塌的预制板，姐妹俩得以远离死神。最初，她们还能听到呼救声，后来越来越微弱，渐渐地周围成了一片死寂的世界。孙桂敏侧身压在王芝兰的胸口、腿和关节上，176个小时，就是这样一个姿势，因为没有任何活动空间。

她们是不幸的，又是有幸的，幸运的不仅是因为有那张桌子，还有她们在黑暗中摸得一瓶葡萄糖注射液。就是这瓶注射液，维持了姐妹俩7天7夜的生命。

她们一直处在恐惧中，从搞不清外面发生了什么，到意识到发生了地震，不知道自己20岁刚出头的生命会不会凋零。她们又一直充满着希冀，相信会有人把她们从死神边缘拉出来。就像一朵花，躲过狂风暴雨后再发芬芳。

4日早上，4连官兵再次展开对这片废墟的搜索和清理，一层一层楼地挖，一个角落一个角落地找。战士莫战江像往常一样，先是趴在废墟上细细听一遍，期盼听到生命的音信。忽然感觉下面有动静，小莫不敢相信自己的耳朵，屏住呼吸仔细听，确实是废墟下微弱的呼救声。莫战江高兴极了，大声喊连长：这里有活人！这里有活人！全连官兵迅速集聚过来，当反复确认下面确实有生存者时，大

只要还有一分钟生的希望，战士们就要奋战60秒

家兴奋得要跳起来。进入唐山7天来，他们发现和掩埋了几百具尸体，这还是第一次搜索到生命。连长杜进生亲自指挥，王风良、莫战江、朱信娣3名战士冒着断层下塌的危险，依次进入废墟洞内，边清理边前进，在4米深处把姐妹俩救了出来。

目睹此情此景，废墟上一片欢呼，我们无不激动地流下热泪。这是进入唐山以来，我见到的第一起被拯救出的鲜活生命，两个如花年龄的女护士，在废墟埋压下生存了176个小时。当即，我用相机记录下了这一难忘的时刻，这个伟大的生命奇迹！

人的生命力是顽强的。通常说来，72小时是生命的黄金救援时间，但这不是衡量生命的唯一法则。在唐山，我们听到过许多人在废墟下度过上百个小时，外面的人不放弃，里面的人不放弃，生命依然坚强。最激动人心的，是被困井下15个昼夜的开滦赵各庄矿陈树海、王树礼、毛东俭、王文友、李宝兴5名矿工，360个小时后终于获救。他们是在创造极限生命的奇迹，因而被称为“超越死亡的不朽传奇”。

部队领导看望在废墟埋压下生存了176个小时的两位女护士

第五章 唐山不相信眼泪

灾难猝至，24万人死亡，70多万人受伤，多少人妻离子散，多少家庭断门绝烟。

全国人民牵挂着唐山。人们最关心的是，唐山是不是从地球上抹掉了？唐山人民能不能挺得住？再建唐山有没有希望？

燕赵大地，自古多慷慨悲歌之士。在唐山，我到过矿山、农村、学校、街道，接触过各种各样的灾民——煤矿工人、农村社员、知识青年、学校学生、领导干部……他们职业不同、身份不同、年龄不同，但在地震面前，遭受了同样的痛苦和蹂躏，经受了同样的摧残和磨难。作为中国近代工业的发祥地之一，中国较早一支工人阶级队伍诞生的地方，唐山人民特别能忍耐、特别能战斗的性格，令人肃然起敬。几十年过去了，闭上眼睛想起来，脑海里还会浮现出那些难以忘却的人、那些铭记终生的事。

震后没几天，在古冶，我们与一些矿工交谈。作为幸存者，他们家中都有人伤亡。掩埋罹难亲人后，他们随之想到的是矿上怎么样了、工友们怎么样了，不约而同地回到矿上看一看，因为那也是他们的“家”，一个更大的家。尽管分别没有几天，但经历了生死两重天。彼此见面，他们的问候从日常的“吃了吗？”“身体好吗？”，变成了“你家还有几口人？”“房子塌了吗？”如果人没事，大家皆大欢喜；如果伤亡人不多，大家会说“还好，还好”；如果家中遇难人多，大家就会安慰想开些。我们的驻地越河公社，有些家庭，丈夫罹难，妻子活下来；老人安然无恙，儿孙辈却走了。活着的邻居震后刚见面，问一下，“几个？你们家。”然后拍拍肩膀，以示安慰，人就走了。对他们来说，活着，是幸事，也是偶然。

想象之中，这么多人家破人亡、骨肉离别，唐山可能是哭声一片，哀恸遍地。真实的唐山不是这样，无论走到哪里，很少听到捶胸顿足、撕心裂肺的恸哭。或许是因为他们已经从惊魂未定中走出来，或是因为他们痛不欲生的眼泪已经流干，或是因为他们知道灾难已经远离、日子还要过下去。与灾民们接触，无论是废墟下救出的幸存者，还是带着伤残的唐山人，听他们倾诉，有哀伤，有痛楚，更有镇定和坚强。

震后一段时间，唐山人民生活在极其恶劣的环境中，白天烈日曝晒，晚上无遮无盖，蚊虫叮咬，余震频频。他们常常要排很久的队，领一些救济食品，拎一桶从外地运来的清水。他们起初住的是芦席棚，后来少数人住过帐篷，再后来是以油毛毡为顶盖的简易越冬房。那时，许多唐山人团结互助，共渡难关，出现了不少具有共产主义性质的生活集体。一般由几户、十几户人家组成，有饭大家吃，有衣大家穿，有屋大家住。它不仅是人们相互帮助共渡难关的物质依托，也是心理抚慰、交流情感、倾诉心曲的独特场所。这样的灾时共产主义生活，一直持续到8月底。直面人生最大的痛楚，他们含悲负重，备尝艰辛，表现出极大的忍耐力，用

官兵们为灾民分发救济食品

帮助灾民拎一桶清水，与他们一起共渡难关

顽强地活下去告慰逝者，把生命的尊严写在一片片废墟上。那时我就想，如果有足够的时间跟他们聊一聊，进入他们的内心世界，这些大地震的幸存者们，每一个人都会是一个生命的奇迹；而这些演绎了生命奇迹的人们，又在创造着一座城市浴火重生的奇迹。

40多年前的唐山地震，有两个奇迹震惊世界：一个是青龙奇迹，地震前成功发布了临震预报，全县47万人无一死亡；一个是开滦奇迹，井下矿工震亡仅万分之七。

开滦矿务局位于唐山市区，下属赵各庄、唐家庄、林西、吕家坨、范各庄、马家沟、唐山7个矿，矿区面积670多平方公里。山摇地动时，1万多名矿工正在大地深处的井下忙碌着。谁都知道，地震的能量是从地下涌出的，离震源最近，离死亡也就最近。强烈的地震，不仅会造成巷道落石、塌方，致人死亡，更为严重的是会造成井下大面积停电，导致高浓度的瓦斯等有毒有害气体涌出，地下水位急剧升高，以及无法使用运输工具逃生。几乎没有人怀疑，他们将成为灾难中境况最惨的人。

吕家坨矿是一个具有百年历史的老矿，也是当时开滦矿务局中设备最先进、产量比较高的水采煤矿，生产的精煤供应全国各大钢厂，是人称“采煤不见煤”的现代化矿井。因为136团9连，也就是国防部命名的“学习毛主席著作的模范红九连”在这里救灾，8月下旬，我们在矿上见到了贾邦友。这位经历过战争年代烽火硝烟洗礼的老兵，身上依然保留着军人气质。他跟我们细细讲了在井下与矿工们九死一生的情形。

震前头一天，正好是矿务局组织的高产日，吕家坨矿1006人正在井下作业，职务最高的是矿革委会副主任贾邦友。贾邦友说，当时，他正组织矿上的500多名机关干部和部分井上工人，在400多米的井下清理回收铁溜槽、铁棚子、废旧电缆和旧钢管。为了不影响井下原煤生产，义务劳动只能在夜间进行。尽管煤井现代化了，但毕竟是人在地层底下与粉尘、瓦斯、塌顶、水患打交道。有人曾经这样说，人在井下采煤，是四块石头夹一块肉。大震来临那一刻，先是一阵强烈的震风，煤尘轰然而起，什么也看不清。接着，从底板方向传来巨大的声响，由远而近，渐渐地震耳欲聋。整个巷道都在晃，顶板上的煤和矸石哗哗地往下落。钢制的拱形支架接头，在激烈的碰撞和摩擦中发出巨响，令人恐怖的火花四处乱溅。地下深处的矿井，立即陷入了地狱一般的绝境。“我打了一个趔趄，想靠边儿扶住铁棚子，可大地晃动的劲儿忒大，就是咋也抓不住。有的人矿灯被晃掉了，有的人帽子被刮掉了，有的人摔倒了，掌子面上满是煤尘，瞬间停电停风，井下一片昏暗嘈杂。我是军人出身，知道在危急关头一定要指挥得当，赶紧高喊：‘快撤！快往下撤！撤到大巷里去，在那儿等我！’”

一个临时党支部诞生了，在生死抉择的关口，在离地面几百米的井下，恐怕这是一个前所未有的党支部了，贾邦友担任书记和撤离总指挥。由于断电，主副井提升系统陷于瘫痪，井筒歪斜不能走人，井下人员上井只有华山一条路，就是通过—425到—125，再上到—70，然后顺风井爬梯子间上井。贾邦友鼓励大家，“要看到光明，增强勇气。撤离过程中，一定要遵守纪律，团结互助，服从指挥。”然后宣布了撤离顺序：兄弟单位的同志先走，然后是井上工人、采煤工人，最后是机关干部。“各单位都要先群众后党员，先工人后干部，领导必须最后撤离。”

求生是人类的本能，任何人都想尽快脱离险境。可以想象，如果没有坚强的担当和有效的组织，会发生什么样的混乱，哄跑？拥挤？踩踏？然而，伟大的开滦矿工，这些光和热的使者，用他们高尚的人格，演绎了一幅不亚于影片《泰坦尼克号》的悲壮场景。

几百米的地层深处，星罗棋布的巷道，宛若城市的大街小巷，第一次下井的人会感到像是一个迷宫般的世界。加上那种漆黑不同于闭上眼睛的黑，仅凭头上的一盏矿灯，在撼人心魄的余震中走完井下十几里路，攀上1000多米的陡坡，平时从井下到地面都还困难，何况是在地震中。在漆黑一团和极度恐怖中，谁也看不清谁，1000多人在并不宽敞的巷道里，犹如一条前不见头、后不见尾缓缓蠕动的长龙。然而，在这个决定生死的通道里，没有拥挤，没有嘈杂，有的只是贾邦友镇定自若的指挥。

升降机不能用了，风井的梯子道是一条“通天之路”，90多米长，窄窄的只有一人肩宽。上的人多了，会造成拥挤，梯子一塌，上井的路就断绝了；上的人少了，时间拖延长了，如果再次发生大的余震，井口变形，剩下的人或许永远回不到地面。“女同志先上！”贾邦友指挥着，她们一个接一个地爬上几百米高的铁梯，每攀上一级便向生还靠近了一分。她们头上是暴雨般的淋水，脚下是不断摇动的大地，一束束矿灯光柱无声地照耀着她们。

“新工人上！”

“老工人上！”

最后是干部，一群真正受人尊敬的领导者。贾邦友最后一个返回地面，当他爬出井口时，已经是上午8点多了。撤离共用了近5个小时，这是恍如隔世的5个小时，他们从死亡的边缘挣脱，终于走到了新生的

贾邦友与“红九连”党支部成员在一起座谈

彼岸，拥抱了太阳的光芒。先上井的人们都没有跑回家，他们在余震中焦急地等待，等待贾邦友安全返回地面。贾邦友心头一阵发热，“矿上不要管了，都回家看看吧。”

奇迹就是这样创造的——井下1006名矿工，零伤亡！

我还问过开滦矿务局的一些同志，遇难的7位矿工是什么情形？他们给我讲了两个英雄般的矿工：唐家庄矿唯一遇难的矿工张勇，是个井下炸药库的保管员。地震时，张勇所在的位置距地面仅有150米，因为担心炸药发生危险，他一直没有撤离岗位，直到飞速上涨的地下水把他吞没。林西矿绞车司机吴显东，右手被砸伤仍全力抓住闸把，直至生命的最后一息。

唐山地震，突如其来。最先从废墟中爬出来的人们，通过3条渠道不约而同地向党中央报告了灾情。

第一条渠道，凌晨4时零3分，驻唐某部无线电连报务员吴东亮按动电键，向北京的上级机关发出第一份电报：“请老台长（首长）速转告党中央和毛主席，河北省唐山市发生了强烈地震，房屋倒塌，夷为平地，人们埋在废墟之中，火速派部队来唐救援……”对方回电：“完全清楚，同意转告。”此时，距地震发生仅21分钟。

第二条渠道，唐山市委常委、宣传部长赵俊杰受命辗转到遵化机场，上午7时左右通过电话向中央报告了唐山震情。中央答复：“唐山地震情况中央已知道了，正在做抗震救灾部署。河北省委和北京军区的负责同志很快去唐山，与你们共同组织抗震救灾工作。”

第三条渠道，清晨6时51分，地震刚刚过去两小时零9分，空6军某飞行团副政委刘忽然和师机关参谋张先仁，乘1架里—2飞机从唐山起飞，7时40分到达北京。上午9时许，与驾车直奔中南海的开滦矿务局唐山矿工会副主席李玉林等同志一起，向中央领导当面报告了震情。

李玉林和他的工友们的那段传奇般的故事，各种媒体和纪实文学作品作过翔实的描述，李玉林本人也曾应邀作过几百场报告。我没有从事新闻工作的经历，也没有专门搞过文学创作，无论当时还是后来，都没有机会直接采访李玉林。但是，当年在唐山，我们直接聆听过他的讲述。记得9月初的一天，李玉林给我们46师官兵作报告。他的表达能力很好，整场报告，跌宕起伏，感人至深，激动着台下的每一个人。也许是特殊任务、特殊环境的原因，那场报告给我留下了深刻的记忆。

7月27日晚9时，李玉林精疲力竭地走出矿井，打算在办公室凑合着打个盹儿。这时，电话铃响了。这个电话救了李玉林的命，也间接地救了无数唐山人的命。电话是党委书记打来的，有事请李玉林过去一趟。两人谈话到12点多，与书记分手后，李玉林决定回家看看。就是这趟回家，让李玉林逃过一劫。后来他才知道，地震时整个办公室全部垮塌，结实的写字台被砸得粉碎，如果不是当晚的谈话，自己肯定在劫难逃。痛心的是，那位书记却没有躲过厄运。

凌晨3时42分，地光闪过，远处传来排山倒海般的轰鸣声，随即大地像波涛中的航船顿时失控，疯狂、猛烈地颤抖着。李玉林睁开眼，透过绿色窗帘，开始看见红光，很快变亮，最后窗帘由绿色变成了白色。震动把他从床上掀到地下，伴随着房屋“咔咔吧吧”的撕裂和倒塌的响声，人就像掉了魂儿一样。这个过程大约持续了几十秒钟。就是这几十秒，毁灭了一座城市，把一个个鲜活的生命从人间抹去。

几分钟后，眼前一片漆黑，四周渺无声响，整个唐山陷入一片恐怖的寂静。回过神儿来，李玉林才发现，大衣柜神奇地撑住了屋顶的预制板，全家人才死里逃生。迅速将家人转移到院子后，他转身往门外跑，身为工会领导，他惦记着矿上。跑出门外才发现，自己只穿了条短裤，光着身子，赤着脚。李玉林顾不得这些，凭着感觉摸黑沿着通向矿山的铁道线走。“当时，黑夜静得可怕，仿佛只能听到自己的心跳声。”李玉林说，“铁轨都卷成S形了，有的铁轨高高拱起，足有2米多高。”

他有两个抉择：向左稍远是去矿上，向右200米是父母住的地方，大儿子还在那里不知死活。李玉林选择了向矿上跑。到了矿上，人懵了，傻眼了，所有的建筑物都塌了，水和电也停了，连救命的声音都没有了。爬上办公楼废墟，马路对面的市委大院也没有了模样。当过兵的李玉林清楚，发生这样的灾难，只有让党中央、毛主席知道，才能调动军队大规模救灾。他蒙发了一个念头：给北京打电话，给党中央打电话！于是，发疯似地满街找电话。然而，整个城市什么都没有了，没有了房屋，没有了声音，没有了光亮，更没有了电话。

一辆具有历史意义的救护车出现了。废墟上，李玉林碰到矿武装部干事曹国成，两人赶紧找汽车。恰巧，救护队司机崔志亮开着一辆红色矿山救护车从风井赶来。李玉林说："这辆车谁也不能动，你得听我的！"这时，在井下幸免于难刚出来的机电科老工人袁庆武也上了车。就是这辆红色矿山救护车，后来被人们称为地震之后"第一辆苏醒的车"。

4时10分左右——震后不到30分钟，救护车拉响警报，警灯闪烁，从唐山矿开出，全速向西奔去。

李玉林说，他们并不是一开始就要去北京，只是想尽快给中央打个电话，让北京知道唐山的情况。而这个电话，直至到了中南海也没打成。"车行不远，迎面遇到矿公安分处副处长，我就喊：'我们出去挂电话，走哪儿算哪儿，你赶快组织人保矿……'驶出新华路，我一看，哪儿还有市委、军分区，全平了！我跟小崔说，朝西跑，上北京！"

经过唐山几条主街道，几乎没看到什么人，似乎全世界只剩下了他们这辆车和他们几个人。黑暗、恐惧、悲痛，大家心情都很沉重，默默无语，任凭汽车在夜色和颠簸中发狂似地奔跑。

李玉林在部队当过驾驶员。他分析，从唐山到北京，有几条路可走：南线走芦台、天津，这条路远了50多公里，而且有几条大河，一旦桥被震坏，绕路会拖延时间。北线有两条路，一条是经丰润、玉田到北京；另一条是经韩城到玉田，再去北京。这两条路都要通过还乡河水泥大桥，如果桥坏了就无法前进了。"但后者有一座木桥，一旦水泥桥坏了，还可以绕行木桥"。最后，他们选择了这条路。事实证明，他们的选择是正确的，这是当时车辆向西能够驶出唐山的唯一通道。

唐山地震，是地震工作者们终生的创痛。在蓟县，李玉林他们碰到国家地震局几个奉命前来寻找“震中”的同志。那时，这是最尴尬的一些人了，在人们激烈的诅咒和痛骂中，仿佛他们是这场灾难最大的罪人。不过，李玉林他们表现出了很大的理性。地震局的同志了解到唐山震情后，“希望我们留一位同志带路，带领他们去唐山。于是，袁庆武上了他们的车返回唐山，国家地震局一个姓卞的同志带我们去北京。”

那个年代，人们都知道，北京是中国的心脏，中南海是北京的心脏，那是毛泽东居住的地方、党中央办公的地方。从毛泽东会见外宾的新闻纪录片中，人们还知道，新华门是进出中南海的地方。李玉林作出一个惊人的决定——到中南海去！当面向党中央汇报！

他们的车从红庙进入北京城区，明显感到整个城市陷于地震恐怖之中，许多老百姓披着雨衣站在室外，马路边搭起许多地震棚。车一直向新华门方向驶去，路边的人们疑惑地看着这辆脏兮兮、响着警笛、闪着警灯的红色矿山救护车。

“刚到新华门门口，呼啦啦冲出一群军人，端着枪果断地拦下汽车。”李玉林赶忙下车说，“我们是从唐山来向党中央报告地震灾情的，整个唐山都震平了。”一位军官告诉他，这里不允许任何车辆进入，你们要去国务院接待站。8点半左右，他们来到府右街。李玉林披上修车用的破棉大衣，穿上在蓟县借的裤子，蹲在地上用雨水洗了洗手上的血迹，跨进了国务院接待站。

工作人员知道情况后，赶忙打电话报告，带领他们乘车到了中南海北门，几位年轻的秘书打着雨伞在门外迎接……

就这样，在中南海紫光阁会议室里，李玉林他们向中央领导报告了唐山地震的第一手情况。李玉林说，“我们走进一间很大的会议室，后来才知道这是紫光阁。中央领导同志不顾我满身泥水，与我紧紧拥抱。我们像孩子见了久别的母亲，激动得大哭起来。我哽咽着说：首长啊，唐山全震平了！……在场的所有人都落下了眼泪。”

李玉林等人的出现，搅动了中南海。中央领导同志评价，他们为中央的救灾工作抢出了一个白天的时间。时光似水。在许多人看来，一个白天算不了什么，稍纵即逝。但对于遭受毁灭性摧残的唐山，却意味着10多万人民解放军和几百支医疗队早一天到达，意味着几万几十万被埋压在废墟下的人们多了一份活着的希望，意味着唐山早一天绝地重生！

我接触的李玉林，远远望去，普普通通，不像是个传奇人物，但他的这段传奇般的故事，可歌可泣，感人至深。从李玉林身上，我们看到和感受到的，是渗透在唐山人骨子里的那种特别能战斗的精神。

震后没几天，唐山人民一边掩埋逝者、清理废墟、安顿生活，一边昂起头来，重建家园。

新中国成立后，凡是发动人民群众广泛参与的政治经济生活大事件，都会有一些激励性的口号，朗朗上口，耳熟能详。即使改革开放年代，也会见到类似的口号，像“时间就是金钱，质量就是效益”“观念一变天地宽，不换思想就换人”“计划生育好，利国又利民”，或许这也是“中国特色”了。唐山抗震救灾更是如此。在我的唐山笔记中，就记录了这样一些口号：

地震升一级，斗志增一倍！

男女老少齐动员，不要国家一分钱，自力更生建家园！

七级地震吓不到，越是艰险越向前！

天塌地陷何所惧，泰山压顶腰不弯！

地震震不倒英雄汉，社会主义照样干！

重灾面前不低头，唐山人民永向前！

军民火线同战斗，战地黄花分外香！

天塌地陷何所惧，房倒屋塌不足奇，胸中自有朝阳在，战天斗地志不移！

大震保丰收，不吃返销粮！

阶级兄弟活一分钟，咱们就要战斗六十秒！

山崩地裂全不怕，誓夺胜利斗天灾！

地陷我们补，天崩我们撑，双手重把家园建，人定胜天靠斗争！

新旧社会两重天，一个苦来一个甜！

人还在，地还在，受灾更要学大寨！

十二级台风刮不倒，七级地震震不垮！

轻灾夺丰收，重灾不减产，夺取农业大丰收，多为国家作贡献！

困难面前有我们，我们面前无困难；我们多受一份苦，灾民少遭一份难！

……

英雄的开滦矿工，泰山压顶不弯腰，震后没几天，便开始了下井恢复生产

有些时候，精神的力量可以弥补物质上的缺失。唐山抗震救灾，正值“文化大革命”后期，这些政治性的口号，不可避免地带有那个时代的印记。从另一个方面看，它又真实地反映了唐山人民在那段苦难的日子里，没有被厄运所吓倒。他们挺直脊梁，不屈不挠，在灾难的废墟上，诠释了唐山性格、唐山气概和唐山魂魄。

第六章 为了重生

不久，部队部署再作调整。8月5日，我们转战到越河公社西马各庄，营地设在一片很大的开阔地，前面是一条公路，后面是几十亩苞米地，不远处是一座坍塌的瓷窑。这是在唐山安营扎寨时间最长的一个点，长达两个多月。

西马各庄，位于越河公社西南部。根据中国村名以地理风物、居民姓氏和永久标志为参照的传统，越河一带的村名与燕王朱棣的扫北战事相联系。相传，马各庄一带当年是一片大草洼，燕王士兵曾经放牧战马。后来，有刘姓和吴姓人家来这里定居，以刘姓为主的村叫东马各庄，以吴姓为主的村称西马各庄。震前，西马各庄323户，1418人。地震袭来时，倒塌房屋1522间，死亡442人。

唐山称“山”，城区实际上是块平原地，濒临渤海，几无山痕。震前唐山人休闲的凤凰山，海拔高程80多米，在山区人看来，不过是个大土丘。然而，唐山要重生，必须爬坡过坎越过两座“大山”：一座是灾难过后，必须尽快掩埋20多万遇难者尸体；一座是秋冬将至，必须尽快解决几十万幸存者的居住问题。

大规模人口死亡，只有在大规模战争和超常自然灾害中才会发生。大规模掩埋遇难者遗体，是战后、灾后医疗创伤的巨大难题。进入8月，唐山地区盛夏高温，24万遇难者遗体腐烂变质。假如将这个数字的遗体全部不留空隙地葬在一起，需要挖一个占地130亩的大坑；假如将这些遗体全部一次运载，需用解放牌卡车24200多辆；假如遗体与遗体接踵相连，将出现一条长达400公里的死亡之线……

地震毁坏了唐山所有的火葬设施，加上断电停水，尸体火化已无可能。处理灾后遗体是刻不容缓的事情，成为拯救生命后抗震救灾工作的重心。它的意义有3条，一是让罹难者尽快入土为安；二是防止瘟疫发生；三是为活着的人们创造生存环境。不久，大规模的尸体掩埋开始。第一步，清理并移出距水源地、自来水管及主要居民点100米内的尸体；第二步，清理离市区较近、集体掩埋于交通沿线附近的尸体；最后，清理被压于高层建筑物下面、仍未清理出来的尸体，将其挖出并按规定予以掩埋。上级要求“快殓、快运、深挖、深埋”，并规定喷药、消毒、包裹、捆扎、运送、深埋的具体程序。我们的任务是配属137团，把他们清理出的尸体运送到唐山郊外掩埋。掩埋尸体时全部用石灰消毒，然后盖土1米，再用拖拉机反复碾压两次。前期，从废墟中拯救生命，那是抱着生的希望在拼命。现在，生命没有了，希望泯灭了，面对一具具惨不忍睹的尸体，挖出来，裹起来，搬上车，最后再掩埋。不是一个两个，而是成百上千；不是一时半时，而是连续奋战。绝大多数战士是第一次触碰死者冰凉的身体，那时，他们才意识到原来死亡离自己如此之近。悲恸，恐惧，环境恶劣，这是常人难以承受的事情。艰难不在于劳累，不在于辛苦，更多的是对心灵的震撼和对心理的蹂躏。

掩埋尸体不仅繁重、艰辛，而且充满危险，长时间在那样的环境中，气味污染，致人中毒。战士们不畏艰辛和危险，昼夜突击，持续奋战。炎热的天气里，头两天见到的尸体，僵直、呈蜡黄色，后来变得臃肿，呈酱紫色，从被子里往外流黑水，凡是停尸的地方，到处流淌着一滩滩的血水，散发着一股股令人窒息的恶臭，爬满了一群群绿头苍蝇。不少尸体挖出来后已经骨肉脱离，用手一抬就会散架。战士们小心翼翼地将其挪到破旧的被褥上，再抬到车上。后期，为把压埋的尸体清理干净，尽快转运出去，战士们身背、肩扛、手抱，尸水溅到身上、淌到脸上、流到脖子里也全然不顾。137团有一个班长叫蔡少华，扒尸体的第二天开始呕吐，一天吐了9次，以至最后吐了血。据说，一天深夜，一位医务人员在摆满尸体的场地经过时，不小心踩着一条胳膊，只听“哎哟”一声，一个人“呼”地坐了起来。医务人员吓坏了，惊怵中，看清楚是一位裹着雨衣在尸体堆旁睡着了的战士，心疼得流下泪水。最初没有防护用品，一些连队甚至连口罩也没有。战士们把毛巾撕开，缠在面部，捂住鼻子和嘴巴。后来，一些部队配发了防毒面具和橡皮手套，许多战士戴一会儿就满头大汗，喘气困难，觉得比闻尸体味道还难受，干脆就不戴了。那时，普遍反映恶心、呕吐，吃不下饭，体重下降。

开始，清理出的尸体只能用从废墟上捡来的被褥包裹起来掩埋。后来，上级紧急调来40万个约2米长、1米宽的大塑料袋，一个塑料袋装一具尸体，统一运到市区5公里外，推土机按照指定位置事先挖出壕沟，然后把尸体放到2米宽、2米深的沟里掩埋。掩埋的尸体，有的是没人认领的，有的是亲人没有能力埋葬的。现在，城乡随处可见“此处禁止倒垃圾”的告示。那时在唐山，到处张贴的是“此处禁止埋尸体”。

当时的唐山，好多尸体腐烂发味后才被发现。8月中旬的一天，我随李树春参谋长到军前指汇报工作，刘凤鸣副军长在帐篷里接待了我们。谈话过程中，随风飘来阵阵恶臭味。刘副军长喊来几名战士，交待他们到上风口的那堆废墟看看。不一会儿，战士们回来报告，废墟里发现一具尸体，估计是这个厂的值更人员。面对数不清的罹难者尸体，战士们也是普通人，即使年轻，身着军装，有时也会害怕、胆怯，稚嫩的心灵受到强烈震撼。38军一位参加过辽沈战役的老团长讲，战争年代，哪怕是塔山阻击战，拿冻着的烈士遗体当掩体，也没有见过这么多尸体。我曾问过一个战士：怕不怕？战士说：怎么能不怕？在家时从来没有见过死人。现在当兵了，这么多人在一起，又有干部带着，就不怕了。在我们汽车连，第一次拉尸体的前一天，上级要求把车厢里的所有物品卸掉，第二天到了现场才知道拉尸体。大家开始紧张得不得了，心里不能不恐惧。过去晚上怕热睡在车厢上，从那天晚上开始，许多同志就躲在车厢下睡，因为车厢拉过尸体。

进入9月，天气开始转凉。灾区群众的住房是个大问题。震后不到10天，河北省抗震救灾指挥部召开建房工作会议，提出“发动群众、依靠集体、自力更生、就地取材、因陋就简、逐步改善”的建房方针。短短24个字，简明而精当地明确了建造简易房的方式和方法。根据省市统一规划部署，各部队在划区分片救灾的地方，按照防寒、防震、防火和有门有窗的要求，与灾区人民一道，展开了声势浩大的搭建简易房的人民战争。

《辞海》中没有简易房这个辞条解释。它的大面积出现，不知道是不是源于“干打垒”的启发，还是唐山人自己的创造。我曾长期在东北地区工作，住过“干打垒”的营房。那是北方农村都有的、最简便的用土作原料建筑的房子。这种房子看起来很土气，但厚墙厚顶，冬暖夏凉，而且就地取材，施工简单，造价低廉。唐山的简易房，大部分是用废墟中捡回的砖、瓦、木料搭建的，没有统一的规格和设计图纸，五花八门，属于若干种过渡性简易房屋的总称。在1976年至1986年的10年间，它是唐山人在废墟旁支起的挡风遮雨的窝棚。

简易房结构简单，大致分3种形式：好一些大一些的“两出水”的人字架起脊房，高度为2—2.5米左右。这种简易房除了建筑材料上简单一些，空间与正规房屋差不多。震后，很多工厂、商店都临时设在这样的房子里。其次是前高后低“一出水”的滚水房，室内面积较小，高度为2米左右，前后出水檐约为1.8米。当时，这种简易房占大多数。再者是四面出檐的平顶房，像戳起来的麻将牌，面积小，高度低，属于棚子式的一人多高的小简易房。盖这种房的人家一般是因缺少材料或壮劳力，属于将就凑合的简易房。

西马各庄，废墟上搭建起的简易房

天天看战士们盖简易房，看得多了，知道建这种既“简”又“易”的房屋不需要复杂的工具和手艺。绝大多数战士没有建房经验，但同样可以上手参战。一把瓦刀、一柄手锯、一把铁锹、一个抹子就可以开工，砌砖石，和泥灰，套苇帘，铺油毡，压砖头，五六个人一天就可以搭一间。战士们由此学会了二四墙、三七墙，知道了盖房压缝等建筑知识，也算是既能抢险、又会盖房的两用人才吧。

搭建简易房的材料，主要来自两个方面。一是部队官兵和群众一起，从废墟瓦砾中收集捡来的砖头、房瓦、木料、钢筋等；二是全国各地支援的建筑材料。我们伴随保障的137团，每个连队都有搭建简易房的任务。没有搭房棚的细木料，他们就扒旧房子的粗木料代替；没有盖房顶的席子，就用旧高粱秆代替；没有油毡纸防雨，想办法先上一层草泥，后抹一层炕泥代替；缺少砖头，就用倒塌的房顶的胶子块和土坯代替。我们的任务是负责向外运送废墟，向里运送建筑材料。记得那时的唐山火车站货场，各省市支援的木材、钢材、水泥、玻璃、油毡、苇席、草袋、铁丝等建筑材料堆积如山。我第一次见到从大兴安岭林区运来的巨大红松，从四川运来的二三十公分粗、一二十米长的楠竹，从新疆运来的羊毛毡。

资料记载，救灾部队每天投入6万兵力，灾区群众也有10万多人参加简易房建设。截至当年11月中旬，唐山地区建成187.9万间简易房，其中市区35万多间、420多万平方米。仅我们配置的46师，搭建的简易房就达77998间。按照统一安排，救灾部队还为无能力自建房屋的、外地归来的外转伤员以及老幼家庭抢建了一批简易房。“解放军做的好事，像天上的星星，看得见，数不清。”据我所知，这句话的第一次出现，就是在唐山抗震救灾中。

大地震后，唐山人似乎一下子回到了“构木为巢”的“原始时代”。10月初我们撤离时，整个唐山已不再是废墟之城，开始有了“简易城市”的模样。一堆一堆的废墟旁，形形色色的简易房挤满街区，人居住的是简易房，学校、商店、机关办公场所也是简易房。尽管它不美观，但能遮风挡雨，躲避余震。对于当时的唐山人民来说，在灭顶之灾后的废墟旁能够有这样一处简易房，无异于小小的天堂。震后的第一个冬天，数十万间各有特色、各具神态的简易房，庇护着唐山人民渡过了震后最艰难的日子，保证了百余万灾民无一冻馁。这在寒冷的北方不能不是一个奇迹，在世界灾害史上恐怕也是绝无仅有的。

第七章 天上还有一条路

一时间，地震把通往唐山的路都摧毁了，但有一条路它无法摧毁，那就是“天路”。

进入唐山之初，我们的车辆几乎每天都要奔波于救灾现场与唐山机场之间，运送空运物资，转运受伤灾民，目睹了这个隶属空6军的军用机场，作为唐山抗震救灾的“空中通道”所创造的奇迹。

同唐山所有的工厂、企业、机关、学校一样，唐山机场在地震中同样遭受重创。震后第5天，我随车转运伤员，出市区向西北不远就是机场，眼前的情形难以言状。机场指挥楼已经坍塌，导航塔震毁，绝大部分房屋倒塌，树木东倒西歪，地面裂缝纵横交错，到处是废墟瓦砾，远不是想象中开阔的跑道、威武的战鹰、整洁的环境、森严的警卫那种情景。后来听空军的同志讲，地震致使机场调度指挥人员三分之一伤亡，指挥楼十几部电话、电台以及指挥密语、资料全被压在废墟下。尤其严重的是，通讯、雷达、导航、气象设备遭受严重毁坏，对空指挥系统全部瘫痪。

通常，由于飞行需要，机场布局很大，地势开阔，建筑物少。正是由于这个原因，唐山机场又是整个唐山市区受灾最轻的地方。平时人们只能远处瞧瞧的机场，震后一个多小时，城区的灾民成百上千地涌到这里，一眼看不到边。机场医院周围挤满了受伤灾民，能够避险的草坪以及马路上躺满了惊恐不安的人。他们说，城里“全平了”，所有医院都没有了，只有来投奔解放军。唐山机场成了灾民避难的绿洲、躲避余震的“安全港”。唐山人还记得机场的另外一个贡献。震后的唐山，自来水系统瘫痪，一般井的水泥管也都震毁，灾区处于断水的绝境。水是生命之源。伤员们在呼喊水，孩子们在呼喊水，所有的人都在呼喊水。人们四处寻找水源，大坑的水用没了，游泳池的水用干了，浴池的水也用完了。机场有一口铁管的战备井，平时封闭不用，这时全部打开，供九死一生的人们饮用。就是这口“救命井”、这井“救命水”，多少年了，许多唐山人始终难忘。

在铁路中断、桥梁被毁、公路受阻的严重情况下，唯一的空中通道如果中断，唐山就将“与世隔绝”。好在苍天有眼、手下留情，地震只破坏了建筑物和地面道路，机场跑道基本完好。

危难之际，机场官兵勇敢地架设起一条震不垮的“天路”。地震刚刚发生几小时，塔台、指挥连、四站连迅速恢复起来，各就各位。雷达连接到上级确保空勤安全的命令后，冒着不断的余震突击抢修雷达。气象台抢出仪器和资料，分析机场上空虽然有浓云和阵雨，但没有雷暴，可以接收飞机起降。恰巧，机场跑道停放着一架兰州军区空军的里—2训练飞机。他们大胆越权动用，从震后唐山放飞出第一架直接去北京的银鹰，在党中央、国务院急需了解唐山震情的关键时刻，当面汇报了震灾第一手情况。接着，上午10时，北京军区先头人员乘坐的飞机在地面旗语引导下降落；12时，北京军区前指和河北省领导同志乘机抵达；14时，3架飞机载来沈阳军区前指和辽宁省医疗队；16时，5架飞机分别运载大同、阳泉、抚顺、淄博、淮南矿山救护队赶到唐山……

7月30日，中央决定，用最快捷的空运方式向唐山运送救灾物资，同时将受伤严重的灾民向全国11个省市转运治疗。伊尔—18、图—104、三叉戟、波音、安—12、直—5……当时的条件下，凡是能够动用的各种机型的飞机都派上了用场。据说，连周恩来总理60年代的座机——苏联伊留申航空设计局生产的编号为222的IL18D飞机，也载着86名伤员，担当起向西安转送伤员的任务。

每一次到机场，我都要站在跑道外围看上一会儿。银燕穿梭，轰鸣如乐，感觉很是新奇、壮观。其实，这是充满风险的。平时只为二三架飞机导航的设备，怎么能够应付得了密度如此之大的几十架飞机？为了提高起降效率，他们果断建立左右航线，实施双向起飞。南来北往的飞机像群燕般在空中盘旋，地面起降的飞机上下穿梭，雷达靠不住了，地面指挥员用耳听、眼看、头脑分析的办法，根据空中报告的飞行高度和声音判断机型、来向引导飞机起落。他们两人一班，手拿无线电送话器，一人盯住跑道东边，负责飞机起飞；一人盯住跑道西头，安排飞机降落。一架运送药品的三叉戟刚刚落地，马上指挥另一架装满伤员的大型机由北向南起飞；这架飞机刚一离地，迅速指挥另一架刚卸完救灾物资的小型机从跑道中间进入向北起飞；一架飞机刚离地转入正常上升速度，立即指挥其以30°小坡度左转出航，以避开另一架大型机由北向南下滑冲突。常常是天空中盘旋着好几架大型运输机急等着降落的指令，跑道边上又同时停着几架匆匆卸完货的飞机等待指令飞走，起落间隔最短时仅仅26秒。15天里，他们在大地震后裂出道道裂纹的跑道上，指挥来自全国30多个机场、13种机型的3000多架次救灾飞机实现安全起降，最多的一天起降356架次。每一架飞机起飞，都像是新生和希望在起航；每一架飞机降落，都像是带来全国人民与唐山心心相印、守望相助的情愫。

这是新中国成立以来最大规模的空运行动，也是一次完全打破常规的飞行指挥调度。就是凭着这条“天路”，唐山机场一个月内转移伤员2万多人，运进救灾物资2510多吨，创造了世界航空调度史上的一个奇迹。不久，空军司令部调来几个雷达连，在这里组织起严密的空中巨网，唐山机场才结束了它组建以来最繁忙的指挥调度任务。

8月4日一早，我跟车向机场运送伤员。那时，许多省市提出，向唐山运送物资的飞机，不准空着回来，能装多少伤员就装多少，送来多少就接受多少。我们的车厢里，十多个伤员，或是躺在担架上，或是拄着拐杖，或是被人搀扶着，每个人衣服上缝着一块白布，上面写着单位、姓名和年龄。他们在痛苦中充满着期待，因为他们知道很快就会被转运到外地，那里有更好的医疗条件，有更好的生命守护，也会有更多的充满爱心的人们在等待他们。

一到机场，感觉与前几天不一样，警卫明显加强，我们把伤员交给医务人员，就被拦在警戒线外。一打听，才知道以华国锋为团长的中央慰问团要来唐山。不一会儿，一架三叉戟飞机平稳着陆，远远望去，慰问团成员依次走下飞机。那个年代，认识中央领导人的渠道，只能是看报纸照片和新闻纪录片。凭着印象，大体能够认得出来——这是华国锋，那是陈永贵、乌兰夫……其他的十几位副团长都不认识。河北省和北京军区领导迎上前去，同中央领导同志一一握手问候。随后，慰问团进入设在机场帐篷里的抗震救灾指挥部，听取震情和救灾情况汇报。

中央慰问团的到来已是震后第8天。尽管如此，对正在如火如荼抗震救灾的唐山军民仍是巨大的鼓舞。机场警戒线外，几百名灾民和伤员热泪盈眶，激动不已。熬过了深夜的惊恐、黎明的苦战，在危难和悲痛之际亲眼见到中央领导同志，他们感受到了温暖，看到了希望的曙光。他们相信，党和灾区人民心连心，唐山一定能够重新站起来。

第八章 废墟上的演出

在唐山，我们看过一场精彩的演出，这也是整个抗震救灾期间参加的唯一一次文化娱乐活动。在环境和生活那么艰苦、救灾任务那么繁重的情况下，没有音乐，没有图书，没有影视，能够享受到那样一场精神餐宴，令人记忆长久。

大约8月中下旬，北京军区战友文工团到唐山抗震救灾一线慰问演出。这是一个在全国有很高知名度的文艺团体，诞生于抗日战争的枪林弹雨，前身是晋察冀军区政治部抗敌剧社，也是我军创立最早的文艺团体之一。长期的艺术实践中，他们创作演出了一大批像《长征组歌》这样经久不衰的优秀作品，形成了具有“鲜明时代特色、雄健部队气质、浓郁军营气息、鲜明民族特色”的艺术风格，以卓越的艺术成就蜚声于世，成为国家和军队一流的艺术团体。

战友文工团为抗震救灾军民慰问演出

战友文工团有很强的演员阵容和一批知名的艺术家，唐山抗震救灾，他们全都到了第一线。8月下旬的一个晚上，记不得具体是哪一天了，在马家沟一个学校空旷的大操场，他们为46师救灾部队专场演出。我们汽车连出动6台卡车，三面车厢板打开，停靠在一起就是舞台，后面是一堆一堆的废墟。上千名官兵整齐列队，席地而坐。夜色当帷幕，废墟做背景，气灯做照明，那些大名鼎鼎的演员，用现在的话说，都是那个时代的明星、大腕，全都登台亮相：

——马玉涛，著名女高音歌唱家，演唱了《老房东查铺》《祖国处处有亲人》《毛主席的恩情深似海》五六首歌曲，歌声刚健、豪放，声情并茂，直抒胸怀。从她雄浑而嘹亮的歌声中，你可以感觉到这不是一个生活的旁观者，而是带着战场上的硝烟、救灾中的尘埃站在舞台上的巾帼勇士；

——贾世骏，著名男高音歌唱家，演唱的是《革命理想高于天》等经典歌曲和新创作的《灾区人民英雄汉》，演唱语气亲切豪爽，声音圆润通畅，音色动情优美，感情细腻而又真切。优美高亢的旋律久久在耳边回响，使人感觉还是那个站在人民大会堂舞台上，在音乐舞蹈史诗《东方红》和《长征组歌》中担任领唱的大歌唱家；

著名歌唱家贾世骏为灾区人民演唱

——马国光，著名男中音歌唱家，演唱的是《一壶水》《人定胜天》等歌曲，真挚的感情，浓厚的韵味，传神的形象，潇洒自如的歌声，回肠荡气，令人难忘；

——高元均，中国最负盛名的山东快书表演艺术家，以60多岁的高龄登台表演了《武松打虎》《智斩栾平》等作品。幽默风趣的情节，夸张细腻的表演，憨中见巧，刚柔相济，张弛有致，举重若轻，轻松风趣中透着隽永与灵气，赢得掌声阵阵、喝彩一片；

……

同这么大的地震灾害抗争，类似和平时期的一场战争。从这个意义上讲，这是一场激情燃烧的战地演出。夜幕下的废墟，废墟间回荡着的歌声，让人感到浓郁的战斗文化气息扑面而来。回到驻地，我们议论了好久，认为这样的演出效果，不亚于一场强有力的战地动员。这是年轻时的我看过的最好的演出，那么艰苦的环境、那么简陋的舞台，与那么真诚的演出、那么美妙的歌声形成的强烈反差，难以忘怀，回味无穷。战地文化无声浸润，英雄气概油然而生。那时我就想，贴近使命、沉到一线、渗透血性的战地文化氛围，对于塑造战斗品格、培养战斗意志、激发战斗潜能、高扬战斗精神，具有多么重要的作用！至今，我还保留着当时拍摄的许多演出照片。

10年后，我在总政宣传部工作，有机会接触到战友文工团的同志。他们告诉我，震后没多久，全团就到了救灾一线，与战士们一起挖过废墟，抬过预制板，寻找过幸存者。难忘的抗震救灾经历，为他们提供了丰厚的创作源泉。在灾区，他们创作了对口快板《抗震凯歌》、京剧联唱《毛主席党中央发来慰问电》、男声独唱《灾区人民英雄汉》、河北梆子《人定胜天》、山东快书《向抗震救灾英雄学习》等一批短小精干的作品。全团分为4个演出队，深入到工矿企业、农村公社、救灾部队、中小学校慰问演出，足迹踏遍了灾区的山山水水。男低音歌唱家、被称为“马氏三杰”的马子跃、马子玉、马子兴三兄弟，家就在唐山灾区，有些演出场地与家门口近在咫尺。他们始终认为，灾情就是命令，演出就是战斗。能为官兵们多唱一首歌，就是为抗震救灾多出一把力。三兄弟没有顾上回家看看，没有落下一场演出，场场登台为官兵们表演男声小合唱。在与一些老艺术家交谈中，我们回忆起在唐山的难忘岁月、在废墟上演出时的情景。他们也很感慨，为那时的人生奉献和艺术付出感到骄傲。

今天，一些老艺术家已不在世。我想，唐山人民不会忘记，涅槃重生的新唐山同样有他们的奉献。

第九章 地震波及的北京

参加唐山抗震救灾，机关的几个同志中我负责政治工作，新闻报道也是任务之一。那段时间，白天跟部队到处跑，晚上在帐篷里点着蜡烛写了不少稿子，问题是发不出去。那个年代，没有复印机、传真机，稿子是用复写纸复写的，发稿的唯一途径是邮寄，注明新闻单位，邮资免付。震后不久的唐山，邮政系统还没有恢复，稿子寄不出去，全都压在手里。

8月上旬的一天，赵副主任跟我说，唐山离北京近，可以考虑去送稿子。最初我还犹豫，尽管听说唐山到北京的公路、铁路已经抢通，但对能不能走得出去心里没有底。但毕竟年轻胆大，路不熟，人不熟，社会还不是很安定，也敢出去闯一闯。

第二天一早，汽车连一排长陈元庆开车把我送到唐山汽车客运站。由唐山开往天津方向的长途汽车刚开通，人很多。那时没有军人证件，靠着一身军装，我们与车站工作人员联系，介绍自己是救灾部队的要到北京办事。他们说，军人优先，现在抗震救灾更优先。结果一切很顺利，上午就到了天津。之后换乘火车，下午两三点到达北京。

此行是我第一次到北京。在唐山的那些日子里，我们一直关注着北京，关注着北京的震情，因为那里是共和国的心脏，离唐山仅180公里。

唐山地震发生后，由于被急剧放大的心理效应，人们对余震相当恐惧，全国弥漫着地震恐慌。整个8月，有17个省和直辖市的4亿人露宿户外，以躲避再次发生地震，大批工厂停工停产，经济损失无法估量。千百年来，建立在“天人感应”认知上的“灾异天谴”说，对人们的影响是根深蒂固的。时至当下，许多人仍然相信自然现象是人间社会的反映。早在这年的3月8日，吉林市郊区金珠公社出现了一次世界罕见的陨石雨，散落方圆500平方公里地域，最大的3块陨石，每块重量超过100公斤，其中最大的一块重1770公斤。从吉林陨石雨开始，一些人就有些内心不安，唐山大地震更增加了这种不安感。

走出北京站，强烈的印象是北京同样笼罩在一片地震恐慌之中。车站广场前，满是乱搭的防震棚。人们眼神中流露出来的，有镇定和信心，也有慌乱和不知所措。

我准备到军委装甲兵大院，因为经常寄稿子，知道地址是复兴路

26号。打听路人，上了大1路公交车。车过天安门广场，隔窗望去，到处是慌恐不安的人们，大大小小的防震棚遍布广场，多数是一种最简单的塑料棚，前面4根竹竿，后面4根竹竿，顶上5根竹竿，搭着一块塑料布，棚子四面透风。8月的北京，许多人家都是生活在这种棚子里。还有一些防震棚，或是用雨布、雨衣罩起来的，或是用木板、油毡纸搭建的，五花八门，各式各样，远不是印象中庄严、雄伟、开阔和整洁的天安门广场。

后来我们知道——

突如其来的唐山大地震，极震区烈度为11度，面积约47平方公里；烈度为10度的地区，面积约320平方公里；9度区1430平方公里；8度区5470平方公里——这已包括了天津市。北京市的破坏程度为烈度6度强、局部7度。地震袭来时，整个北京摇晃不止，人民英雄纪念碑在颤动，天安门城楼上粗大的梁柱发出断裂般“嘎嘎”的响声，军事博物馆高耸的塔尖上红色五星被震落，故宫大殿前汉白玉雕刻的巨龙身上可以清楚地看到震裂的痕迹。部分砖石结构的古建筑，如白塔寺、天宁寺、德胜门、于谦祠、故宫砖墙以及通县的燃灯佛舍利塔、麦庄塔等，遭到不同程度的损坏。密云水库白河大坝出现严重险情，内侧滑坡500余米，对京、津造成威胁。

北京的一些工矿企业也在强震中颤动。首钢炼钢车间的天车不停地晃动并发出响声，高压套管发生严重位移。特殊钢厂炼钢车间五号炉正在出钢铸锭，盛满15吨钢水的大钢包吊在空中，瞬间晃动起来。石化总厂15米上水管线被震裂。焦化厂焦炉建筑剧烈晃动，全厂突然停电13分钟，炉内压力骤然增高，炉顶一片火海。氧气厂制氧车间厂房晃动不止，墙面出现裂纹，5处开裂和错动，机器大轮摆动严重。塑料器材厂厂房山墙倒塌，25米高的烟囱从顶部震裂。京西煤矿井下支柱劈裂发出声响，碎石下落……

后来统计，天津市亡24000余人，重伤2万余人，35%的房屋严重受损或倒塌。北京市亡900余人，重伤千余人。

许多人这样回忆地震时的感受：地光，地声，强烈的摇晃……大家被震醒后，跟坐火车一个感觉，左右晃动，不顾一切地跑到屋外。慌乱中，有的人甚至将枕头当作婴儿抱到了室外。北京饭店是当时中国档次最高的涉外饭店。人们回忆，先是感到整个建筑物上下震动，然后是从左到右的水平晃动，房间发出嘞嘞响声，屋顶上的电灯猛烈摇晃，饭店门外掉下来的石头把汽车砸坏了。

毛泽东当时住在中南海游泳池。地震发生时，天空中黄色带红的强烈闪光震荡，东八所的几段院墙和围绕中南海的大墙多处被震倒，少数房子被震塌。那时，毛泽东病情已经很严重，处于昏迷半昏迷状态。地震袭来，住处大厅门窗上的玻璃“哗啦啦”地响个不停，地下也有拖拉机发动般“轰轰”的响声，病榻摇晃不止。在场的人忽地围到毛泽东的身边，抱着他的头部，弯下身挡住，防止掉下东西来。后来，他们用一个大被单，几个人拉住四角，罩在毛泽东床铺的上面以防万一。当时，毛泽东的神智还很清楚，也知道发生了地震，但是说不出话来，只用手摆摆，大概想说不用惊慌。

灾难猝然而至，群众人心惶惶。他们害怕再次发生地震，不敢在室内停留，纷纷跑到马路、广场、公园等空地；找不到远离墙体的空地，许多人只能站在马路边上。那天大雨从早一直下到晚，人们打着伞、披着塑料布，有的穿着短裤，有的光着膀子，大人叫，小孩哭，宁可站在街上挨淋也不敢回家，马路上一片混乱，整个北京城陷入极度的恐惧慌乱之中。

由于余震不断，北京市政府，那时叫革命委员会，为了安全起见，动员人们不要呆在家里，尽可能住到简易棚或汽车里。满街满胡同的老百姓，忙乱地从屋里往外搬椅子、抬木床、占地方、支棚子。防震棚大都利用树木、线杆甚至灌木以及家具固定，并且不断地加固，或修缮得尽可能舒适一些。各家各户建防震棚的空间毕竟有限，不少人只能在床上支个塑料棚，一张床睡几个人，或者轮流休息。有的几家甚至十几家人住在一个大防震棚里。一段时间，北京市民天当屋、地当床，过着“有家不能回”的生活。直到8月16日，市政府告知市民可以回家了，人们才纷纷拆除防震棚，陆续回到了原住房。有些人在室内继续倒立一个酒瓶作为“报警器”，据说瓶子一倒就是地震，就要像惊恐的兔子，拔腿向外跑。有婴儿的家庭，把奶粉、奶瓶放在离门最近的地方，以备逃离时随手带走。

还是在公交车经过天安门广场时，我下意识地问：这是天安门吗？坐在旁边的乘客用异样的眼神看看我。我想象得到他们心里想什么，说了一句：我是唐山救灾部队的，刚从唐山来。就这一句话，瞬间引起前后排乘客的注意。他们纷纷围过来，七嘴八舌地问“唐山怎么样了？”“死的人多吗？”……当时我的感觉是，无论在天津还是北京，从唐山出来的人，受灾灾民也好，救灾部队官兵也罢，都是最受关注的人。因为天津、北京身置灾难边缘，人们太想知道唐山发生的一切。后来，我看过一个资料：那时，通信技术不像现在这么发达，坐落在长安街上的电报大楼，是北京人通过电报、长途电话与外界沟通的主要场所。地震发生后，人们牵挂在唐山的亲朋好友，不约而同地涌向电报大楼，两三天时间发往唐山的电报就从几十封突增到上万封，工作人员甚至用麻袋存放电报。

在军委装甲兵大院，门卫给我联系到王福利同志。王福利是我们团政治处的老新闻干事，几年前调到《人民装甲兵》杂志任编辑。《人民装甲兵》是一本反映兵种生活的综合期刊，很受装甲兵部队欢迎。我和王编辑没有见过面，但在电话中经常联系。

王编辑下楼迎接我，穿过大院密密麻麻的防震棚，把我带到他的办公室。没有多长时间，楼上楼下的同志知道唐山救灾部队的同志送稿子来了，纷纷围到我的周围，询问的话题集中在唐山地震：地震伤亡怎么样？死亡人数有多少？是不是有瘟疫发生？幸存者怎么生活？救灾部队去了多少？他们说，我是他们震后第一个见到的从唐山出来的人。我就我所知道的一切一一作了介绍，编辑们很感动，嘱咐王福利把稿子好好编一编。

王编辑执意挽留我住在装甲兵大院，我知道他盛情一片，但也会为难，毕竟找一个客人留宿的防震棚不容易。于是，婉拒了他的盛情，打算到中关村我的一个亲戚家凑合一夜。

我的大妈住在中关村西平房，一家人好几个是中国科学院的工人。到了西平房，大妈十分惊讶，无论如何想不到我会来，更想不到我会从唐山来。

中国科学院这个住宅区面积很大，西平房前面是13、14、15号几栋苏式三层建筑，据说住过钱学森、钱三强、童第周、贝时璋、赵忠尧、赵九章等被称为“中国最高级的一批大脑”，包括留在大陆的中央研究院首批院士中的9位、中国科学院首批学部委员中的32位，以及23位“两弹一星”功勋奖章获得者中的8位。楼后隔一条小街是一排排平房，住的大都是院所职工。同北京所有的街区一样，这里同样弥漫着恐慌和不安的氛围。大院的空旷场地，搭满了简陋的防震棚，有的是用油毡纸搭起来的，有的用竹竿挑着塑料布就是临时住所，有的把床抬出来挂上蚊帐就能睡觉，家家户户把电源引出来，晚上一开灯，灯火点点，煞是一道别具一格的“风景线”。我的到来在西平房引起轰动，左邻右舍不断有人问这问那，他们太想知道唐山地震的一切。

那晚睡觉成了问题，住防震棚没有空间，和别人挤在一起又不方便。我和堂弟商量，他们住的是平房，即使发生余震，跑出来也方便，干脆住进屋里。我们把床搬到门口，房门大开，挂上蚊帐，窗台倒立几个啤酒瓶做预警之用，一宿平安无事。

震后的北京，公共交通还算正常。第二天一早，堂弟陪我乘车到了位于阜成门的解放军报社，送稿子的事情同样比较顺利。中午，在马甸登上长途汽车，傍晚就到了唐山，走了几里路，边走边打听，顺利回到西马各庄。

第十章 悼念毛泽东逝世

回首唐山抗震救灾，不能不说到毛泽东逝世。一段时间，继承毛主席遗志、夺取抗震救灾胜利，是救灾工作鲜明的政治主题。

还是9月7日，李树春参谋长和赵银成副主任安排我回团里一趟。他们考虑，这么严重的地震，这么浩大的抗震救灾，举国关注，团里同志更关注。一个多月了，由于通讯条件限制，一直没有与团里联系。现在，铁路运输恢复了，由我回去给团党委和全团官兵做一次前段抗震救灾情况的汇报。当天下午我就启程，转天到了海龙。休息了几个小时，团领导集体听取了我的汇报。没有任何准备，凭着记忆，我把部队参加抗震救灾的过程和自己的所见所闻，尽可能详细地作了介绍。看得出，领导们听得很认真，也很感动。会后决定，第二天下午由我给全团官兵做一次抗震救灾报告。这使我很紧张，压力陡生。面对上千名官兵讲话，不是三言五语，而是一场报告，这么大的场面，还是入伍后的第一次。连夜，我躲在冲洗照片的暗室里开始准备。第二天快中午了，宣传股武虎臣股长敲门进来，告诉我不用准备了。我问为什么？武虎臣说，听说毛主席逝世了。瞬间，我愣住了，不相信这是真的，眼泪不由地流了下来。那天中午，食堂就餐的氛围完全不一样了，一切都是静悄悄的，大家悲痛的心情难以言表。下午，听完讣告广播后，我想到了唐山，想到毛泽东逝世对抗震救灾影响肯定很大，毕竟自己是抗震救灾大军中的一员。晚上，我向张忠乾政委提出还是回唐山吧，团领导同意了。匆匆地把在唐山拍摄的10多个胶卷冲洗出来，该发的稿子发出后，11日上午，我又回到了已经陷入一片哀恸之中的唐山。

唐山地震，发生在特殊的历史时期和特殊的政治环境中。毛泽东的巨大威望，是唐山人民大灾面前不低头的精神支撑。那时经常可以看到和听到，当废墟下发现幸存者时，战士们先是进行心理抚慰。活着的人会问：毛主席知道唐山发生地震了吗？当被救出抬上担架时，他们又会拼命呼喊“毛主席万岁！”“毛主席万万岁！”

对唐山，毛泽东是熟悉的，也是有感情的。唐山是中国共产党主要创始人之一李大钊的故乡。毛泽东曾经说过，李大钊是他真正的老师。唐山又是具有光荣革命传统的城市，河北最早的共产党员和共产党组织都诞生在唐山。1922年10月爆发的开滦五矿同盟工人大罢工，是中国共产党成立后爆发的规模很大的一次罢工，不仅在国内外产生重大影响，而且有力地配合了全国人民反帝反军阀的斗争，是开滦工人由自发斗争到自觉斗争的一个转折点。当时正在湖南领导工人运动的毛泽东对开滦罢工非常关注，对工人阶级走上政治舞台后的发展充满希望。在《中国社会各阶级的分析》一文中，毛泽东对以开滦矿工为代表的、觉醒了的中国工人阶级进行了热情洋溢的赞颂：他们受压迫最深，革命性很强，因此“他们特别能战斗”。唐山解放后，《唐山劳动日报》创刊，毛泽东亲笔题写报名，这在全国地市级党报中是不多见的。1954年4月22日，他又亲临唐山启新洋灰公司（后改名为四二二水泥厂）视察，使这个厂在全国率先实现公私合营。1955年9月，毛泽东把遵化县西四十里铺村王国藩“穷棒子社”视为“国家形象”，为这个社的经验写下著名的按语：“遵化县的合作社运动中，有一个王国藩合作社，二十三户贫农只有三条驴腿，被人称为‘穷棒子社’。他们用自己的努力，在三年时间内，‘从山上取来’了大批的生产资料，使的有些参观的人感动得下泪。我看这就是我们整个国家的形象。难道六万万穷棒子不能在几十年内，由于自己的努力，变成一个社会主义的又富又强的国家吗？社会的财富是工人、农民和劳动知识分子自己创造的。只要这些人掌握了自己的命运，又有一条马克思列宁主义的路线，不是回避问题，而是用积极的态度去解决问题，任何人间的困难总是可以解决的。”

毛泽东在即将走到人生尽头的最后时光里，依然没有忘记遭受地震劫难的唐山人民。地震发生的当天清晨，中央办公厅向毛泽东报告了地震情况。许多时间处在昏迷半昏迷状态的毛泽东，清醒时仍十分关心震情。身边的医务人员回忆，“送来的地震情况报告，主席不顾个人病重，都要亲自过目。当秘书报告地震造成极其惨重的损失后，主席哭了——我第一次亲见主席号啕大哭。”8月18日，中共中央发出《关于唐山丰南一带抗震救灾的通报》，这是毛泽东生前圈阅的最后一份文件。

毛泽东的溘然长逝，距唐山地震不足一个半月时间，全国人民为之震惊，唐山人民更是为之震惊。噩耗传来，犹如天塌地陷，整个唐山悲痛欲绝，好像“整个地球都没有了明天！”

按照中央要求，9月11日至17日，举行全国性吊唁活动。唐山市和各县区普遍成立了吊唁、悼念活动办公室，采取一级战备措施，调动民兵加强对重要线路、路口、桥梁、库房、机关等的执勤。有条件的单位组织设立灵堂，由单位领导干部轮班守灵，民兵24小时值勤，有序地开展吊唁活动。我们在营地专门腾出一顶帐篷设为灵堂，摆上毛泽东遗像，两边挂着挽联“挥泪继承领袖志/誓将遗愿化宏图”，组织干部战士吊唁，寄托不尽的哀思。

9月18日15时，毛泽东主席追悼大会在北京天安门广场隆重举行。那天，唐山所有的机关、企业、学校停产、停课半天。我们参加了唐山市组织的由40万军民参加的追悼大会，会场设在一个露天剧场废墟前。大家左臂佩戴黑纱，胸前佩戴白花，入场后脱帽、肃立、保持安静。按照全国统一安排，先是收听北京追悼大会实况广播，同步静默致哀3分钟，向毛泽东遗像三鞠躬，唐山全城汽车鸣笛3分钟致哀。刹那间，许多群众泣不成声，整个会场哭声一片，一些人哭泣中昏厥过去。收听北京实况转播后，唐山会场再举行仪式，军地领导和各界代表致悼词，表达唐山人民对毛泽东的深切怀念之情。据说，在唐山街头，许多老百姓把震后挖出来还能用的收音机放在废墟上，大家围在一起收听。哀乐响起，整个城市到处是泣不成声的人们。地震夺走了24万个鲜活的生命，几乎每个家庭都有罹难的亲人，但也没有听到过这么多人、这么悲痛的哭泣。此情此景，感天动地。

唐山军民沉痛悼念毛泽东逝世

围绕悼念毛泽东逝世，唐山军民组织了一系列活动。废墟上，简易房前，刚恢复开工的工厂和恢复上课的学校，到处悬挂着“继承毛主席的遗志”等内容的横幅和标语。毛泽东生前表扬过的开滦煤矿、“穷棒子社”，视察过的四二二水泥厂，纷纷举办追思会、座谈会等，颂扬毛泽东的丰功伟绩，追忆毛泽东的温暖关怀，表达建设新唐山的雄心壮志。我们和西马各庄大队也组织了类似的座谈会，大家围坐在帐篷里，很动感情地表达了悼念和追思之情。

1959年，毛泽东回家乡韶山时曾写下著名诗句：“为有牺牲多壮志，敢叫日月换新天”。17年后的唐山抗震救灾，真实地诠释了诗文中所表现的那种气派和魂魄。英雄的唐山人民，敢于“同天斗、同地斗”，与毛泽东的宝贵精神遗产密切相关。

毛泽东逝世，是唐山抗震救灾进程中的一件大事。悼念活动后的一段时间，唐山社会上也有各种各样的传闻。记得我和机关的几位同志也曾议论过这些传闻，大家都有一些忧虑和担心，忧虑中国社会向何处去，担心党和国家的前途命运。那一年，既是不平凡的一年，也是改变中国命运的一年。毛泽东逝世不到一个月，党中央一举粉碎“四人帮”反革命集团，翻开了中国社会发展新的一页。

第十一章 我们的汽车连

唐山抗震救灾，汽车连除留三排保障正常战备运行外，其他人员全部出动，36台车辆，58名官兵，难忘的75天里，行车几十万公里。用战士们的话说，除了没有直接扒尸体，什么活儿都干过，什么东西都拉过。

实实在在说，我们是汽车连队，主要任务是车辆运输，保障137团用车。比起步兵连队整天奋战在废墟上，灰尘弥漫，恶臭扑面，情况要好得多。地震发生后，中央紧急从各地调运大批救灾物资，各省市人民无私支援灾区。有材料统计，截至当年底，运往灾区的救灾物资计：粮食7661万斤，饼干点心3644.7吨，食糖1230吨，肉947.1吨，蔬菜1406吨，衣服157.3万件，鞋41万双，炊事用具528.7万件，火柴6110箱，肥皂11562箱，洗衣粉32吨，药品293.7吨，苇席262万片，苇箔154.2万斤，草袋255.6万个，木材897.3万根，毛竹111.4万根，铅丝1000吨，铁钉1030吨，油毡86.51万卷，石棉瓦36.45万片，塑料布1043吨……那时的唐山火车站货场，到处是救灾物资，食品、药品、衣物、工程机械、建筑材料等堆积如山。救灾部队需要，不用办很多手续就可以拉运。对汽车连来说，饮食、用水最困难时，到哪个救灾物资点都可以弄一些回来；没有居住条件，找几顶帐篷并不困难。然而，他们表现出了很高的思想境界，与兄弟部队同甘共苦，同灾区人民共渡难关。运送物资，成包的糖果散了，他们一块不吃；成条的香烟碎了，他们一根不抽；成盒的贵重药品露出来，他们一丸不拿。连长蔡永富是一位1963年入伍的老兵，平时话不多，带兵很有一套。他讲过一句话：看看灾区人民，我们吃什么苦都不算啥；比比兄弟部队，我们什么难处都不算难。

刚进唐山，部队没有帐篷，缺少给养，全连官兵睡在驾驶室或是车厢上，有的干脆找几块木板，铺上稻草，睡在露天场地里。所有的困难都好克服，唯有蚊蝇袭扰苦不堪言。七八月的唐山，正是酷夏，蚊蝇肆虐。尤其是震后唐山，到处是废墟，随处是腐烂的尸体，晚上睡在解放牌汽车的车厢里，蒙上被子闷热难忍，露出一点缝隙又都喂了蚊子，许多人身上红一块肿一块。纵然这样，没有人叫苦，听不到一句怨言。后来，上级拨发一批帐篷，居住条件好多了。问题是，那是一批班用单帐篷，可以挡风遮雨，但经不住烈日暴晒炙烤。太阳照晒一天，帐篷里奇热无比。有的战士宁愿睡驾驶室，也不愿睡在帐篷里。不久，统一换发了一批棉帐篷，热的问题缓解了，新的问题又来了。棉帐篷的里面是用白布缝制的，苍蝇喜欢在上面落脚。那时唐山尽管没有发生瘟疫，但卫生条件仍很恶劣，加之我们住在郊区野外，蚊蝇极多。可以说，到处绿蝇如织，昼夜蚊声不绝。白天，为了驱热，战士们把帐篷两侧的篷帘卷起来通风，一到傍晚，白色篷面落上一层苍蝇，数量之多，白色变成了黑色。唯一的办法，就是用烟熏。把篷帘卷起来，点燃柴禾，用滚滚浓烟熏几十分钟，待苍蝇跑掉后，迅速把篷帘放下。这样尽管热一些，但总可以入睡时减少蚊蝇的袭扰。

团领导与汽车连干部一起研究救灾工作

震后最初几天，连队没有给养，吃饭是大问题，用水也有困难。地震突如其来，救灾仓促上阵，后勤保障不可能很快跟上；地方全面瘫痪，更没有条件依赖。好在我们随车携带了一些军用压缩饼干，大家都是第一次吃这种应急食品。没有蔬菜，没有水果，起初吃起来还新鲜，没几顿就感觉如同嚼蜡，不少人感觉反胃。用水是从营地旁的河沟里挑来的，看上去就很混浊。炊事班每天烧上几大锅，沉淀之后再用来饮用和做饭。这样的条件，汽车连坚持了好几天，慢慢地情况有了改善。

最艰苦的还是遂行任务。从一定意义上说，整个抗震救灾，是用车轱辘在同死神赛跑。运送部队、转运伤员、掩埋尸体、抢运物资，哪一项都离不开车辆保障。137团担负的任务很重，用车量很大，只要需要，通知一到，汽车连从不耽搁，随叫随到。每天，战士们一早就要出车，半夜才能返回营地，检修一下车辆，第二天又要连轴转。刚进唐山，战士们不熟悉路况，需要边打听边行进，为了不耽误用车，往往提前出车准备。用他们的话说，只能车等人，不能人等车。震后唐山的道路状况很差，原来宽阔的马路两侧堆满了废墟，交通指挥系统基本瘫痪，战士们的办法是既要多拉又要谨慎，既要快跑又要小心。那个时代，车辆不多，当个汽车司机是件很体面的事情。部队也是如此，新兵一起入伍，谁能分到运输分队开汽车，很是令人羡慕。我一直很欣赏汽车连在唐山强调的一个思想。他们说，我们是汽车连，任务就是开车运输、安全行驶，简单说就是开好车。我们保障的步兵连队，救灾强度最大，面临的危险最高，付出的辛劳最多。无论什么情况下，汽车连都要做到保障不摆谱、配属不特殊。掩埋尸体，他们跳下驾驶室，同步兵连队的同志一起，抬上抬下遇难者。运送物资，只要人手不够，他们既当驾驶员，又当搬运工。还有这样的事情，刚进唐山的那些日子，汽车连在市区、机场、火车站等几个点经常跑，时常碰到轰鸣的直升机舞动着巨臂空投下一袋袋救灾食品，或是饼干，或是罐头，偶尔会落到车厢里。战士们再饿再累，也丝毫不为之所动，停下车来，扛起食品，送到附近单位或是群众手里。

我曾经写过两篇寄自唐山的通讯，题目是《掏尽红心为人民》，用复写纸誊写的底稿至今还保留着，记录了汽车连官兵们看似普通但并不普通的一些故事。

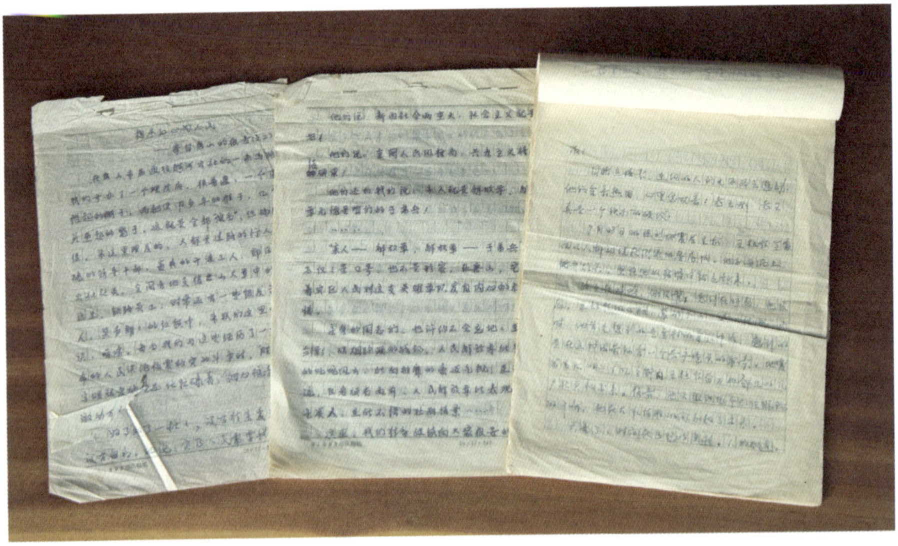

唐山抗震救灾时用复写纸复写的通讯稿

滦县，唐山地震震中的边缘地区，灾情同样十分严重。四班战士葛铁峰的家就在这个县的马店子公社半壁店大队。那是连队昼夜兼程赶赴灾区的时候，车过了前店，过了新家村，到了马店子。隔着绿荫，家乡倒塌的房屋依稀可见。在这里，只要沿着向右通行的道路行驶几里地，就是爷爷的家。然而，汽车没有转向，继续风驰电掣般地向唐山驶去。几天后，葛铁峰出车到昌黎运送受伤灾民，又经滦县。战友们说：回来时怎么也得回家看看。小葛没有犹豫，依然行驶在救灾需要的路上。又过了一段时间，指导员郭凤有带领四班执行任务，动员小葛回家看看。他显得有些急了，还是远远望望生于斯长于斯的村庄，又上路了。

在唐山，我同葛铁峰聊过，他22岁，我只比他大两岁，同龄人容易聊到一起。他说：现在是唐山人民最需要的时候，说什么我都不应该回去。再说，村里有人给我带过信，家里房子倒了，但人没有大事，比比唐山受灾的人民，已经是万幸了。我问他先后几次路过家门。他说，5次到过滦县，3次路过家门。

汽车连官兵帮助西马各庄灾民搭建简易房

西马各庄是我们在唐山安营扎寨时间最长的一个营地。这个村庄位于极震区，地震损失惨重。部队进驻时，抢救生命、掩埋尸体已基本结束，紧迫的问题是安置灾民。汽车连的主要任务是出车运输，严格说，没有帮助驻地安顿生活、恢复重建的任务，但他们仍然把帮西马各庄从大灾中走出来作为份内的事情。从进驻的第二天起，除出车的同志外，不限人数，全部集中，帮助灾民重建家园。那时，让幸存的灾民有个居住的“窝”是头等大事。他们和灾民一起，从废墟上捡来木料、砖瓦和其他一切可以利用的材料，再协调运来一些苇席、油毡等，一户一户搭建。到9月初，全村300多户人家，全部住进了能够过冬的简易房。忘不了8月14日的那个晚上，唐山下了一场倾盆大雨。深夜，三班战士们集体出动，顶着哗哗的大雨，踏着泥泞的土路，一间一间简易房查看雨情。漏雨的地方，用苇席和塑料布盖好；房子进水了，一锹一锹挖排水沟，把水排出来。

进入9月，庄稼熟了，印象中那一年唐山地区的庄稼长势还不错，问题是由于地震，收获时缺少劳力。那时是人民公社集体经济，与大队联系好，汽车连集中人员突击，几天就收割了几十亩地。西马各庄小学恢复上课后，吕振元、孙景林、王福全3名战士担任校外辅导员，他们很用心地做这件事情，组织学生上“地震课”，参加秋收劳动，为村里老人做好事，与孩子们结下很深的感情，分别时泪水涟涟的情形很是感人。

担任校外辅导员的汽车连战士，与西马各庄小学的孩子们在一起

在西马各庄通往唐山市区的公路旁，汽车连开办了一个理发点，叫作“爱民理发店”。很普通，一个用苇席搭起的棚子，两把使用多年的推子，几个用砖头垒起的凳子，这就是全部家当。会理发的几个战士，谁不出车谁来当“师傅”。来这里理发的，有西马各庄的灾民，也有过路的行人，坐下来喝口水，等候时聊聊天。震后一两个月的唐山，幸存的人们理发都成了问题，有这样一个理发点，很受周围群众和南来

北往的人们的欢迎。这个理发点，汽车连坚持了两个多月，为群众理发几百人次。

简陋的“爱民理发店”，受到灾区人民的欢迎

撤离唐山前，我们进行总结。李树春参谋长表扬汽车连做到了“三个没有”——没有耽搁一次行车任务，没有发生一起车辆事故，没有违反一项群众纪律；“三个满意”——配属兄弟部队满意，驻地人民群众满意，上级领导机关满意。

9月1日，二排长李铁骑作为沈阳军区的代表，光荣出席了党中央、国务院在北京召开的唐山丰南抗震救灾先进单位和模范人物代表大会。这是汽车连全体官兵的光荣，也是对他们的最高褒奖。

第十二章 依依惜别的深情

过了“十一”，北方地区天开始转凉，住在临时帐篷里的部队官兵，过冬也面临一些问题。鉴于抢险救灾的主要任务已经完成，按照中央和军委部署，从9月底开始，除部分工程兵部队外，多数救灾部队陆续撤离唐山。我们的撤离时间安排在10月10日。

对于军队来说，完成任务是一个完整的过程，既要开好头，又要收好尾，划好句号很重要。就像打仗，冲锋陷阵要漂亮，打扫好战场同样必不可少。撤离的前3天，我们开始准备，除拟定铁路输送计划、全面检修车辆外，突出强调做好3件事：一个是完成好最后一次出车任务，一个是为群众做最后一件好事，再一个是检查群众纪律。我们把这些事，叫作“编筐窝篓，全看收口”。

在西马各庄的两个多月，我们与当地群众患难与共，一起熬过了震后那段最艰难的时光，建立了深厚的感情。开平区、越河公社领导专门到驻地帐篷里慰问送行，由衷地感谢解放军的救命之恩。他们表示，部队撤离有什么困难，地方都会全力帮助解决。那个时候，没有礼品，没有慰问金，甚至连锦旗都没有，有的是人与人之间、军队与人民之间的真情。生死之交，鱼水情深，一切显得那么自然、温暖和纯真。西马各庄群众得知部队要撤离的消息后，到帐篷里看望，写表扬信、感谢信，以各种不同的方式向我们表达感谢和惜别。大队组织妇女到我们营地，一个一个帐篷收集整理，把战士们的被褥和脏衣服洗干净，晾干叠好。

那几天，大家想方设法为群众多做一点事。我们专门派人到邻近的后于家店，慰问去世的大队党支部书记王庭新的家人。地震发生时，这位已经54岁的老书记、当时的唐山市委委员受了重伤，肋骨砸断3根，肝破裂。巨痛之中，他首先想到的是“全大队300多户群众怎么样了”“集体户的知识青年伤着没有”“市委工作队的同志是否安然无恙？”当人们把他从废墟下扒出来后，他的第一个举动是带领大家赶到青年点，一块一块地搬开废墟瓦砾，一捧一捧地扒出泥沙碎土，把47名知识青年全部救了出来。之后，他又召开支委会，对伤员救治、安顿生活等一一作了安排。那几天，王庭新强忍着疼痛，从村东头到西头，从这家到那家，一直不停地奔波。60个小时后，这个坚强的身躯，终因伤势严重倒下了。当医务人员要注射强心剂时，他拦住了；要给他输葡萄糖，他拒绝了。王庭新的最后一句话是，“现在这种药太宝贵了，留给别人吧！”这就是那个时代的人，那个时代的一位普通的基层党支部书记。王庭新的事迹在唐山灾区广为传颂，我们曾经到他的家中慰问过。临行前再一次看望他的家人，以此表达我们对这位优秀共产党员深深的追思。

西马各庄的妇女们，到帐篷里为战士们洗衣裳

那几天，许多同志都在想，重建家园不是一日之功。正如罗马不是一天建成的，新唐山也不会一天建成，灾区人民还要过很长一段时间的苦日子。大家还在想，很快就要返回部队了，虽然唐山会永远留在心中，但再为灾区做点事情的机会不多了，需要抓紧时间为唐山的重建多添一块砖、多出一把力，留下心心相印的情迹。3位校外辅导员与西马各庄小学专门搞了一次告别联欢，孩子们小小年龄经受了这么大的苦难，他们激励孩子们忘掉那片阴霾，天天阳光灿烂，与新唐山一起健康成长。汽车连还组织了一次抢收活动，帮助群众收割10多亩地玉米。蒙古族战士王福全把一套新军装、1双新胶鞋、3副手套，还有7元钱悄悄送到西马各庄大队。7元钱，意味着一个入伍第二年的战士一个月的津贴费，那种情况下，这是他能捐献出的全部家当。在王福全的带动下，汽车连官兵纷纷捐款捐物，尽自己所能再献一片爱心。临行前的最后一个晚上，我们还走访了20多户群众家庭，每个家庭洋溢着

的欢乐氛围和惜别深情，恐怕是经历了那个蒙难日后最温馨的一个夜晚了。

撤离时的群众纪律是很严格的。上级要求不准接受群众任何礼物，不准带走一草一木，不准在唐山购买任何物品，借用的物品必须全部归还。临行前，我们一台一台车辆，从驾驶室到车厢，一个一个部位检查。每个人都要将背包打开，仔细检查后再重新打好。炊事班是重点，借没借用群众的炊具、购买食品有没有欠账赊账，每一笔都要搞清楚。记得西马各庄给我们几个干部每人送来一套不大的酒具，20公分左右的瓷盘，外加一把酒壶、四个小酒杯，淡黄色的，挺精致。大队书记说，这是从坍塌的瓷窑里扒出来的，就这么几套了，带回去吧，做个纪念。我还是第一次见到这么漂亮的瓷具，爱不释手，最后还是婉言谢绝退了回去。为了铭记这一难忘的历史篇章，河北省向抗震救灾部队每一位官兵赠送了一个笔记本、一枚镌刻“人定胜天”四个镀金字的纪念章，这是我们从唐山带回的唯有的两件物品。至今，我还保留着那枚珍贵的纪念章。

为了不打扰驻地群众，10月10日凌晨4点我们就起床，拆掉帐篷，车辆调到公路边，把作为营地和车场使用两个多月的空地打扫干净。太阳刚刚露头，部队准备出发。上到公路，才知道西马各庄人民起得更早，他们站在公路两旁，敲锣打鼓，洒泪相别，说不完的感谢话。每隔十几米就有一个筐子，装着一袋袋的水果、糖果，人们把自己舍不得吃、舍不得用的这些东西，硬是往战士手中塞；战士们不接就往衣袋里、背包里装；装不了就向车厢里抛撒。最令人感动的，是一些尚未痊愈的伤者和上了年纪的大爷大娘，或是腿上缠着绷带，或是拄着拐杖，追着车队走出很远很远。

从唐山登车，列车一直向北。可能是河北省的统一安排，车行河北境内，沿途主要停靠站，都组织了隆重的欢送活动。在唐山火车站，唐山市领导同志亲自到车站送行，各界人民群众敲锣打鼓，依依惜别，由衷感谢人民子弟兵，情形十分感人。在北戴河、秦皇岛车站，悬挂着

“向抗震救灾部队学习！”“向陆军老大哥部队致敬！”的横幅，驻地海军部队在车站站台列队欢送。

唐山人民隆重欢送抗震救灾部队

列车启动的那一瞬间，我们站在闷罐车门口，眼含动情的泪水，庄重地举起右手，向一辈子都不会忘记的唐山致以军礼。

再见——苦难的唐山！

再见——英雄的唐山！

第十三章 再回唐山的情愫

诗人贺敬之的长诗《回延安》，开篇是这样的诗句：

心口莫要这么厉害的跳，
灰尘呀莫把我眼睛挡住了……
手抓黄土我不放，
紧紧贴在心窝上。

几回回梦里回延安，

双手搂定宝塔山。

……

读书时，我就喜欢这首抒情长诗。因为唐山，更多了几分喜欢，喜欢诗中蕴含的那份深邃、真诚、绵远的情感。

1976年10月离开唐山后，因为那一场地动山摇的地震，因为那一次情动天地的抗震救灾，唐山成为撩我情感、撼我心魄的地方，任何一点与这座城市有关联的人和事，都会勾起那段无法泯灭的记忆。遗憾的是，因为工作关系，多年没有机会再回唐山。但是，那段情结，那份眷恋，牵动着我一直关注着唐山，关注唐山的恢复重建，关注新唐山的腾飞发展。2008年初，我到秦皇岛参加一个会议，这里离唐山不远，100多公里。考虑再三，会后顺路到了唐山。

时光倏忽，一别唐山30多年。故地重游，一切都那么熟悉，一切又都那么陌生。

唐山军分区的同志首先带我瞻仰了抗震纪念碑。纪念碑位于唐山市中心，碑身高30米，主体造型犹如伸向天际的巨手，象征人定胜天。八幅花岗岩浮雕，记载着地震灾害和唐山人民在全国人民支援下抗震救灾、重建家园的英雄业绩。仰望纪念碑，巍峨耸立，庄严肃穆，我被它巨大的气势所感染，不禁思绪万千，30多年前的场景历历在目，眼前仿佛又浮现出满城的坍塌房屋、废墟上无助的人们、罹难的男男女女、同灾难

唐山抗震纪念碑，高扬着伟大的抗震精神

英勇搏击的军民……心口感觉有一种难以抑制的情绪在涌动。32年时光过去了，大地震的遗迹已被清除干净。我想，能够将这一事件永远凝固于历史的，恐怕就是这座纪念碑了。我们守望纪念碑，不仅是在守望一份悲情、一份思念，也是在守望一种精神，守望着对未来的期冀。从某种意义上说，唐山抗震纪念碑，其实是矗立于唐山的中华民族的精神之碑。

在世界上首个以“纪念”为主题的地震遗址纪念公园，穿过一道花岗岩铺设的甬路，我们凭吊了当时尚未竣工的大地震罹难者纪念墙。纪念墙由5组13面墙体组成，密密匝匝地镌刻着大地震中罹难的24万同胞的姓名。每面墙高7.28米，代表7月28日，墙体距占地3万平方米的水池19.76米，代表1976年，预示着逝者与生者的时间和空间的距离，让人永远铭记唐山之殇。墙上的24万个姓名，仿佛是24万个鲜活的音符在这里戛然而止，成为历史长卷里难以抹去的悲恸之曲。确切地说，纪念墙应该是个集体墓地，属于30多年前同一个祭日的24万亡灵。墙下摆着的簇簇鲜花，不知是谁放下，也不知道送给谁。不时有人在这些名字前敬香、肃立，风吹过时，高墙后的纪念树发出沙沙声，似乎有人在呜咽。30多年过去了，生命逝去的殇，于之亲朋于之国家，从来没有改变。

伫立在唐山人的这排“哭墙”前，默默地，只是默默地沉思。实话说，我没有像一般游客那样感到震惊，心中只有缕缕悲恸。我在想，墙上用烫金字体标注的罹难者名录中，或许就有当年我们掩埋的遗体，那时没有留下名字，没有可寻找的墓碑，如今永远镌刻在了这面墙上。我还想，24万罹难者中有许多孩子甚至婴儿，如果没有那场灾难，他们应该正是三十而立时，正是风华正茂时。今天，这面墙上或许就有他们哀婉绝望的眼神。其实，我应该带一束菊花来。很遗憾，因为纪念墙没有开放，还因为我没有准备，只能在心里默默祈福，寄托那绵绵未了的情思。

为了寻找当年的记忆，我提出看看大地震留下的遗址遗迹，看看那些曾经震撼过我们心灵、洗刷过我们灵魂的祭台，那些我们曾经拯救过生命、挖掘过遗体、安置过灾民的地方。随行的同志告诉我，1985年，经国务院批准，唐山有7处地震遗址被永久保留，成为纪念地震灾害的实物档案和弘扬唐山地震文化的物质依托。后来，唐山钢铁公司俱乐部遗址和唐柏路食品公司仓库遗址被拆除。现有的5处地震遗址分别是：原唐山市第十中学的甬路、房基、地下管道错动，吉祥路和唐柏路牛马库院内树行错动，唐山机车车辆厂铸造车间，河北矿冶学院图书馆楼，唐山陶瓷厂办公楼。我参观了其中最具代表性的两处遗址。

唐山地震遗址纪念公园，巨大的雕塑再现了那些撼人心魄的场景

位于地震遗址公园内的唐山机车车辆厂铸造车间遗址，凝固了那段不堪回首的历史。印象中，30多年前，我曾出车经过这个地方。铸造车间厂房建于1959年，现保存的遗迹是南北走向的三跨厂房，建筑面积9072平方米。地震时，厂房处于烈度为11度的宏观震中，三跨厂房除部分中间立柱扭曲、倾斜外，四周墙柱全部倒塌，屋架落地。当时有夜班炼钢工人及辅助生产人员20人，11人遇难，3人重伤，40余台设备震毁或受损。厂房南侧的砖砌烟筒，原高35米，地震时断成3截，其余2截被直接嵌入现存的烟囱内，成套筒式结构，内外共有3层。经过30多年岁月的洗礼，锈迹斑斑的铁架子和倾斜的厂房被周边丛生的杂草包围着，甚是荒凉。隔着铁栅栏远远望去，那些扭曲的钢梁、断裂的墙壁、

散落的瓦砾，似乎是在默默地记录着那个历史的瞬间。然而，对于亲眼目睹“唐山全平了”的人们来说，这只能是一个很小很小的缩影，可以感觉到地震的惨烈，但看不出灾难的全貌。

唐山机车车辆厂原铸造车间遗址

原河北矿冶学院图书馆大楼遗址

地震时的河北矿冶学院，现在叫河北理工大学，原图书馆大楼1975年动工修建，1976年7月建成，建筑面积4049平方米，建筑平面造型为“T”型，分阅览室与书库两个部分。大楼位于发震构造带以西4公里，正处11度烈度区内，刚建成当月还没有交付使用，就在地震中垮塌，幸运的是没有人员伤亡。朝南的三层阅览室，东西长70米、宽12

米、高13.5米，为钢筋混凝土无梁楼板，砖墙，可容纳750人同时阅览，地震时西部倒塌、东部震裂。书库倒塌形式更为复杂，第一层全部破碎，二至四层仍为一体，书库向东北方向剪切移动约1米，然后坐落下来。从外观看，看不出曾经是一座四层建筑。其被毁后现状，保留了地震时地面水平运动留下的痕迹。绕着大楼残壁走了一圈，昨日的震事仿佛依稀可见，不是这一处建筑，整个唐山都是如此的惨状。

两天时间，我乘车跑遍了唐山的主要街道。军分区的同志还带我登上凤凰山。站在这个唐山市区的制高点上，举目远眺，尽览新唐山全貌。30多年前，一些外电评论，“唐山从地球上抹掉了！”那时，幸存的唐山人憋着一口气，坚信唐山一定会浴火重生。今天，一座美丽、自信而又充满活力的崭新城市，已经巍然屹立于渤海之滨。“震后新城，高楼林立，通衢如织，翠荫夹道，春光融融。广大农村，瓦舍清新，五谷丰登，山海辟利，百业俱兴。今日唐山，如劫后再生之凤凰，奋翅于冀东之沃野”。

涅槃后的“凤凰”，每天的鸣啼都是新的。震后不到一周，数十万群众衣食、饮水得到解决；震后不到一个月，灾区供电、供水、交通、电信等生命线工程初步恢复；震后第一个冬天，灾民全部住进了简易房。这些，我都经历过、参与过，也算是历史的亲历者、见证者。我所不知道的是，震后当年，唐山市县属企业复产和部分复产的占85%；14个县区粮食单产和总产达到丰收的1974年的水平。震后第二年，工业总产值已达震前1975年的水平。头一个10年，唐山人民在极端困难的情况下，夺取了抗震救灾、重建家园的巨大胜利；又一个10年，实现了国民经济的全面振兴；第三个10年，跨入了经济社会快速健康发展的新阶段。

因为亲身感受过地震给唐山人民带来的苦难，我一直认为，震后的唐山，民生是第一要务；而民生问题，首先又是人民群众的居住问题。32年前，我们抗震救灾的一项重要任务，就是在入冬前帮助灾区人民抢建简易房。尽管非常简陋，只是过渡之计，但灾民总算有了自己可以栖身的“窝”，震后的唐山有了城市的模样。后来听说，这种临时

2017年重回唐山时，与经历了大地震灾难的西马各庄村民合影

搭建的棚屋，勉强可以遮风避雨，住在里面又很难受，夏天太阳一晒热得像蒸笼，冬天则冷得像冰窖。那时有这样两条顺口溜，一条是“登上凤凰山，眼观新唐山，地震两年半，红砖压油毡”；另一条是“进门就低头，刮风下雨都发愁，冬天冻个死，夏天像泥猴”。时间一长，人们希望解决住所的心情开始迫切，有个像样的屋，才会有个像样的家。恢复重建的最紧要任务，就是让近百万在简易房里生活的人们，尽快搬进永久居所。

在全国人民支援下，到1986年，唐山共竣工各类房屋2090万平方米，其中住宅1218万平方米，相当于震前近百年建设的住宅面积的2.26倍。一座功能分区明确，布局比较合理，市政设施比较配套，抗震性能良好，生产、生活方便，环境比较优美的新型城市呈现在世人面前。10年时间，把一座被地震摧毁的百万人口的城市重新建起来，一切从零开始，一切从废墟上起步，一切都是新生的，问苍茫大地，谁能说这不是个奇迹？又过了20年，唐山人均居住面积、供热普及率、污水集中处理率等，均居全国大中城市前列，一批高品位、高质量的美丽社区已经成为城市明亮的名片。中心城市建成区面积达308平方公里，比震前增长4.6倍，市区人口也由震前73万增加到251万。走在今天的唐山街头，废墟瓦砾上建起的宜居新城，何止是唐山人栖息生活的地方，往深里想，它还是唐山人信心重归的源泉和精神重建的物质依托。

凤凰涅槃新唐山

毕竟因为有房倒屋塌的那一页历史印记，我同所有的同志一样，尤为关心唐山新建建筑的抗震性能。令人欣慰的是，人们告诉我，震后唐山的建筑物均达到8度设防，成为“世界上最安全的城市”。1990年，联合国授予唐山“人居荣誉奖”，这是中国历史上获得的第一个“人居奖”。唐山市政府进入“为人类住区发展作出杰出贡献的组织”之列。非凡的成就让世界重新认识了这座崭新的城市。联合国副秘书长、人居中心执行主任托马昌德兰评价：这是以科学和热情解决住房、基础设施和服务问题的杰出范例。2004年，因在改善人居环境和可持续发展方面作出突出贡献，唐山市再次获得联合国“迪拜国际改善居住环境最佳范例奖”。

站在唐山大地震罹难者纪念墙记前，我静静地看了很久，一字一句地吟诵。那段感动过无数人的烫金铭文，凝练地描述了新唐山的崛起和腾飞，无疑是对逝者最好的告慰，也是对生者最好的激励：

物换星移，三十二载，唐山儿女承感恩、博爱、开放、超越之精神，当建设繁荣、文明、和谐新唐山之大任，忧近谋远、励志图新，历经十年复建、十年振兴、十年快速发展，经济腾飞，城乡日新，社会和谐，民生改善。又建大港，筑新城，开油田，山海辟利，沧桑巨变。今巨擘绘科学发展蓝图、万众图幸福之都愿景，示范区展现于冀东沃野，曹妃甸崛起于渤海之滨。回望桑梓，山原葱茏，海晏河澄，人民安居乐业，百业欣欣向荣。

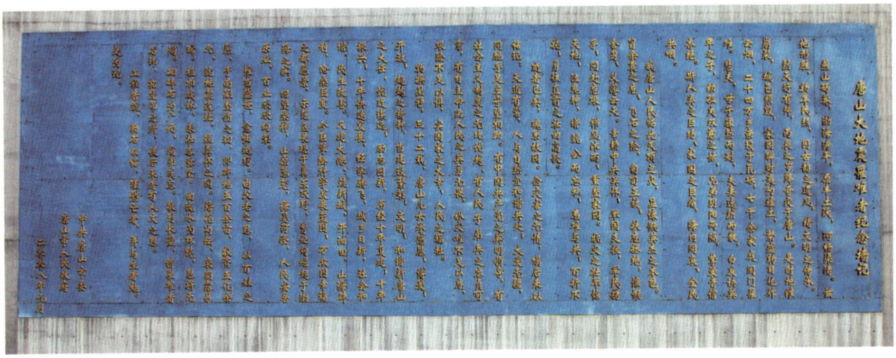

唐山大地震罹难者纪念墙记

那两天的唐山行，不是观景旅游走一走，而是心路的前行和思想的升腾。古往今来，每一次巨大的自然灾难都是以更大的历史进步作为补偿的。大地震使唐山人民付出了惨痛的代价，但也锻造了宝贵的精神财富。所见所闻新唐山，给我更深刻的感受，是唐山人民在灾难面前所锻造的“公而忘私、患难与共、百折不挠、勇往直前”的抗震精神。这种精神，体现了唐山人的气概、气势、胆略、魄力和道德风貌。正是在这种精神指引和鼓舞下，英雄的人民医治了地震造成的创伤，重新建起了新唐山。30多年来，伟大的抗震精神已经融入唐山人民的血液里，铸进唐山这座城市的性格中，这是历史给予唐山的不灭印记。

重回唐山，抚今追昔，斗转星移，沧桑巨变，怎能不使人感慨万千？激动和亢奋之中，由衷地为唐山的新生、崛起和腾飞而骄傲。然而，比较想象中的新唐山，多少又有几分遗憾。大地震摧毁了唐山的一切，什么都没有了，只剩下苦难和追恋。但从另一个角度看，也给唐山提供了一个机遇：卸掉历史包袱，画最新最美的图画。一座具有一定历史的城市，改造发展难，难在背负历史包袱。重建唐山，只能在一片废墟上起步，就像在一张什么都没有了的白纸上做画，可以而且能够画最新最美的图画。在我的想象中，新唐山应该是一个瞄准前沿、布局合理、交通便利、环境优美、适宜人居的现代化新城。不像国内一些城市那样，城市臃肿，无序开发，千篇一律，交通拥挤，污染严重……

据说，重建唐山的讨论一开始就有两种意见：一种是将原有的城市放弃，异地进行建设。主要考虑是，可以避开市区地下的地震活动断裂带，减少地震威胁；解放出市区地下的数亿吨压煤；节省原地重建所需的清理废墟的费用。另一种是立足原有城市，原地进行建设。主要考虑是，原地重建可以保留唐山作为一个重工业城市的产业体系以及自身的社会经济文化特色；减少搬迁征地费用，节约土地资源，有利于城市原有基础设施的利用。两种意见，最终确定为原址重建。当时看来，这还可以给人们一种心理上的抚慰——唐山重新崛起。今天看，原址重建尽管多了几分政治蕴意，但留给后人许多积重难返的问题：城市没有完全避开地震断裂带，地震遗址缺失完整保护，城市规划总体水平不高，畸形产业格局面貌依旧……当下，唐山是中国大气污染较为严重的城市之一。每每雾霾袭来时，心中总有一丝淡淡的惆怅。“我们既要绿水青山，也要金山银山。宁要绿水青山，不要金山银山，而且绿水青山就是金山银山。”我常想，什么时候的唐山，天是蓝，水是清的，空气每一天都是清新的？

唐山的同志告诉我，最初，原址重建的目标是“一年准备，三年大干，一年扫尾，1982年全部建成”，但实际重建的过程比预期长得多。重建工作从1979年下半年正式展开，历时7年多，到1986年底基本完成。按照当时的原址重建规划，震中所在的路南区，由于破坏严重和地下大量压煤，拟把原有的工厂和居民全部搬迁出去，将采煤塌陷区改造为绿化风景区，只保留部分有代表性的地震遗迹；市区则在路北区的基础上建设；在丰润县城附近建设新区，将原来位于路南区的大部分工厂迁过去，并建立若干新工厂。规划还包括搬迁大多数原来在市区内有污染的企业。遗憾的是，这个规划目标后来多数没有实现，主要是因为历经多次调整。1982年颁发的《唐山市恢复建设贯彻收缩方针的调整方案》，重新确定了重建的基本原则：控制中心区、缩小新区、利用路南区。原计划从路南区迁出的企业由92个减少到9个。一些从事设计规划的同志回忆说，重建规划改动过多少次已经记不清了。

重建唐山的10年，正是中国社会发生天翻地覆变化的10年，从动乱到稳定，从封闭走向开放，从“以阶级斗争为纲”转到“以经济建设为中心”。处于特殊历史时期的唐山重建，不能不打上那个时代的深刻烙印。我接触到的一些同志，常常以复杂的心态看重建后的唐山。他们感到遗憾的是，建筑形式单调，建筑风格雷同，被人称为“满城尽是火柴盒”，甚至有人戏言“小孩放学后找不到家”。由于建设标准过低，一些房屋使用不久就不得不再次投资改造。许多年后，很多人开始不满意自己的居住环境，大规模拆除也是一种必然。然而，大规模拆除势必又会造成巨大浪费。唐山重建的遗憾，事实上也在警醒人们，在城市建设规划上要有超前意识，不应出现今天建、明天拆的短期行为。

一张白纸，能够画最新最美的图画，即使不满意，可以涂掉重来。然而，城市建设毕竟不是做画，只能是百年大计、千年大计，要想华丽转身，不会太容易。

回过头来看唐山重建，我们不能离开特定的历史时期和历史条件，更不应该苛刻地责难前人。实事求是地讲，地震过后，尽快从简易房中走出来，搬进宽阔明亮的新楼房，是人民群众最大的期盼。解决“有”和“无”的问题，是当时最现实的课题。重建唐山，留有不尽人意的遗憾，也是难免和可以理解的。

40多年过去了，提起唐山，内心总会泛起“大地震”的涟漪，坠入诸多情感交织的记忆长河。时间可以改变世间面貌，可以拉开人们同历史的距离，却终究不能改变曾经发生的历史。如今，那个黑色的早上已经走远，曾经震颤的凤凰山见证了一座城市的涅槃重生。兴于洋务运动，殇于无情地震，重振于改革开放时期，在决胜全面建成小康社会、夺取新时代中国特色社会主义伟大胜利的征程中，英雄的唐山必将继续铿锵前行。

第二篇

难忘汶川

公元2008年5月12日，又一次大地震降临在中国，蒙难汶川。

在都江堰，我见到一位志愿者。一栋倒塌的建筑物上，他协助救灾部队刚刚搜寻完幸存者，突然跪在废墟上大哭起来，一边哭一边大喊：山崩地裂啊！家破人亡啊！……至今，想起汶川，耳边还会响起那撕心裂肺的呼喊。

这是我第二次经历地震，也是第二次参加抗震救灾。从青城后山到蓥华、湔氐，一处处生命救援；从虹口、龙池到理县、汶川、茂县，一条条道路抢通；从绵远河、石亭江到唐家山，一个个堰塞湖抢险，足迹留在了大半个灾区。

弹指间10年时光飞逝。作为5·12汶川抗震救灾大军中的一员，如同当年在唐山，每每回想往事，心潮起伏，难以自抑。

第一章 责任与担当

2008年初，我从总政治部调到武警水电指挥部任政治委员。说实话，尽管在总政机关工作了近20年，但对武警这支部队并不熟悉，森林、黄金、水电、交通这些警种部队更是知之甚少。春节刚过到职时，部队正在全力参与抗击南方雨雪冰冻灾害，不久西藏拉萨又发生了大规模骚乱事件。那段时间，一方面忙于抗雨雪冰冻灾害和藏区维稳，一方面忙于熟悉部队情况。

5月12日，台历上标注“今天是国际护士节”。下午2点40分，我正坐在武警总医院口腔科的治疗椅上，准备种植拖了快半年的新齿。说来也巧，平时很少带在身上的手机突然响了起来，是驻成都的三总队政委程跃进的电话，信号断断续续，听得出来，他很紧张也很激动，急促地把10多分钟前四川发生强烈地震的情况作了报告，说总队机关的同志已全都跑到大院里、马路上，目前还没有人员伤亡的消息。之后，就没有了信号。我立刻意识到事态的严重性，好在治疗还没有开始，告诉医生有点急事要处理，便匆匆赶回机关。

从永定路到六里桥，六七公里，坐在车里，感觉路似乎很长、很远，眼前浮现出32年前在唐山的一幕幕。我知道地震意味着什么，目睹过房倒屋塌、生灵涂炭的人间悲剧。但愿苍天有眼，祈福汶川不是唐山。然而，最可怕的事情还是降临在汶川。

回到办公室，我习惯地抽了支烟，努力使自己平静下来。当时，指挥部李光强主任在外地洽谈项目。作为主要领导，我开始思考一系列问题：水电部队在四川境内有一个正师级的总队和10多个项目部、3000多名官兵，前不久我刚在那些地方做过调研，知道有些项目部居住条件较差、基础设施薄弱，大震突至，营房会不会倒塌、人员有没有伤亡？国难当头，许多部队驻在灾区，拥有大型工程机械设备，拥有施工和抢险经验，用兵正当时，应该有所作为，能够为抗震救灾做些什么？这是一支比较特殊的部队，参加抗震救灾，怎么样摆布组织、怎么样规避风险、怎么样关照各方？

……

最重要的是先把情况搞清楚。大体有个思路后，即刻交代司令部、政治部的同志，与三总队保持不间断地联系，随时掌握武警部队党委、领导和机关的指示要求，关注媒体关于地震灾情的播报，一个一个在川项目部了解震情和受灾情况。接下来，召开由部门以上领导参加的会议，研究部队防范地震灾害和参加抗震救灾问题。根据当时了解的情况，迅速向部队发出紧急通知：

1.所有驻四川地区的部队、项目部要迅速采取抗震安全防范措施，防范余震和次生灾害发生，确保人员（包括官兵、家属和协作队伍）安全。

2.各单位要迅速与驻四川地区的部队和项目部取得联系，及时掌握震情及人员情况，要一个项目部一个项目部、一个人一个人地了解，尤其是狮子坪、大岗山、泸定及成都片区等距震区较近部队受损情况，必须于晚19时前报指挥部。

3.各单位要加强与地方政府和有关部门的联系，及时掌握震情，尽最大能力保持通信联系畅通，确保指挥顺畅。

4.驻震区部队和项目部要加强部队自身防护，统一组织安排及时撤出营房，在外宿营，确保安全。

5.驻四川地区的部队尤其是三总队，要迅速做好参加抗震救灾的各项准备工作。

6.各级干部尤其是领导干部越是在灾情面前，越是要保持清醒头脑，恪尽职守，坚守岗位，认真履行职责，在保证人员安全的前提下，严格掌控部队，不能惊慌失措，不能出现无组织、无纪律的行为，始终保持部队的高度集中统一，确保部队不失控。

电报发出后，我看了看表——16时零8分，距地震发生1小时40分。

晚21时，三总队报来情况：16时，总队领导赶到四川省政府请战；启动应急预案，驻成都片区部队进入一级战备；根据省政府要求，第一批救灾部队在总队主要领导带领下，正在向受灾严重的德阳市开进。我在电话中表扬了总队长林友汉、政委程跃进和三总队同志，要求他们全力以赴、严密组织、坚决向前。同时，叮嘱他们注意部队自身安全。

那天晚上，我几乎一夜没睡，一边收看中央电视台滚动播报的地震灾情和救灾新闻，一边不断找机关同志了解情况、研究救灾。夜深了，副总工程师刘平敲门到我办公室，提议向国家有关部门请战。这就是这支部队的特殊性所在，因为任务属性，许多工作可以直接与国家有关部门联系。我当即表示这个建议好，在党和人民需要的时候，水电部队应该主动靠前、彰显决心。说办就办，几位领导同志连夜商量，研究起草了《关于请求承担地震地区抢修抢建任务的请示》，即速送达水利部、国家防汛抗旱总指挥部和国家电力监管委员会：

四川省阿坝藏族羌族自治州汶川县等地发生地震灾情后，我部驻蓉的水电三总队迅速出动，已于12日夜携带救灾装备赶赴灾区，全力抢险救灾。现获悉，灾区各地因地震导致部分水库、电站出现险情，严重危及灾区人民群众生命安全。水电部队是长期从事水利水电工程施工的专业队伍，同时也是国家的一支应急抢险力量。在当前灾区水库、电站出现险情等紧急情况下，理应急国家之所急、主动请战，全力以赴协助地方抗震救灾，保证人民生命安全，尽最大努力把地震造成的损失减少到最低限度。因此，请求承担灾区险库险坝的抢修抢建任务。

灾情就是命令！

第二天一早，所有的灾情都清楚了。我一直忧心忡忡，既为有些项目部还没有联系上所忧，更为蒙受劫难的灾区人民所忧。上午，我们召开指挥部党委常委会议，全面研究部署部队参加抗震救灾，时间不长，该定的事很快定了下来。根据会议决定，以党委名义向部队发出《关于做好5·12汶川地震抗震救灾的紧急指示》：

1.把抗震救灾作为水电部队当前的头等大事。灾情就是命令，时间就是生命。各级一定要紧急行动起来，把抗震救灾作为首要任务，不怕困难，顽强奋战，切实保证灾区人民群众生命安全，尽最大努力把地震灾害的损失降到最低程度。指挥部启动抗震救灾应急预案。

2.采取有力措施避免部队内部人员伤亡。各级要注重抓好三件事：第一，采取有力措施加强自身防护，应对可能发生的余震和次生灾害；第二，驻川项目部要做好震情对项目影响的风险评估，对施工安全有影响的要主动与业主沟通，需要停工的坚决停下来，在确保安全的情况下再恢复施工；第三，对所有的居住房屋进行检查，有危险的坚决不能住人，确保人员安全。

3.迅速做好抗震救灾准备。从现在起，所有部队都要做好准备，确保一声令下迅速出动。驻川项目部要主动请缨，积极与地方政府联系，充分发挥水电部队的优势，就地就近投入抗震救灾，第一是救人，第二是修路。

4.加强部队组织性纪律性。抗震救灾工作组织的好坏，是对各级干部尤其是领导干部大局意识、军政素质、组织指挥能力的一次实际检验。各级干部尤其是领导干部一定要在职在位，恪尽职守，认真履行职责，不能乱套。所有部队尤其是驻灾区项目部，干部要24小时值班，及时掌握震情和部队抢险救灾情况。

一整天，我和机关的同志都在紧张忙碌之中，所有的事情都是抗震救灾。静下来时，我又会想起唐山，由唐山联想到汶川，时间在一分一秒地过去，每流逝一秒，一条生命得以存活的可能就会减少一分；黑纸白字上的死亡人数每增加一个，这个世界上曾经鲜活的生命就会减少一个。说不清那时的心情是悲伤、哀痛，还是紧张、惆怅。下午，由我口述，指挥部再次下达关于迅速做好抗震救灾有关工作的补充要求。强调：灾情仍在继续，灾区人民危在旦夕，抢险救灾工作刻不容缓，这是当前和今后一段时间的头等大事，必须高度重视，特事特办，全力以赴。要采取有效措施，应对余震和次生灾害发生，驻震区部队营舍一律搬至室外，在震情未解除之前不得入住。所有在川项目部暂停施工。所有在川部队都要紧急行动起来，主动请缨，充分发挥水电部队的技术装备优势，采取就地就近的原则，参加当地的抗震救灾。广西一总队、武汉三峡指挥部要做好参加抗震救灾的人员、装备、物资准备，确保一旦有令，立即行动。

有的同志找我，担心要求工程项目停工，会因业主不满意产生纠纷，提出是不是不提这样的硬性要求？我说，大震当前，人命关天。为了官兵们的生命安全，也是为了工程建设少受损失，停下来的决心不能动摇。后来的事实证明，下这样的决心是对的。

那两天，我最关心的几件事是：已经投入救灾的部队进展怎么样，几个一直没有联系上的项目部人员有无伤亡，其他几个总队参加抗震救灾准备得怎么样。一有情况报来，我们在家的指挥部领导随时研究，签发了关于部队参加抗震救灾的一系列请示、报告和下发的批示批复。专门交待机关，告诉正在三总队蹲点的政治部副主任李永胜带的工作组不要回京，就地指导部队抗震救灾。考虑到部队没有“皇粮”，即刻决定给三总队下拨200万元，作为抗震救灾专项经费。

同我长期工作的解放军部队不一样，水电部队一直从事水利水电工程建设任务。几十年来，官兵们征战南北，参加了一系列抢险救灾行动。唐山地震时，他们是第一批进入灾区抢险的部队。1982年9月，青海境内黄河段发生有史以来最大的洪水，1000多名官兵紧急出动，与洪水展开生死决战，确保了党中央提出的“保龙羊峡、保刘家峡、保下游四省人民生命财产安全、保包兰铁路”目标的实现。1996年7月，柳江水位猛涨，爆发严重的洪灾，900多名官兵奋力抢险，受到人民群众高度赞誉。1998年春夏之交，长江、松花江流域发生历史上罕见的洪涝灾害，荆江大堤危在旦夕。水电部队承担了1900米支堤的护堤任务，官兵们严防死守，决战决胜，凸显了中流砥柱的作用。2000年4月，西藏易贡湖山体坍塌，发生世界上罕见的特大山体滑坡，官兵们奋战33个昼夜，化解了一场巨大灾难。许多同志讲，哪里有险情，哪里就有水电部队在战斗；哪里有呼唤，水电部队就在哪里出现。

部队的特殊编成和使命，决定了他们在遂行抢险救灾这样的行动中，会有一些不同的经验和做法。记得唐山抗震救灾时，北京军区副司令员肖选进出任军区唐山抗震救灾前线总指挥和临时党委书记。他在回忆文章中说：基建工程兵因其熟悉建筑工程结构，有较强的机械设备和起吊经验，在抢险过程中发挥了非常重要的作用。基建工程兵这个兵种，对今天的许多人来说是陌生的，它是人民解放军史册中组建较晚、保留时间最短的一个兵种，只存在16年。它既不属于陆海空三军，也不属于当时的八大军区，同炮兵、装甲兵、工程兵、铁道兵也有所不同。它是一支特殊部队，“平时从事基本建设，战时参加抢险抢建”。水电部队的前身是基建工程兵61支队。唐山地震发生时，他们正在唐山附近滦河上游修建潘家口水库。震后当天下午，官兵们就疾驰唐山市区，先后救出226人，医治伤员13356人，清理废弃房屋267栋，是当时抗震救灾的生力军。我刚到这支部队工作，对这些情况自然会留意，专门抽时间找一些同志了解，印象很深，受益匪浅。我认为，有优良的革命传统，有丰富的施工抢险经验，有一批工程技术专业人才，有各种大型工程机械设备，这四条，是水电部队在一系列抢险行动中，敢于向前、建功卓著的实力和本钱。

截至14日上午，各方面情况不断报来。

三总队报告：13日零时5分，总队政委程跃进、副总队长赵秀玲带领120名官兵，携6台大型机械设备，到达什邡市蓥华中学，抢救埋压在废墟下的师生。凌晨2时，副参谋长石芪粼带领128名官兵到达湔氐中学，正在抢险救人。14日11时，200多名官兵到达都江堰，承担抢险抢修任务。

在蓥华中学抢险的官兵们

南宁一总队报告：12日16时，瀑布沟项目部出动48人、5台（套）设备，作为第一支抗震救灾队伍投入汉源县城抢险，经过30多个小时奋战，清理受灾最严重的文化商业街1公里，疏散受灾群众9000多人，协助转移关押犯人150人。同时，总队已制定参与抗震救灾行动预案，成立了基本指挥所、前进指挥所和3个梯次的抗震救灾分队。

南昌二总队和武汉三峡指挥部分别报告：从各项目部抽调精兵强将组成的突击队，现已到达指定位置，只待一声令下，投入抗震救灾。

这些情况令人高兴。说明水电部队各级党组织和指挥员具有很好的政治素质和使命意识，国难当头，反应敏锐，知道自己肩上的责任，知道该是担当的时候了！

第二章 为什么是汶川？

那几天，上级不断通报灾情信息，电视新闻滚动播报救灾实况，我越发感到5·12地震的严重程度，远远超过32年前的唐山。实际上，我并不熟悉汶川，只知道它在四川，查寻地图，才知道具体位置

断裂带是大地的伤口，却让人类感到痛苦和无奈。2008年5月12日14时28分04秒，青藏高原的巴颜喀拉地块向东南运动，受到四川盆地阻挡，积累的应力终于肆意释放出来。巨大的地震能量波，以每秒3公里的速度，开山裂石，摧枯拉朽。一个方向的地震能量波，沿着后山断裂推进，从汶川、茂县，经平武、青川进入陕西境内；另一个方向的地震能量波，沿着主中央断裂推进，从映秀、太平、北川，一直到平武南坝；再一个方向的地震能量波，沿着主边界断裂、又叫前山推进，从都江堰经汉旺至安县。仅仅100秒的时间，裂向长240公里、宽30公里。

一场震惊世界的大地震，就这样降临了！

按照现行的《中国烈度表》，最低为1度，最高为12度。1度时人完全感觉不到；3度时少数静止中的人有震感；4至5度睡觉的人会惊醒，悬挂物摇晃；6度时房屋损坏，墙体微细裂缝；7至8度中等破坏，地面裂缝；9至10度房屋倒塌，地面破坏严重；11至12度为毁灭性破坏。

5·12地震，震中烈度高达11度，以四川省汶川县映秀镇和北川县县城两个中心呈长条状分布，面积约2419平方公里。其中，映秀11度区沿汶川—都江堰—彭州方向分布，北川11度区沿安县—北川—平武方向分布。10度区面积3144平方公里，呈北东向狭长展布，东北端达四川省青川县，西南端达汶川县。9度区面积约7738平方公里，同样呈北东向狭长展布，东北端达甘肃省陇南市武都区和陕西省宁强县的交界地带，西南端达汶川县。9度以上地区破坏极其严重，其分布区域紧靠发震断层，沿断层走向成长条形状。其中，10度和9度区的边界受龙门山前山断裂错动的影响，在绵竹市和什邡市山区向盆地方向突出。8度区面积约27787平方公里，西南端至四川省宝兴县与芦山县，东北端达陕西省略阳县和宁强县。7度区面积约84449平方公里，西南端至四川省天全县，东北端达甘肃省两当县和陕西省凤县，最东部为陕西省南郑县，最西为四川省小金县，最北为甘肃省天水市麦积区，最南为四川省雅安市雨城区。6度区面积约314906平方公里，一直延续到重庆市西部和云南省昭通市北端，其西南端为四川省九龙县、冕宁县和喜得县，东北端为甘肃省镇原县与庆阳市，最东部为陕西省镇安县，最西为四川省道孚县，最北达到宁夏回族自治区固原县，最南为四川省雷波县。

被地震摧毁的映秀镇

这是新中国成立以来最大的一次地震。地震面波震级8.0Ms，矩震级8.3Mw，震源深度14公里，震中烈度11度，破坏地区超过10万平方公里。四川、甘肃、陕西、重庆4省、市417个县、4652个乡镇、47789个村庄受灾，灾区总面积44万平方公里，受灾人口4624万人。一般说来，震源深度在地表下10公里处，就要承受相当于251颗广岛原子弹的威力。地震烈度达到11度，属于“毁灭性地震”，意即“只有少数建筑物尚未倒塌，桥梁毁坏，铁路轨道明显弯曲，地下管道完全不能使用，地面有很多裂缝、大规模滑坡、山崩，地表产生相当大的垂直和水平断裂”。北川老县城、映秀镇等一些城镇，完全是这样一幅惨状。

这是一次震波波及了半个亚洲的地震。科学证明，引发地震的地质断层，错动时间越长，人们感受到强震的时间越长。5·12汶川地震的断层错动时间为22.2秒，中国大陆除吉林、黑龙江和新疆三省区无震感报告外，其余28个省、市、自治区均有震感。地震发生3分钟后，港澳地区感到震动；5分钟后，越南河内感到震动；6分钟后，泰国曼谷感到震动；8分钟后，台湾地区感到震动；10分钟后，巴基斯坦感到震动。

这是一次损失极其惨重的地震。地震造成69159人遇难，374141人受伤，17469人失踪。倒塌房屋778.91万间，损坏房屋2459万间。震中16条国道省道干线公路和6条铁路中断，31列客车、149列货车在途滞留，电力、通信、供水等系统大面积瘫痪，直接经济损失8451亿元。尤其是21043次货运列车行驶到宝成线徽县至虞关间150公里835米处的109号隧道中，因地震导致隧道塌方，列车脱轨着火，包括12节油罐车在内的货车起火燃烧，宝成线中断12天，影响巨大。

地震让我们看到了人类的渺小和大自然力量的巨大，仅仅不到1分钟时间，祖祖辈辈用辛勤汗水建立起来的美好家园，夷为废墟。

第三章 说不尽的都江堰

本来，我想早一点到灾区一线。那两天，尽管忙于部队行动部署，但还一直考虑，作为领导干部，应该亲赴一线，靠前指挥。由于成都双流机场因地震一时关闭，好不容易搞到15日的机票。一早，我和副参谋长孙来成、党委秘书杨志刚一行三人，乘国航4112航班飞往成都。一下飞机，直奔三总队机关听取汇报。

显然，地震给人们带来的影响是全方位的。总队机关大院已不像两个月前我来时那么整洁，到处是搭起的帐篷，停满了车辆。六层的机关大楼有几处轻微裂纹，总的看来问题不大。为预防余震，人员全都撤出了办公楼，只是把基本指挥所设在方便撤离的一楼大厅里。一排图表前，林友汉汇报了3个方面情况：1.总队800余名官兵正在什邡、都江堰等4个方向全力救灾，尽管困难重重，但进展顺利；2.驻川部队无人员伤亡报告，但九支队位于震中理县的狮子坪项目部一直联系不上；3.采取了应急措施，目前官兵、家属情绪稳定。听完汇报，我只说了一句话：先到现场，先看部队，要说的话以后再说。匆匆吃了几口饭，即刻乘车赶往震情严重的都江堰。

公元前256年至公元前251年，李冰父子修都江堰，凿玉垒山，驯服的岷江水从玉垒山中穿行，被截断的山丘成为江中孤岛，唤作离堆。千年以来，离堆前的江口处渐渐形成了一座城市。城市以离堆为中心呈扇形分布，无论是草庐泥舍，还是后来的高楼广厦，都像跪拜的臣子，面向离堆，祭祀征服自然的奇迹。千年以后，这座城市先叫灌州、灌县，后来叫都江堰。

被誉为“天府之源”的都江堰，位于成都平原与西北群山接壤处。这里有两处闻名天下的景观：一处是世界文化遗产——都江堰水利工程，号称“世界水利文化的鼻祖”。水电部队是搞“水”和“电”的部队。我到这支部队工作时间不长，但不止一次听同志们讲过这个世界上年代最为久远、唯一留存、以无坝引水为特征的宏大水利工程；另一处是“青城天下幽”的青城山，中国道教发源地之一。都江堰地势独特，西北高，东南低，从高山、中山到低山再到平原逐级降低，海拔592—4582米，相对高差3900米。由于独特的地势地貌，都江堰自然环境优美，城东南良田平畴、水天一色，西北群山环抱、秀峰迭起。位于群山之麓的市区，山色空蒙，岷江及其都江堰灌溉渠人工河、山溪季节性自然河穿城而过，波光潋滟，空气清新，气候宜人，宛如一幅镶嵌在锦绣天府的天然图画。

5·12地震，似天怒般，顷刻间，山崩地裂，天塌地陷。震中映秀烈度11度区，向南沿汶川—都江堰—彭州方向分布。不幸的是，都江堰就在这个11度区的地震带上。天府之国的明珠，刹那间，山涌动，水澎湃，房倾塌，生灵涂炭，城区50%的建筑物坍塌或受损。据说，当天下午，烈日当头，突然，天黑下来，好像马路上开来巨型装甲车似的，大地发出吼声，颤抖起来，之后就会听到“嗡嗡”的声音，那种声音不是一下子能直接传到耳朵里，而是一波一波地传过来。

都江堰是成都距震中汶川最近的一个县级市，也是通往汶川的必经之路。此时，抗震救灾进入第四天，成堰公路专门开辟了救灾专用通道，允许通行的各种救灾车辆川流不息，就像当年的唐山，各军兵种的指挥车、运兵车，悬挂各省市车牌的运输车、工程车、抢修车、救护车，喇叭轰鸣，疾驶向前。

2007年春节前，我因参加成都军区的一个会议曾到过都江堰，对这座世界闻名的历史文化小城，留下了美好的记忆。仅仅过去一年多，此时，从车进都江堰开始，视野所及，整个城市变得千疮百孔，惊恐未定。到处是垮塌的房屋，越往城区越严重。尽管眼前的情形不像当年刚进唐山那么惨烈，但映入眼帘的都江堰，不再是山叠翠，水鸣琴，鸟语花香，美轮美奂。主街道两边大部分楼房大面积开裂，临街所有店铺玻璃门窗被震碎，部分高层建筑夷为平地，满目瓦砾。一栋居民楼像被刀砍了似的，齐整整地被削去了绝大部分，只剩下窄窄的一条。城区显然有些混乱，到处是惊慌失措的灾民，到处是避险乱搭的地震棚。

在车上，同行的总队政治部主任曾瑞华告诉我，在副政委袁用枝指挥下，他们抽调九、十、十一3个支队278名官兵，兵分三路，挥师都江堰，承担紫坪铺至龙池、紫坪铺至虹口两条震毁道路抢通和青城后山人员搜救任务。我决定先到龙池看望九支队。

震前的龙池，自然风光优美、迷人、神奇。惨不忍睹的大地震，使这个国家级重点森林公园也未能逃过厄运，昔日的美丽，转瞬间变成了记忆。出都江堰约20公里，前方道路封闭，是交通部队在抢修，九支队在他们的左前方。不一会儿，支队长王永平闻讯赶来，报告说地震引发大面积山体崩塌，都江堰至震中汶川方向的公路、桥梁、隧洞严重受损，中间很多乡镇成了孤岛，救援力量进不去，受灾群众出不来。九支队受领的任务是，紧急疏通龙池镇道路。因主路路基完全震毁，短时间内根本无法恢复，为争取时间，他们披荆斩棘，连续奋战两昼夜，终于沿陡峭的山坡抢通一条19公里长的便道。尽管崎岖不平，绕来绕去，但大批救援车辆、人员和物资，正顺着这条“生命线”源源不断朝里开进。我清楚，支队在这里不到百名官兵，能在如此短的时间抢出这么一条山路，本身就是一个奇迹。如果没有敢打硬仗的血性和连续奋战的精神，是根本不可能的。沿着刚抢出的崎岖山路，我一个一个部位察看施工情况，同战士们一一握手，勉励他们继续奋战，再做贡献。尽管官兵们个个灰头土脸，但情绪依然那样坚定，我感到很欣慰。

在龙池抢通道路一线现场研究抢险方案

随后，我又赶赴虹口。虹口是都江堰的一个乡，面积占整个都江堰市的近三分之一，与震中映秀仅一山之隔。这里曾经富饶丰美、山奇水秀，是全国闻名的漂流之乡、避暑之乡。蜿蜒于两座大山间的盘山公路，是虹口通往外界的主要道路。地震导致的山体垮塌，仅仅几十秒的功夫，吊桥没了，道路塌了，通信断了，虹口变成了一座孤岛，6000多遭受劫难的灾民被困在里面，几近绝望。

进山路口，布起道路封闭的警戒线，线外聚集了许多要去虹口的群众。我估计，前面的情况一定很严重。看到我们乘坐的是救灾部队指挥车，执勤的同志迅速放行。走进山里，眼前的一幕令人揪心。路两边，半山腰，房屋几乎全部倒塌，灾民只能眼巴巴瞅着，无助地挤在简陋的地震棚里。我看了看表，已是17时59分。袁用枝和十支队政委黄秀华迎上来，在一块稍平一些的废墟上摊开地图介绍情况。他们的任务也是道路抢通，刚才又清理了一辆被埋的大客车，挖出5具遇难者遗体。与龙池方向不同，这里是一条典型的山间公路，越往里走，山峰高耸，悬崖临水，抢险条件极度危险，路两边那些悬在半空中的巨石随时会从天而降，后果不堪设想。我和几个同志戴着安全帽沿途察看，行进中仍有悬石飞滚，轰声隆隆，灰尘弥漫，触目惊心。前方又听到惊叫声一片，眼睁睁地看着两个志愿者躲闪不及，转眼间被滚石砸得头破血流。义无反顾的我们，也不得不倾斜着头，时而望顶上的悬崖，时而看脚下的乱石，尽可能加快速度通过危险地域，气喘吁吁的同时，免不了心惊肉跳、神经绷紧。这里是原始生态旅游区，震前游人可能不少。一路上，随处可见被塌方滚石砸坏的汽车，有的车身塌陷，严重变形；有的滚下公路，轮胎朝天；有的高挂悬崖，下不着地、上不挨天；有的相互碰撞，碎玻璃飞溅。偶尔还能见到被遗弃的小车，车玻璃窗上贴着纸条——“地震逃命，烦请政府代为保管”。一直走到受灾最严重的深溪村，长约3公里的地段内多处水泥路面、山坡地面拱曲变形或开裂，民房严重移位，树木随断层呈现不同角度倾斜。这些让人匪夷所思的地震现象，后来被列为整体保护区域。

虹口镇，现场听取道路抢险情况汇报

天色渐暗，借着月光疾步前行，危险早已淹没在夜幕中。我问几个战士，“怕吗？”听到一样的回答，“不怕，抢路要紧！”这就是我们的战士，质朴而伟大！察看完现场，我跟支队领导研究决定，机械要分段开进，人员要轮番上阵，人歇机不停。既要加快进度，又要降低伤亡风险。他们表示，从地方临时征用增援的推土机、挖掘机和发电设备很快到达，支队已挑选最好的操作手待命，一旦运抵，立即加大力量，昼夜奋战，力争最短时间把路打通。

趁着夜幕还没有完全降临，我又赶赴青城后山。

青城山，山靠岷山雪岭，面向成都平原，林木青翠，四季常青，诸峰环峙，状若城郭，故名青城山。因其丹梯千级、曲径通幽、以幽洁取胜，自古又有“青城天下幽”的美誉，与剑门之险、峨眉之秀、夔门之雄齐名。乘车穿梭于都江堰，随处可见“拜水都江堰，问道青城山”的字样，这是都江堰人的骄傲所在。拜水是城市的精神寄托，问道则为城市的文化底蕴。

后来，都江堰的同志告诉我，5·12地震发威的那个瞬间，青城山开始摇摆，前山的道观坍塌，观山缆车摇晃如铃铛，海拔1260米的老霄顶上，老君阁几乎被夷为平地。后山的山脊地面从中间开裂，巨大的泥石流瞬间涌向两侧山谷，千年古刹泰安寺内，佛像倒地，大殿移位。登上海拔1000多米的山顶，查看震后的青城后山全貌，三分之二的游山道路被毁，架于山腰的龙隐峡栈道全部垮塌，百余处观景亭被泥石流淹没得仅剩檐角。五龙沟内，著名景点三潭瀑布水流断绝，瀑布下面积约20平方米、深约6米的水潭被完全填平。后山百余景点只剩7处，幽绝天下的青城山仅余半壁。

在青城后山抢险的是十一支队，他们是第一支进入震后青城后山的部队。从逃出来的村民口中得知，里面房屋损毁严重，很多地方都已夷为废墟，加上山体滑坡，连降大雨，除当地居民外，山里还有大量被围困的游客。在支队长汪友才、政委刘智勇带领下，178名官兵放弃辎重，徒步轻装行军30余里，向大山深处挺进。到达泰安古镇，他们分为13组，沿飞泉沟向上搜索，深入到受灾最严重尚没有人进去的五龙沟、青城后山最深处的红岩村、青城山最高峰的白云寺等各个居民点和游览区域，进行“进村入户”拉网式搜寻，72小时内营救被困群众238人，其中伤员64人，重伤9人。

汪友才向我汇报，进山时，他们估计到了各种困难，但震后青城后山的路如此难走，完全出乎他们的想象。一个塌方处，官兵们踩着倒下的松木枝深一脚浅一脚地前行，脸、手都挂了花。走出松木林，眼前无数巨石滚落在河流中，可以想象地震发生时，这里的情况是何等惊心动魄。他们在布满巨石的河流中穿行，有时需要爬上去，有时必须从下方钻，不敢踩河中的石头，多是蹚水而过。谁都清楚，如果这时有震动，会是什么样的后果。一个断桥，下方就是悬崖，望不到底。向导说，如果掉下去，连尸首都找不到。一个塌方土坡，根本没有路，也没有可供支撑的树木，下面是深河谷，战士们硬是在半山腰踩了一条路出来。依山修建的栈道多处被冲塌，战士们是搭成人梯才走过的。半山腰的一个亭子里，向导说，照这个情形，前方肯定还有更难走的路，劝我们抛弃工具和担架。他说，就算山上有重伤员，也不可能把他们抬出去。官兵们拒绝了他的提议，硬是把伤员抬了出来。

青城后山泰安古镇，深夜看望抢险官兵

晚9点多，我到达泰安古镇。所有的搜救人员刚刚撤回，无一人伤亡。官兵们翻山越岭，冒死救援，奋战了整整2天2夜，已经极度疲劳。夜深了，山沟里漆黑阴森。我借助手电筒光亮，与疲惫不堪的官兵们一一握手。听说有几名新战士家里受了灾，还是强烈要求到一线，我很感动，代表指挥部领导向他们表示感谢。一位戴中尉警衔、满脸稚气的干部，紧张得不知所措，敬礼不很标准，也不太会报告词。我一时纳闷，中尉警官怎么会是这样呢？一旁的孙来成介绍说："这是林友汉总队长的儿子林昕，正在大学读书。地震发生后，非要跟着部队去抢险，这才到了青城后山。"我很有兴趣地问，"在哪个学校读书？大学几年级？"林昕回答："成都电子科技大学，正在读大四。""那是名牌大学，不简单。现在大学没有放假，怎么跑到这里救灾了呢？"我问。林昕告诉我，"还有几个月就要毕业了，现在正在搞毕业设计，事情不多。这么大的地震，我想为抗震救灾出点力。"我又问他："跟部队一起拼死拼活地干了两天，有什么感受？"林昕说："没有想到地震这么严重，太惨了；没有想到救灾这么难，十一支队干部战士太好了。"我很有感触地说：老林坐镇指挥，小林参战抢险，可谓上阵父子兵！紧紧地握了握小林的手，告诉他，尽管没有当过兵，但这也是一段难得的军旅体验，值得好好珍惜。

记得那天晚上我给部队动员时讲了这样一段话：什么叫人民子弟兵？本质是人民，本色是子弟，作用是能够挡山填海的兵。人民养育了我们，拯救人民于危难之中，是我们的职责和本分。流点血、淌点汗算什么，只要灾区人民需要，无论面临多么大的困难、做出多么大的牺牲，都要勇往直前，绝不退缩！

第四章 蓥华和湔氐

什邡，5·12地震受灾最严重的地区之一。全市864平方公里辖区，严重受灾面积500多平方公里，受损和垮塌房屋超过95%。43万人口中，受灾41.2万余人，死亡5924人，失踪208人，受伤33075人，约17万人无家可归。

什邡，也是水电部队最早投入抗震救灾的地方。震后第二天，中央电视台滚动播出的抗震救灾专题新闻的片花中，副总队长赵秀玲作为一位女性，与官兵们奋力抢险的画面令人印象深刻。

5月12日，地震发生后一个半小时，三总队领导直接赶到四川省政府请战，受领了立即开赴德阳市抢险救援的任务。21时30分，120名官兵携6台大型机械设备，开始向德阳机动。23时30分，根据德阳市政府指令，部队冒雨到达受灾最严重的什邡市。5分钟后，什邡市抗震救灾指挥部改变了原来要求部队灾区维稳的考虑，指令三总队迅速开赴学校垮塌最严重的蓥华中学和湔氐中学。至此，一场与死神赛跑的生命大救援全面展开。

16日一早，我乘车赶赴什邡，9点多到达蓥华镇。200多名刚刚完成搜寻任务的官兵还戴着口罩和手套，正在整理营地。

蓥华山青，青如水；蓥华水长，长如烟；山青水长绕蓥华。蓥华镇是一个值得细细品味的古镇，因蓥华山而得名。蓥华山位于川西平原与青藏高原的过渡地带，是以自然景观为主的高山风景名胜区。这里山高谷深，群峰竞秀，林木繁荫，野芳幽香，可观日出、云海、“圣灯”、“佛光”和雾海，风光绚丽多姿，引人入胜。因其植被极好，有“蓥华叠翠”之美誉。

四面环山的蓥华镇，距离震中汶川仅20公里。毕业于川师大体育系的李勇，一直在这里的蓥华中学当老师。地震发生时，他正在操场给初中一个班上体育课。14时28分，大地开始摇晃。等他站稳了脚跟，漫天昏暗，翻浪冲腾，透过遮天蔽地的尘埃望去，整座教学楼坍塌了，所有的教室不见了。操场上，几十名学生惊傻了，十几秒，几十米，这就是生与死的距离？

9个小时后，第一批抢险车辆的灯光，照亮了漆黑的蓥华镇。程跃进同志给我讲述了当时的情形：他们到达现场时，映入眼帘的是一栋四层高的教学楼整体坍塌，残垣断壁中不时传来被困师生声嘶力竭的呼救声；紧邻的另一栋四层高的综合楼也已摇摇欲坠，随时都有垮塌的可能。谁也不知道废墟下究竟埋了多少个孩子，更不知道他们中多少人还活着。无论谁在现场，都有一种揪心的痛。黑夜中，垮塌的楼板、房梁盘根错节，爬上去很难找到一个合适站脚的位置，要将废墟里狭小空间的被困学生营救出来，更是困难重重。他们迅速制定出抢险方案——清理建筑碎碴，然后按照板、梁、柱的顺序用吊车吊开大楼主架，之后用手把孩子们扒出来。“像绣花一样”，开始了这场特殊的抢险。

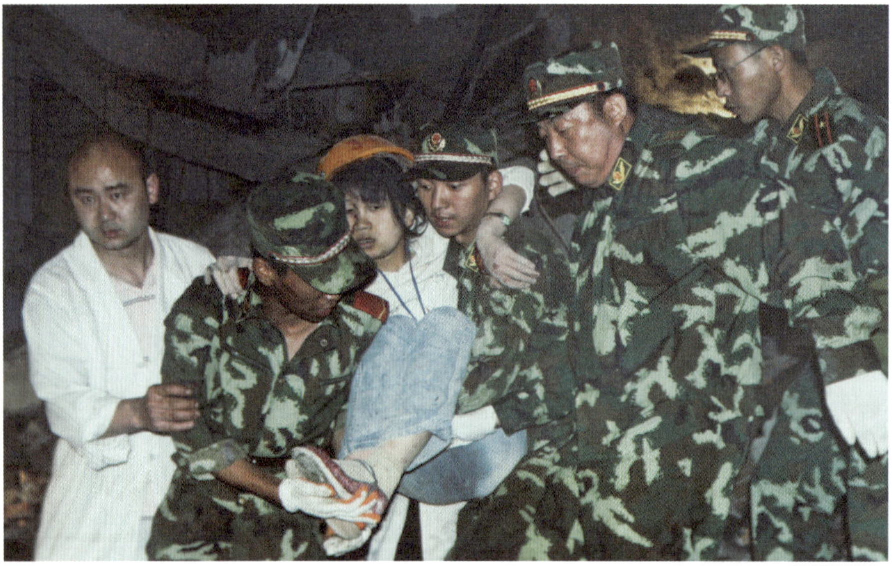

官兵们不惜用生命拯救生命，又一个女孩获救了

16个孩子就这样获救了，他们中的大多数是女孩。第16个获救者，是15岁的初二女孩廖友瑶。对她的营救整整持续了35个小时，仅为研究营救方案就开了3次现场会。因为她埋得太深了——四层的教学楼废墟中，她困在第二层，虽然上身和双手还能动弹，但交叉着的双腿却被牢牢地压在破碎的预制板之间。官兵们几乎动用了所有的力量，仍然无法把女孩拉出来。有人建议截肢，随即遭到否决——没有人愿意看到这个面容清秀的女孩从此走向不完整的人生。他们不得不采取

蓥华中学，生死大营救

最原始的方法，头朝下探进女孩被困的空间，用榔头、电钻、千斤顶和一切救灾现场能找到的小型设备，一块块敲下压在她身上的混凝土块……

就在营救廖友瑶的35个小时里，蓥华又经历了10多次余震。紧挨着教学楼废墟的综合楼，在一次次震动中摇摇欲坠。“这是这次抢险中最困难的部分”，程跃进说，“在一座随时可能倒塌的楼房旁搜救，完全是违章作业。但，为了孩子们的生命，我们别无选择。”

在现场的同志，还给我讲了一些令人难忘的情节：

总队政治部干事刘辉：“突然，废墟中传来微弱的求救声。寻声找去，我们在垮塌的两个横梁中间发现了一个身材瘦小的男孩，双腿被压在横梁下，上半身悬空，他的前面还有两个被压着的女生。官兵们给他戴上安全帽，找来钢钎和模板为他支撑起后背。整个救援过程他没有发出任何声音，只是默默地配合官兵实施救援，小小年纪表现出来的沉着和冷静，更加坚定了官兵救援的信心。沉重的横梁、纵横交错的楼板被一块块吊走，经过一个多小时的艰难救援，小男孩终于被成功救出。就在他即将被抬出废墟的那一刻，已经很长时间没有说话的他，说了一句足以让人一辈子都难以忘记的话：‘她们（意指面前的两个女生）已经死了！’微弱的声音小的也许只有他自己能听清楚，但在他身边的几个战士从嘈杂的声响中听到了。一瞬间，所有的人无不泪流满面。”

九支队政治处股长杨玉成：“废墟下有一个女孩，名叫邓清清，身上压着的预制板使她很难挪动。我们递给她一支手电筒，告诉她，‘孩子，给你电筒，你看看周围的情况，叔叔们会把你救出来。’接过手电筒，邓清清看了看废墟下的环境，除了石板就是砖头。‘我想分散注意力，看书就能暂时忘记黑暗’，邓清清说。她顺手摸到一本书，借着手电筒微弱的光亮，开始默读地理课本上的内容，让自己集中精力，忘记周围的黑暗和恐惧。就这样，她在默默地读着书，战士们在奋力清除废墟。5月13日凌晨3时，邓清清被成功救了出来。她说，‘下面一团漆黑，我怕。我又冷又饿，只能靠看书缓解心中的害怕。’她的镇定和坚强，感动了在场的每一个人。战士们握着她的手说，‘好孩子，只要你能活着出来，就比什么都好。’”

十一支队战士朱静：“一次强余震来临，安全员吹起紧急撤离哨。突然，我听到废墟下有微弱的呼救声，‘叔叔，快救我啊，我快撑不住了。’顺着声音往下看，看到在他头顶的上方，有一堵墙只剩一根钢筋连着，随时都要垮塌下来，一直不停地往下掉砖头。没有人下命令，我们全都停下了脚步，开始清理压在他身上的废墟。害怕孩子失去知觉，我们还不停地和那个孩子说话，‘你从1数到1000吧，等你数完了，我们就能够着你了。’我的战友袁先军被一块砖头砸到了脚上，大拇指当时就肿了起来，指甲盖也没了，整只脚血肉模糊，但他一直坚持到亲手将男孩递出来才走下废墟，那已经是7个小时过去了。”

15日上午，最后一层瓦砾被揭开，废墟下没有了生命的脉动。已经连续奋战了60多个小时的官兵们，营救出16名生还者，挖出70具遗体。莘莘学子，如花的年龄，竟遭受了如此巨大的苦难。此时，有的战士一下子垮了下来，像是精神崩溃了，坐在地上号啕大哭，“怎么会这样？怎么会是这样？”从进入这片灾难现场起，战士们最希望从废墟下听到呼救声、哭泣声和敲击声。他们说，这“三声”，那是生命在呼唤，胜过激动人心的乐章。现在，一切都没有了，没有了呼救，没有了哭泣，没有了敲击，意味着下面的生命远去了。在场的所有人无不泪水涟涟，痛断肝肠。赵秀玲悄悄跟我说，这两天，端起饭碗就忍不住掉眼泪。

我让总队几位领导带着察看救灾现场。四层高的教学楼已经完全坍塌，一层层楼板以不同形状叠压着、交错着。旁边的综合楼部分墙体垮塌，令人恐惧地戳在那里。从摇摇欲坠的危楼狭缝中穿过，书包、课本、桌子、凳子、文具盒，还有一只只鞋子，散落在预制板和砖头之间。我们一处一处废墟攀上爬下，恍惚中感觉废墟下还有孩子们的生灵，眼前的毁灭如一场幻梦。站在那里，我还切身感受到救灾的艰难和不易，无法想象当时的场景是怎样的悲壮和惊心动魄，只知道这一切都是真实的，官兵们是在用生命拯救生命。随后，我与总队同志研究了下一步行动，要求他们精心安排，一仗接一仗地打；官兵们已经很疲劳，要适当安排休整；在党和人民高度赞誉的情况下，要注意头脑清醒，谦虚谨慎。中午，在废墟旁和官兵们一起吃午饭。不知他们从哪儿搞来一辆炊事车，条件算是不错了，大家可以错开时间轮流就餐。随后，我又赶赴20公里外的湔氐中学救灾现场。

察看湔氐中学倒塌的校舍

湔氐镇，位于什邡西北部，北山峡谷中有湔氐河流过。相传，昔有5颗宝珠坠入湔氐河之滩沱，故名。大地震震裂了通往湔氐的道路，路上随处可见从山上滚落的巨石和逃生的人们留下的车辆。我们沿着泥泞的山间公路，经过近一个小时的艰难前行，终于赶到了湔氐中学。

湔氏中学是一所毗邻山区的农村中学，美丽的校园在5·12地震中瞬间化为废墟，倒塌校舍3612平方米，师生伤亡448人。13日凌晨2时，三总队副参谋长石茋粼率128名官兵星夜疾驶，到达现场。风雨摇曳之中，断裂的巨大混凝土钢筋预制板横七竖八，堆积如山，废墟上遇难师生的遗体随处可见，触目惊心。废墟下，还有54名学生生死未卜。时间就是生命，没有人犹豫，赶紧展开与死神的较量。由于作业面狭窄，天又下着瓢泼大雨，救援工作进展缓慢。他们把突击队划分为3个战斗组展开“车轮战”。九支队警务装备股长扈云亮硬是把两名班长拽下来，自己站在制高点指挥。他说：“上面太危险了，我比你们有经验，我还是党员，我先上。”微弱的灯光下，冒着余震的危险，他一直站在废墟中最为危险的那个位置上，指挥着战士们操纵吊车、装载机起吊搬运。

在湔氏中学抢险现场，身后的校舍成为废墟一片

坍塌的教学楼一角，他们听到了废墟下孩子的呼救声，扒开上面的瓦砾和砖块，透过缝隙，看到两名学生被巨大的预制板横梁死死压住。

“他们还活着！”

“快！快！先救活的！”

官兵们拼命地挖，拼命地刨。下面，孩子们每发出一声呻吟；上面，大家的心就跟着揪紧一次。经过9个小时的拼搏，被埋压在废墟下整整17个小时的14岁初二学生陈舟被成功救出。救活一个，再救活一个，生命一旦出现，就不容再失，周围痛不欲生的学生家长们满怀期待。官兵们又一刻不停地奋战2个多小时，另一名同样年龄的学生张敏成功脱险。

我到达时，救援工作已经停止，废墟下已全无生命特征的痕迹。听石莨鄰他们汇报，一处处察看救援现场，我为官兵们的英勇作为所感动，也为那些遇难的师生所悲痛，他们正是如花似锦时，竟安息在遥远的天国。下一步，官兵们又要转战到龙居中心校救援。我与在现场的总队、支队干部研究了具体行动方案，一一交待了需要注意的问题，希望他们再立新功，也希望他们多多保重。

第五章 绵远河告诉你

5·12汶川地震灾区，江河纵横，水系发达。大地震在河流上游峡谷之间，震出大大小小100多个堰塞湖，散布在中高山和高山区，地形高差一般在600—2000米左右。其中，具有一定规模的堰塞湖35个，分布在沱江、涪江、岷江和嘉陵江水系，主要集中在北川、绵竹和什邡等地，犹如一把把“达摩克利斯之剑”，又像一颗颗随时都将引爆的炸弹，严重威胁着灾区人民的生命财产安全。较之唐山，5·12汶川抗震救灾的艰难，还在于这些次生灾害。

绵远河抢险，打响了整个地震灾区堰塞湖攻坚的第一仗。18日中午，我和孙来成几个同志一起，匆匆赶到绵竹汉旺镇，实地了解堰塞湖排险情况。

在绵竹清平乡，现场研究绵远河排险

绵远河，意为发源于绵竹的河源远流长，从绵竹山区奔腾而下，冲出蜿蜒的群山，流经德阳市各县，形成成都平原北端的一个冲积扇，在德阳市中心区穿城南去。地震使绵远河两岸多处山体坍塌，山石瞬间倾泻而下，从清平乡到汉旺镇山口长约16公里的河道，形成大小不一4个堰塞湖，由上游顺势而下，依次为黑洞崖、小岗剑上游、小岗剑下游和一把刀。绵远河流域矿产资源丰富，经济发达，汉旺镇又是中国三大汽轮机生产企业之一的东方汽轮机厂的主要生产基地。“悬湖”严重威胁着下游几十万人民群众和2000多名救灾部队官兵的生命安全。一旦漫溢溃决，产生级联效应，后果极为严重。这是震后最早发现的4个堰塞湖，也是最早引起从中央到省市各级党委、政府高度警觉的堰塞湖。

绵远河排险，首先在小岗剑上游展开。这里的堰塞湖，距小岗剑水电站上游300米、清平乡6公里处，因水电站右岸岩质岸坡发生大规模滑坡，滑坡体堵塞河道而形成，属高危堰塞湖。根据四川省抗震救灾指挥部要求，一天前，三总队从林芝老虎嘴、广元亭子口、雅安大岗山等项目部抽调的60名工程、爆破、推挖装操作手，携机械设备到达汉旺镇。我们赶到牛鼻子村时，十支队72名官兵组成的抢险增援分队，在参谋长唐孝良带领下刚抵达不久，正在安营扎寨搭帐篷。帐篷里闷热得进不去人，大家蹲在路边一块树荫下，摊开一大堆图纸，找几根树枝、几块石子做沙盘研究抢险。总队领导首先介绍了情况：5月15日，副总队长王殿林、十支队支队长李书健和高级工程师周春清、杨享渠，与四川省水利厅专家组一起，乘直升机对小岗剑上、下游堰塞湖进行空中勘察，因绵远河上游天气恶劣，只好返航而归。此后的3天时间，他们又多次组织空中和地面勘察，都因天气原因或地形复杂未能如愿。由于缺少第一手现场数据资料，排险方案很难确定。现在所处的绵远河下游已经断流，据此七八公里的上游，堰塞湖水位不断上涨。抢险指挥部初定的处理方案是“削顶缓坡”，采用“陆空联动、挖爆结合、上下并进”的方式立体交叉进行抢险，首先是要打通通往堰塞湖的道路。为避免发生意外，下游群众已经开始有组织地搬迁。目前，部队正作两手准备，一是积极协调，瞅准机会飞进去勘察现场，掌握真实数据资料；二是绕开阻塞路段，沿下游河床强行疏通一条临时道路，尽快把设备弄进去。

我对部队敢打硬仗的战斗精神是有信心的，难就难在有人进不去、有劲使不上。当务之急，必须想尽一切办法，把人员和设备运上去，已经到了与时间赛跑的较劲关头。我叫三总队副总工程师周志东带路，他是水电部队唯一学地质的博士，又曾荣获武警部队“十大忠诚卫士”称号。我们沿着河床，从下游徒步上行察看，原来宽阔的河面已经干涸，两岸山路也被阻断成几段，有些地方完全阻塞，有的路基完全损毁，根本无法通行。三总队后勤部副部长孙斌正在指挥3台挖掘机沿河床开辟通路，人停机不停，干得很辛苦。问题是照这样干下去，最快也要两三天才能抢通。这时，有志愿者三三两两从上游往下走，一问才知道前面根本进不去，里面的情况也不清楚。终于碰见从上游下来的一位老百姓，大家围上去，又是递烟又是送水。老乡告诉我们，靠上游的一个镇子已经被河水淹没，河道堵塞，水还在涨，很多人在地震中死了，救都没办法救，他是走了几天几夜才逃出来的。

清平乡抢险现场，实地了解堰塞湖险情

傍晚，参加排险指挥部会商会议的王殿林打来电话，报告了一些重要情况：上午，指挥部派出的8名同志历经艰险，终于到达小岗剑上游堰塞湖坝体。现已查明，此处河段谷坡高陡，河道狭窄，为典型的“V”型谷。上游集水面积258平方公里，堰塞体顺河长300米、横河宽150米，堰高62~72米，堰体体积约90万立方米，湖水水面接近堰顶，蓄水量780万立方米。如果溃坝，将影响下游汉旺、拱星、绵远、兴隆、富新、什地等乡镇。目前，绵远河上游来水量每秒5立方米，堰塞湖水位以日平均4米的速度上涨，库容量日增100万立方米，随时都有溃坝的可能。如满库全溃，到达汉旺镇的洪峰可达每秒4600立方米，情况十分紧急。会商会议认为，通往坝体因地震彻底摧毁的道路，至少需要一周时间才能打通。鉴于时间紧迫，原来的通路推进爆破抢险方案，改为空投爆破抢险。即用直升机将人员、炸药空投到清平乡，然后由人员携带炸药徒步行进3.5公里，再乘橡皮艇抵达坝体下方实施爆破，将坝体炸出一个缺口，使水流逐步通过，实现缓解一次性溃坝的风险。这是唯一能够跑到时间前面的办法，尽管风险很大。谁来承担这个5·12汶川地震后的第一个堰塞湖爆破排险重任？水利部孙继昌司长一锤定音：当然是武警水电部队。

这些情况如同“及时雨”，大家心里有数了。我问在场的总队、支队领导：怎么样，有没有信心？他们坚定地表示，请指挥部领导放心，尽管风险很大、困难不少，我们一定圆满完成任务！因为李光强同志那天从北京赶来，我要回成都商量一些事情。为加强这里的领导和技术力量，我让孙来成留下，协助三总队“拿下”小岗剑，因为他有这方面的经验。

那些日子，我一直关注着绵远河堰塞湖排险。因为汶川道路抢通和唐家山堰塞湖抢险更为紧迫，没有再到现场一线。尽管如此，我始终牵挂着绵远河上那一个接一个的堰塞湖，每天都要同在一线的同志通话联系，了解排险进展情况。后来，王殿林、梁建忠、李书健几位同志，给我讲了他们在绵远河排险的艰辛。

5月21日，小岗剑上游——

上午，直升机几个轮回，把由三总队参谋长梁建忠带队的18名官兵和器材设备运送到清平乡一块空地上。这里已是震后的一座“孤岛”，乱石密布，全无人迹。前一天下午，米—26两次飞行，撤走200多名群众。从这里出发，官兵们首先需要征服的第一道难关，是将500公斤炸药、90发雷管和两艘橡皮艇运送到堰塞湖岸边。尽管距离只有3.5公里，但道路被地震扭曲撕裂，路基几乎彻底损毁，一侧是不断滚落石块的山体，一侧是水流湍急的绵远河。在解放军官兵配合下，他们每人背负几十公斤炸药和器材，抬着橡皮艇，喊着号子，相互搀扶，在刀尖般锋利的乱石丛中摸索着前行。途中，他们遇到了余震，只感山体摇晃，只见落石纷纷，在身边砸得咚咚直响，山下的湖水溅起几米高的朵朵水花。经过2个小时的艰难跋涉，他们终于到达堰塞湖边，乘上橡皮艇向坝体驶去。接踵而来的难题，是如何将炸药和雷管运送到堰塞湖坝顶。70多米高的坝体，需要负重攀越100多米的陡坡才能到达顶部，困难可想而知。官兵们毫无畏惧，沿着巨大石块间的缝隙艰难地攀爬，一个接一个，终于把坝体踩在脚下。又经过6个多小时的奋战，顺利完成了装药、接线等爆破准备工作。18时20分，惊天动地的爆破巨响过后，一条长45米、宽25米、深8米的泄洪槽终于形成，小岗剑上游堰塞湖爆破排险成功，有效降低库水位8米，减少库容200万立方米，缓解了堰塞湖一次性全部溃坝的险情。

6月1日至11日，“一把刀”——

德（阳）茂（县）公路汉旺镇至清平乡段20公里，是清平乡通往外部世界的唯一道路。进山约5公里处，怪石险峻，壁如刀削，当地群众称之为“一把刀”。地震后这里山体滑坡，乱石滚落，巨岩碎石堵塞峡谷、截断河流，形成典型的堰塞湖，也就是“一把刀”堰塞湖，蓄水量80万立方米。5月21日至26日短短5天，水位上涨近7米，再涨1米就要漫堤。28日13时，堰塞湖开始溢流，溢流口宽11米左右，水位比前两天上涨1.9米。一旦溃堤，下游群众以及东方汽轮机厂将面临灭顶之灾。

“一把刀”堰塞湖开挖

官兵们向堰塞体运送炸药和爆破器材

6月1日23时，赵秀玲副总队长和十支队黄秀华政委带领120名官兵，连夜开辟进山道路，向“一把刀”挺进。第二天一早到达现场后，他们首先要做的事情，是将堆积在湖中的巨石逐一爆破清除，确保湖水成功引流。前后整整7天，挖掘机、手风钻、凿岩机不停地工作。随着一声声爆破巨响，一块块巨石被破解，他们终于推进到堰塞湖坝体。6月9日18时，一连串的巨响像报捷的礼炮，堰塞体爆破成功，坝顶如愿以偿地打开扩口，积蓄20多天的湖水，以每秒50立方米的流量平缓泄洪。正当他们欢呼雀跃时，下游报来一个惊人的消息，一块大约1200立方米的千吨巨石挡在狭窄的河道中。这是一块巨型石灰岩，质地坚硬，地方同志“啃”了几天没有啃下来。如不及时清除，上游打开的堰塞湖水将会滞流，“一把刀”很可能重新积蓄来水。最严重的后果是，堰塞湖联着堰塞湖，形成更大的堰塞湖。有的同志告诉我，他们在大山里转战10多年，修建了若干座水电站，像这么大的巨石还是第

打孔装药，准备爆破

一次见到。官兵们又一次临危受命。10多米高的巨石上仅有一个倾斜70°的坡面能够攀爬，爆破难度很大。他们集思广益，利用两台挖掘机大臂，人站在上面实施“梅花形”造孔。我没有亲眼见过这块巨石，但3个数字记忆很深：一块石头要打5米深的爆破孔，5米深的爆破孔要打28个，28个爆破孔要装填炸药2吨多。巨石之巨，印象深刻。6月11日20时，“轰”的一声巨响，千吨巨石顿时分崩离析。经过十支队120名官兵10天10夜的连续苦战，“一把刀”堰塞湖排险全线告捷。

6月8日至6月12日，小岗剑下游——

从刚刚“拿”下的小岗剑上游堰塞湖，沿绵远河顺流而下5公里，就是小岗剑下游堰塞湖。6月初，这里蓄水已达80万立方米，水面接近堰顶，险情极为严重。在一边爆破、一边清障、一边推进，拿下一个个“拦路虎”后，6月8日，十支队68名官兵组成爆破突击队，携带1.6万公斤炸药、2000发雷管、1.8万米导爆管和300发连接管，准备对堰塞体实施爆破作业。当时，唐家山堰塞湖抢险的大幕已经拉开，这个方向缺少直升机保障。如何把炸药、器材和保障物资送进去，是他们遇到的最大困难。关键时刻，武警德阳市支队、空降兵45师出手了，他们派出官兵协助十支队，负重徒步行军10多公里，将爆破所需的物资器材运到堰塞湖边，然后装上橡皮艇运达堰塞湖坝顶。接下来的3天，突击队先后进行了4次成功爆破。6月12日12时，堰塞湖形成一条进口宽30米、出口宽50米、平均深20米的泄洪槽，湖水开始缓慢流出。初始，下泄流量每秒20立方米，1小时后达到每秒200立方米，10分钟后陡增至每秒3000立方米。随之，出现了惊魂一刻的溃坝。

记得下午1点多，王殿林用手机给我打电话，说是小岗剑下游堰塞湖溃坝了！我即刻紧张起来，急忙问采取了什么措施？有没有人员伤亡？王殿林说：问题不大。德阳、绵竹两级市已经启动一级红色预警信号，下游群众按照预定方案开始转移。我的心一直悬着，不停地与在现场的总队、支队领导通话。后来了解到，仅仅一个多小时，绵远河变成一片汪洋。洪水所到之处，再次塌方，再次滑坡，然后被席卷而一空，只剩下咆哮的洪水肆无忌惮汹涌着。对于沿岸许多群众来说，那是一场与洪水比时间的赛跑，一场真正意义上的生死较量，谁快谁就赢得生命。当时，四川电视台两位记者正在“一把刀”堰塞湖现场采访拍摄，洪水涌来，陪同的两个官兵拽着他们死命地向高处跑，这才死里逃生。14时15分，水位停止上涨。15时40分，水位开始回落。21时10分，河水恢复正常，洪水顺利通过绵远河。不幸中的万幸，疯狂咆哮的洪水过后，无论沿岸群众还是救灾部队官兵无一伤亡，百年不遇的洪灾面前，这也是一个奇迹。至此，小岗剑下游堰塞湖险情完全排除。

7月7日，黑洞崖——

绵远河上最后处置的堰塞湖，是靠上游的黑洞崖。黑洞崖堰塞湖距离绵远河出山口金鱼嘴河道约24公里，7月初蓄水量已达300万立方米。当时，汛期已至，如不及时处置，一旦溃坝将对下游造成很大威胁。“拿下”下游3个堰塞湖后，终于可以腾出手来搞定黑洞崖了。承担排险任务的还是十支队，他们将对绵远河堰塞湖发起最后一役。横亘在官兵们面前的最大困难还是路。路不通，如何把爆破所需的物资器材运送到坝顶？车辆运输已无可能，而要打通道路需要更多的时间，自然不可取，因为最宝贵的就是时间了。怎么办？还是要靠人背肩扛。7

日上午，经历过多次排险任务的18名官兵，在空降兵45师的支援下，背负1104公斤炸药，沿海拔2000多米的高山峡谷向黑洞崖堰塞湖进发。万事俱备之后，官兵们开始打孔、装药、放线……随着“起爆”一声令下，堰塞湖上空石块横飞，一条长60米、宽5米的泄洪槽跃入眼帘。瞬间，积蓄多日的堰塞湖水以每秒25立方米的速度奔涌而出，库容量由300万立方米降至200万立方米，主汛期内有效降低了溃坝风险。

至此，绵远河排险全线告捷！这条寓意源远流长的河，再也没有像湖那样被“困”起来威胁四方，而是恢复了往日安详流淌的模样，经沱江流入滚滚长江，又随长江绵延千里汇入大海……

第六章 西线进汶川

进入灾区的最初几天，我还一直惦记着正在抢通理县至汶川公路的狮子坪项目部的同志。一是因为那里靠近震中，情况复杂，条件艰苦；二是因为那里道路震毁，信息不通，一直联系不上。

还是15日晚，从青城后山返回成都的路上，林友汉发短信告诉我，总队总工程师陶然用海事卫星电话刚与他通话，报告已经抢通西线进汶川的公路。我很高兴，也很谨慎，要求他们再作确认、核实。不一会儿，回话告知情况属实。即刻，我与《解放军报》孙晓青社长联系，请他们发一条消息。我认为，发布这样的消息，对期盼路、路、路的5·12汶川抗震救灾，意义重大。

震前，从成都到汶川的公路有两条。一条是东线213国道，由成都经都江堰、映秀、草坡进入汶川，即都汶公路，全程高速，128公里。一条是西线，由成都至雅安，然后进入210省道，经宝兴、小金，到马尔康后转入317国道，再经理县到达汶川，全程800多公里。

强烈地震，致使东线都汶公路全线80%的道路损毁，10余公里路段被崩塌的山体完全覆盖，50余座桥梁受损，7座桥梁完全垮塌，数十处山体滑坡。其中，位于映秀与漩口交界的百花大桥，桥面断裂，桥墩震毁，全长500米的大桥整体垮塌。

所有的希望寄托在西线。然而，西线理县至汶川段，山体大面积滑坡，公路阻塞，交通中断。一时间，震中汶川成为与外界隔绝的“生命孤岛”，牵动人心，举国关注。

路，从来没有显得像现在这么重要，重要到直接关乎生命，成千上万的生命。

狮子坪项目部的同志，冒死打通西线进入汶川的道路，意义重大，居功至伟。当天晚上，好不容易与陶然联系上，信号断断续续。我问陶然，现在部队最需要什么？陶然回答：政委，如果有人有车能来，给我们带几床被褥和几块手机电池吧。那一刻，我的眼睛湿润了。他们历经千难万险，当下肯定极度困难，所有的要求竟是几床被褥、几块电池。我为有这么好的干部战士动情和骄傲。

5月17日，我接受了中央人民广播电台采访，介绍了从汶川到茂县的道路打通情况。

主持人：“我们只能用感谢和再感谢对我们的子弟兵表达我们的谢意。现在马上连线前方记者孙崇峰了解一下情况。您一直在理县和汶川进行维护和抢通一线。现在的情况是什么？”

记者孙崇峰：“从汶川到茂县公路打通的任务，他们现在已经解决了10多公里。现在在我旁边的就是武警水电部队政委贾方亮。”

贾方亮：“5月12日地震发生后，武警水电部队官兵迅速启动，第一时间全力投入抗震。我们连夜组织了100多人、22台大型装备，从马尔康向东，迅速向理县和汶川推进，全力以赴打通这条道路，部队干了3天3夜，前天晚上终于打通了西线进汶川的道路。这条道路被称为生命线。现在没有水、被子等，部队在极为艰苦的条件下挺了过来。打通马尔康到理县、汶川的道路，意义重大。现在我们的部队正继续向茂县推进。茂县有10多万人口，目前道路不通，信息也出不来，各级领导和政府高度关注茂县的情况。我们特别要求部队再艰苦也要发扬人民军队连续作战的作风，全力以赴，每天要干近20个小时，以最快的速度向茂县推进，争取早一分钟打通这条道路。”

主持人：“据您了解，这条道路虽然只有40多公里。抢通起来现在遇到的最大困难是什么？”

贾方亮：“主要是前方有几个隧洞塌方，很难，加上山体不断滑坡。我们的战士很辛苦，保障物资也上不去。但是，为了这条生命线，我们一定会全力以赴，尽最大的努力，用最快的速度，力求早一秒、早一分打通这条道路。”

主持人：“通过您，感谢我们的武警指战员和武警官兵，希望他们在保证安全的情况下，尽快打通这条重要的生命线。”

那几天，考虑再三，我打算进一趟汶川，看望官兵们，并同他们一起研究下一步的抢险行动。三总队几位领导反复劝阻我，不仅因为西线比东线绕远700多公里，他们更担心西线道路曲折，纵横险要，路况复杂，需要翻越几座海拔4000米以上的高山，尤其是震后沿途许多山体松软，随时都有垮塌或滑坡的危险，现在进汶川风险太大。我决心已定，救灾是第一位的，即使有风险也要成行。把几件事情做了交待，说走就走，不拖泥带水。20日清晨，起了个大早，我和总队后勤部副部长赵西安、党委秘书小杨、医生小朱，乘一台途锐越野车向汶川进发。为预防意外，车里准备了两三天的干粮和矿泉水，还有大衣、雨鞋、药品、手电等。

从成都到雅安，一路顺畅，灾情并不显严重。再往西行，海拔越来越高。宝兴是全球首个发现大熊猫的地方，被誉为“大熊猫的故乡”。车过蜂桶寨，远远望去，许多人拥在公路旁向山上眺望。赵西安惊呼一声：“大熊猫！”我们赶紧停车，远远看去，果然是一只野生大熊猫攀爬在半山腰，圆圆的脸颊，大大的黑眼圈，胖嘟嘟的身体，憨掬可爱。或许是因为地震，它和人类一起遭受了苦难，显得疲惫，有些惊慌失措。显然，围观的人们懂得保护熊猫“国宝”，既没有靠近驱赶，也没有大声哄叫，任其自然。据说，全世界野生大熊猫不足1600只。能够亲眼观赏到野外大自然中生活的大熊猫，恐怕是一生的幸运。过了宝兴就是小金。小金县城叫美兴镇，这里的确是一个美丽的地方，地震虽然波及到这里，但还显得平静安宁。中午，我们在路边一家饭店简单就餐，不小心把我随身带的水杯摔碎了。大概是因为这里没有救灾部队，我们这台抗震救灾指挥车的出现很显眼，以至惊动了县领导。年轻的女县长赶来，专门给我带了一个保温杯，一再向我们表示慰问，提出有什么困难他们都会全力帮助解决。我很感动，抗震救灾这个特殊时期，地方干部不容易，感谢他们的关心，希望他们保重。

小金境内，我们翻越了海拔4114米的夹金山。夹金，藏语称为“甲几”，很高很陡的意思。夹金山属邛崃山脉，横亘于小金与宝兴之间。这里地势陡险，山岭连绵，重峦叠嶂，危岩耸突，峭壁如削，空气稀薄，天气变化无常，海拔落差2700多米。当地流传着一首民谣：“夹金山，夹金山，鸟儿飞不过，人不攀。要想越过夹金山，除非神仙到人间！”1935年6月，红军万里长征，从夹金山南麓的硗碛乡成功翻越夹金山，谱写了“万水千山只等闲”的壮丽篇章。循着当年红军走过的路，我们的车在高山深壑之间蜿蜒行驶，盘旋在悬崖陡壁之上。海拔越来越高，往上看，雪山巍峨，冰川绵延，雪山映衬着蓝天，意境幽远；往前看，不时有地方运送救灾物资的载重卡车驶过，尘土飞扬，遮天蔽日；往下看，沟深峡幽，犹如刀削般的万丈深渊，令人心惊胆战。

继续前行是梦笔山。相传，乾隆皇帝征剿大小金川时期，一位文武双全的汉族将军骑马穿越这座大山时，不慎将御赐的狼毫毛笔丢失了。急得将军慌了神，多次派兵卒寻找一无所获，却在夜里忽得一梦，即日便按梦中路径寻觅，果然找回狼毫毛笔，遂取名梦笔山。梦笔山4470米的海拔高度，作为人类历史厚重的精神映象，曾擎起过地球上的红飘带，是红军长征翻越的第二座雪山。路标显示，梦笔山最低山口海拔3900米，最高山峰海拔4470米，是小金通往州府马尔康的唯一通道。这里拥有原始森林、高山草地风光和皑皑白雪，山顶终年积雪。一路翻山越岭，司机全神贯注，小心谨慎，缓慢行驶，绕山盘行。山下悬崖陡壁，半山以上云雾缭绕，有些地方能见度不足10米。我提醒大家都要瞪人眼睛，帮助司机观察瞭望。到达雪山山嘴后，车开始绕蛇形道路折回下山。

翻越两座雪山，再继续前行，天突然下起大雨，天和山连为了一体，黑压压的，好不容易晚9点多才赶到马尔康。马尔康，阿坝藏族羌族自治州州府所在地，藏语意为“火苗旺盛的地方”，引申义为“兴旺发达之地”。它是以原嘉绒18土司中卓克基、松岗、党坝、梭磨4个土司属地为雏形建立起来的，亦称“四土地区”，现为阿坝州政治、文化、金融、信息的中心。这是一个具有历史底蕴和民族特色的小城，遗憾的是任务在身，加之天色已晚，什么也没有看清楚。赵西安问我住在哪里，我说直奔州政府接待处。接待处的同志十分热情，很快安排我们住下。随之又遇到新的问题，因为地震，马尔康全城没有97号汽油，大家问我怎么办。我明确告诉司机，加93号，即使加90号，也要保证明天用车，完成任务第一。

第二天一早，天还没有大亮，我们起早继续驱车向汶川赶。马尔康距汶川245公里，317国道是唯一的通道。这也是川藏公路北线，一路人文璀璨，光影独特，被称为“遗落人间的天路”。由于抗震救灾需要，317国道实施交通管制，除救灾车辆外，其他车辆一律不准通行。驶出马尔康60多公里，司机告诉我，前面就是鹧鸪山。远远望去，高山峭立，沟壑奔流，高树翳天，峻岩积雪，可谓“刀截斧劈，险峻奇绝”。鹧鸪山隧道全长4448米，是一条典型的“高海拔、高严寒、低含氧”高原特长公路隧道。放在10年前看，也算是“超级工程”了。这是我第一次走这么长、这么险要的隧道，在著名笛子演奏家陆春龄《鹧鸪飞》的车载音乐中，我们仿佛看见前方有只美丽的鹧鸪鸟，正飞向藏羌村寨，飞向金光灿灿的太阳。

8点多，我们在理县境内的一段公路边休息，吃点随身携带的干粮。环顾四周，群山连绵，溪水潺潺，林海浩瀚，空气清新，风光宜人，斑斓的色彩与蓝天、白云、山川、河流构成一幅醉人的美丽画卷，不由想起唐代著名诗人杜牧“停车坐爱枫林晚，霜叶红于二月花”的千古名句。赵西安告诉我，这里是米亚罗自然保护区，地处岷江支流杂谷脑河谷地带。“米亚罗”是藏语，意即“好耍的坝子”，“杂谷脑”也是藏语“吉祥”的意思。米亚罗是中国最大的红叶景观区，面积3688平方公里，比著名的北京香山红叶景区大180余倍，是中国目前为止所发现并开放的面积最大、景色最为壮观的一处红叶风景区。

继续向汶川，地震的痕迹越来越明显，美丽不再是主色调。尽管公路可以通行，但滚落的巨石、泥沙和树木占据了大部分路面，路基开裂严重。车辆右侧，陡峭的山体悬挂着巨大的石块，摇摇欲坠，似乎听得到山体内部的喘息与共鸣，危机四伏，摄人魂魄。前面就是古尔沟，狮子坪项目部的驻地。我的感觉，这里是一条分界线：向东，地震摧残严重；向西，地震痕迹渐缓。就是从这里开始，317国道戛然而止，汶川成为“生命孤岛”。正因为如此，5·12地震那天，这里发生了许多扣人心弦的故事。四川省军区副司令员李亚洲带领的85名官兵、10名医务人员和200多名应急民兵，被阻隔在古尔沟，他们丢弃车队，冒死翻山越岭进入汶川。与此同时，武警38师从马尔康向汶川疾进，在与时间赛跑中，也在古尔沟停下了脚步。参谋长王毅带领200人的突击队，孤注一掷，翻越了黝黑的大山、险恶的峡谷，硬是“爬”进了汶川。这里又是一条旅游热线，向北是九寨沟、黄龙、红原大草原，向南是汶川、映秀、都江堰，向西是米亚罗、马尔康。地震发生时大面积山体滑坡，从这里开始到汶川，掩埋了许多旅游车辆，既有旅游团队的大客车，也有自驾的小卧车，一些遇难者遗体还没有来得及挖掘掩埋。我们默默无语，缓行而过，目别逝者。

为了安全，我叫司机常鸣喇叭提醒对向来车。司机告诉我，汽车喇叭声容易与不稳定的山体产生共鸣，更不安全。水电部队的司机，常年在高山峻岭中行驶，山路驾驶很有经验。这是我学到的一个驾车新知识。途锐车不适合在这种山区公路颠簸，行至一处地势险恶的狭窄弯道，后车胎突然爆裂。大家下车帮助驾驶员换车胎，我特别交待小杨注意观察，一方面瞭望上方松动的巨石，一方面提醒后方来车避让。

更换轮胎后，车辆继续前行。我担心还会出现问题，让小杨抓紧跟九支队支队长王永平联系，告知情况，双向对接，哪怕有一丝信号，也要把信息发出去。果不其然，车没走几公里，刚换的备用胎又爆了。司机绝望了，大家都很沮丧，困在情况复杂的路段，前面20多公里才是汶川，前不着村后不着店，手机又没有信号，一筹莫展。医生小朱跑到前面拦了一辆破旧的面包车，车上是一对农民夫妇。上车后才知道，这是一辆农村用来运送牲畜的旧车。赵西安开玩笑：将军坐牲畜车，从未见过。顾不了那么多了，能快点进汶川就好。

终于，在进入汶川县城的桥头，我们见到了在此等候的王永平。

从成都到汶川，一路西线行，走得惊心动魄。前半段是210省道，后半段是317国道；翻越过雪山，穿越过藏区、羌寨；既有还显贫穷落后的村落，又有风光秀丽的风景胜地；时有良好路况一路畅通无阻，随时又会遇到滚落的巨石阻塞交通。成都至马尔康，由海拔低处向高处走，地震灾害的痕迹越来越少；马尔康到汶川，由海拔高处向低处走，地震灾害的痕迹越来越重。一路走来，印象深刻的是：这条公路是重要的，连接起川西和川西北的交通通道，承载着雅安、阿坝两市州发展交往之钥；它是美丽的，沿着河流，穿过草甸，翻过雪山，一路风光秀美；它是孱弱的，灾害频发，时常遇险，频繁的自然灾害和重车碾压使这条设计等级原本就不高的公路弱不禁风；它又是坚强的，5·12地震后挺身而出直向汶川，勇敢地担起了地震主灾区“生命线”的重任。

从成都到汶川，一路西线行，走得令人难忘。这条路，是当年红军长征走过的地方，又是红军长征活动时间最长的地方，到处可寻红军烈士洒下的鲜血。土门战役、两河口会议、翻越夹金山、懋功会师、卓克基会议、三进三出马尔康，一个个传奇般的故事，都发生在这片神奇的土地。《朱德军事文选》中，收录了1935年6月中央红军与红四方面军两军先头部队会合后，朱德和毛泽东、周恩来、张闻天联名给红四方面军主要领导人、西北革命军事委员会主席张国焘，红四方面军总指挥徐向前、政治委员陈昌浩的关于《一、四方面军会合后的战略方针》的电报。电文指出：必须“坚决地巩固茂县、北川、威州在我手中”；“我野战军于十二号已全部通过天全、芦山之线，十八号主力及中央机关可集中懋功、两河口之线，因粮食极少，不能休息，约月底全军可集中理番地区，并准备渡岷江。”茂县、北川、威州（今汶川县县治威州镇）、懋功（今小金县）、理番（今理县）……岂止仅仅是一个个地理名称，哪一个不是那条地球上的红飘带中一段耀眼的诗篇？坐在车里，我想，今天这里的抗震救灾，是不是当年红军在这里战斗的延续？无论与自然灾害抗争，还是与邪恶势力搏击，精神基因一脉相承。我跟车上的几位同志讲，咱们搞个约定，如果有机会，今后结伴再走一次这条路，沿着红军的足迹走，探寻中国革命的活水源头。大家都很赞同。可惜，至今没有成行。

第七章 生命线

汶川，相传大禹的故乡，位于四川省西北部、阿坝州境东南的岷江两岸，汉朝时称绵虒，晋置汶山县，北周置汶川县，历来有“川西锁钥”和“西羌门户”之称。据《元和郡县志》，“梁置汶川县，因县西汶水为名”。汶江即岷江，汶乃岷的隶书之变，且岷汶古音相通。这里还是全国仅有的四个羌族聚居县之一，有“大禹故里、熊猫家园、羌绣之乡”的美誉。

5·12地震从这里开始撕裂大地，震中位于映秀镇百花大桥之上的牛眠沟口、莲花心至漩口镇的蔡家杠村。伴随着恐怖的巨响，几百万立方米的岩石碎块从陡峭的山崖倾泻而下，顺山谷呈之字形，形成长达近3公里的岩石流和9处山体击打面的震源景观。顷刻，昔日秀美恬静的映秀，大地颤抖，山河移位。

汶川县城位于沟壑纵横、岭峦错落的威州镇。城区四面环山，城东有抵围顶山，城东南有玉垒山和姜维城山，城西有羊龙山，城北有龙山(布瓦山)，杂谷脑河与岷江交汇于保子关山脊两江桥头，羌寨村落依山傍水分布于江河两岸群山。一进县城，即刻感受到一种惨烈、凄凉、悲伤的氛围袭来，一条主街，满目废墟，像是被战争摧毁过似的。“向遇难者致哀”的黑色条幅，“汶川不哭、四川雄起”的大幅标语，紧紧揪着每一个人的心。严格讲，5·12地震的震中是在映秀而不是汶川县城。如果说，北川老县城是毁灭性的，汶川县城尽管毁损严重，但模样尚在。

县政府所在的大院，是震后全城为数不多的一块空地，离垮塌的办公大楼不远，四川省、阿坝州、省军区、54集团军、武警38师等各方面赶赴汶川救灾的指挥机构都设在这里，院内搭满了帐篷，车辆穿行，人头攒动，拥挤不堪。因为我的到来，县政府挤出十来平方米的一块空地，项目部同志搭起帐篷，勉强安下3张行军床。帐篷里，陶然向我汇报了抢通西线道路的情况。

5月21日，进入震中汶川县城县委、县政府大院

5月12日上午，按照总队党委安排，陶然带工作组到狮子坪项目部蹲点调研。狮子坪项目是四川华电开发、水电部队参与建设的水电工

程，位于杂谷脑河上游理县境内，是杂谷脑河流域“一库七级”梯级开发的龙头水库电站，装机容量19.5万千瓦，具有不完全年调节能力，是一座以发电为主，兼有防洪、拦沙等综合效益的水电工程。

9点多钟离开机关，全程150公里，到汶川县城已近中午。按理，应该在汶川吃午饭。陶然想了想，还是决定到项目部吃。正是这一不经意的念头，他们躲过了谁也无法想象的厄运。

下午，项目部像往常一样忙着施工，车辆在工地忙碌穿梭。突然，轰鸣声起，大地颤抖。官兵们跳下车来、冲出营地，麻米尔山已经看不清面目，只见晃动的山体树木和巨石轰然冲下，崩塌产生的尘土瞬间弥漫整个山谷。他们意识到这是非同小可的地震，一场巨大的灾难突发而至。

不知道震中在哪里，不知道灾情怎么样，不知道上级指示是什么，知道的，只是使命在呼唤。陶然和九支队副支队长李川做出一个大胆的决定：停止一切施工活动，启动应急抢险预案，集中人员和机械设备，从驻地向古尔沟进发，沿317国道向汶川县城推进，打通90公里的震毁道路。很快，一支有130名官兵组成的抗震救灾突击队，携带22台挖掘机、装载机、空压机等大型机械设备整装待发。

只有到过现场的人，才会知道灾情是多么严重，才能感受到抢路通路是多么的艰险和不易。震毁道路一半以上路面被坍塌的山体掩埋，大部分路基严重撕裂，最大的裂缝长达100多米。加之余震不断，一阵风似乎都可能使碎裂的山体再次垮塌。冒着随时可能被飞石击中和山体滑坡掩埋的危险，官兵们无所畏惧，勇往直前，人不离机，机不停火，昼夜奋战。13日晚9时，推进到距离理县县城10公里的高家庄；14日凌晨1时，到达理县县城；15日上午10时30分，进至桃坪镇地段。一路突击，一路征战，没有安全防护，没有后勤保障，没吃上一口热饭，没喝上一口开水，衣服湿了又干，干了又湿，许多战士累得靠着石头就睡着了。一位随部队徒步进入汶川的记者这样写道：山体崩塌，路面上堆满巨石，几无下脚之处，靠爬；泥石流铺天盖地，只有拄着棍子小心趟过或绕过；更有闪着寒光的飞石滚滚而下，路人只有在乱石从中慌不择路，夺命而逃……

15日晚，在汶川的省军区、阿坝州领导闻讯赶到距离汶川县城3公里的克枯乡路段。眼前的场景让他们惊呆了：在严重扭曲变形的道路上、乱石堆积之中、烟尘弥漫之下，一支100多人戴着红盔的部队正拼死拼活地清障抢路，所有人脸上布满尘土，只剩下一双眼睛在转动，就像是刚从泥土里爬出来一样。在场的领导同志激动不已，他们原来预计这条道路没有十多天根本通不了，现在竟然就要通车了。21时40分，生命通道上的最后一块“拦路虎”被爆破清除，马尔康经理县到汶川的公路全部贯通。县城人民欢呼雀跃，奔走相告，自发地涌到街上迎接水电部队官兵。二级士官丁小剑驾着挖掘机走在最前面，被群众拦下系上象征吉祥、平安的红丝带，受到英雄般的礼遇。

马尔康至汶川公路的打通是一个标志，标志着震中汶川不再是“孤岛”，大批救灾部队和救灾物资开始源源不断地从西线进入这座羌城。

按照阿坝州的要求，第二天一早，他们又挥师南下，展开汶川至映秀湾公路的抢通。下午，部队推进到距映秀镇还有20多公里的草坡隧道时，隧道两边的洞口几乎完全被塌方体封堵。这又是一场硬仗，他们足足“啃”了近10个小时。21时，部队又接到命令抢通汶川至茂县的213国道。雁门乡丫口段、青坡村至水磨乡段、凤毛坪村至斗确村段，塌方面积巨大，余震又不断发生，每前进一米，都是一次生死考验。有的塌方处，山顶到山脚的垂直距离150多米，塌方面积之大，将下面的道路掩埋得一点不剩，塌下的石块直接连到了河里，山顶与河床形成了一条斜线。这一仗，又是3天3夜。20日19时30分，茂县公路局的越野车第一个通过杨毛坪大桥进入汶川。至此，西连马尔康、北到茂县，通往汶川的3条大动脉被他们抢通了2条。

陶然还给我讲了一个细节：18日晚，九支队支队长王永平带领运送物资的车队抵达抢通现场，远远看见蓬头垢面、几天时间消瘦了许多的副支队长李川，几步冲上前去，抱着他的肩膀大哭起来："我可看到你们了，真不知道你们这几天是怎么度过的。战士们都好吧，抢通汶川生命通道，你们立了大功啊！"两人就这样抱头痛哭。两个七尺男儿，经历了生与死的考验后，谁也无法隐藏内心的痛楚和喜悦。

汶川县郭雄副县长闻讯赶来，一见面紧紧拉住我的手，一个劲地感谢水电部队打通了这条"生命线"，称赞我们为汶川人民立了大功。他还风趣地说，前天，县抗震救灾指挥部杀了一头猪，四分之一给了医疗队，四分之一给了其他部队，剩下的一半我全背给了水电部队。

简单吃过午饭，我去看望官兵。他们抢通这条"生命线"已经立了大功，现在又马不停蹄地向茂县方向推进了26公里。下了车，一眼认出李川同志，这位九支队副支队长，一路抢通，九死一生，已经几天几夜没有好好休息，满脸黝黑，蓬头垢面，满身尘土，迷彩服已是破衣褴衫。我与他敬礼、握手、紧紧拥抱。战士们列队站好，虽不是很整齐，但精神很好。他们都是20刚出头的年轻人，从古尔沟到草坡，全程115公里，整整奋战了180个小时。在他们的人生旅途中，这或许是短暂的一瞬间，然而却是千辛万苦的一瞬间、建功立业的一瞬间。我在讲话中，由衷地感谢官兵们，激励他们不要松懈，继续向前。

茂汶公路抢通现场，看望英勇奋战的官兵们

之后，陶然、王永平、李川带我察看尚未抢通的通往草坡的震毁道路。这里山体很高，地质松软，异常险恶。我们沿着一条河的河边，在巨石泥土上小心翼翼地行走。由于半座山垮塌，几千方滑坡体把公路彻底掩埋，滑坡体形成的石沙堆高达十几米，长达上千米，如果不是隐约露出的公路护栏，根本看不出下面曾经是公路的痕迹。我们一边望着脚下，一边望着山体，大大小小的石头悬在头顶，不要说余震，仿佛落只鸟、刮阵风，都有可能顺势落下。相比理县至汶川的那段道路，这里更让人提心吊胆。整个抗震救灾期间，我跑遍了大部分受灾严重的市县，毫不夸张地讲，这里是道路受损最严重、抢通难度最大的地方。

察看震毁的道路，一边是崩塌的山体，一边是湍急的江水

阿坝州和汶川县政府要搞一个简单的抢通仪式。原来准备在汶川至茂县公路会合处搞，由于余震不断，石块滚落，不仅不安全，还影响道路抢通，临时改在一座桥上。桥下江水涌流，尽管不再那么清澈，桥

上挂上横幅，插着彩旗。阿坝州、汶川县，州县两级宣传部、交通局、公路局都有人参加，中央人民广播电台、四川电视台等媒体现场采访。阿坝州领导首先代表州县政府，对水电部队官兵连续作战、抢通生命线、解汶川于危难之中表示感谢，向大家表示慰问和致敬。最后我讲了话。我讲到：与32年前的唐山抗震救灾相比，汶川抗震救灾，险在路上、难在路上。同志们不怕牺牲，昼夜奋战，抢通了这条"生命线"，为抗震救灾立了大功，汶川人民感谢你们，指挥部领导感谢你们，党和人民感谢你们。现在，路还要向前延伸，更大的困难还在前头。人生难得几回搏。每一个同志都要保持前一段那么一种拼命精神，抢通道路见血性，抢通道路作贡献！

帐篷里，与在一线的同志研究下一步道路抢险

回到驻地帐篷，我和陶然、王永平，以及前两天赶到这里的指挥部政治部副主任李永胜，研究了下一步抢险行动。我讲了几条：1.由草坡通往映秀的震毁道路，落石量巨大，情况极度复杂，估计没有较长时间不可能抢通。加之眼下机械设备磨损严重，人困机乏，可以考虑与地方同志商量，适当调整部署，把重心放在保通上。打通西线公路不容

易，保证有效通行更重要。现在，理县至汶川段时有滑坡和泥石流，已经影响通行。因此，下一步的救灾重心要放在保通上。2.当前，部队极度疲劳，要注意调整休息，不仅任务要完成好，后续给养也要跟上，卫生防疫等都要考虑。3.要加强政治工作，疲劳过后人容易松懈，受表扬多了人容易骄傲。要有针对性地搞好教育，引导官兵统一思想，越是关键时候，思想越不能松、不能乱、不能散。还可以想办法买点收音机、报纸，让大家了解全局信息。4.要注意与地方的关系，谦虚谨慎，不能居功自傲，遇事多请示、多商量、多汇报，不能给地方政府、灾区群众添更多的麻烦。陶然几位同志赞同我的意见，表示马上落实。

那天晚上，我还见了担任汶川地区抗震救灾军队总协调的四川省军区副司令员李亚洲。武警38师参谋长王毅同志陪我看了他们携行的野战炊事车、洗浴车。这些装备，很适合部队野外遂行任务需要，我在集团军工作时部队都有装备，但在水电部队还是空白。我想，只要有条件，还是要搞起来，鸟枪换炮不是坏事，只要官兵欢迎、部队需要。已经很晚了，总政宣传部宣传局局长卫明突然闯进我住的帐篷，他到汶川是为协调军队抗震救灾新闻宣传。老战友在汶川相见，犹如劫后重生，别是一番情感。我们聊了很长时间，聊到了各部队抗震救灾情况，聊到了抗震救灾军事新闻宣传。

因为北川等地堰塞湖水势严峻，第二天就要返回成都。躺着帐篷里，我开始考虑返程问题。来时带的途锐车已不能使用，项目部仅有的一台越野车，还要保障陶然几位同志做指挥车使用。正在这时，空中传来直升机的轰鸣声，估计是13集团军陆航团的直升机。灵机一动，就用手机给13集团军领导打电话，询问是不是他们的直升机，明天飞不飞汶川？很快回话：是他们的直升机，明天上午飞汶川，欢迎乘坐。

第二天一早，我和随行的两位同志来到汶川县城边的一块空地等候。不一会儿，一架运送救灾物资的直升机飞来，随之就要接转伤情危重的灾民返回成都。上了飞机，机舱空间有限，我坐在飞行员后面的一个铁桶上。直升机沿峡谷飞行，不时穿越气流、云团，引起一阵阵颠簸。从眩窗俯瞰川西大地，千峰万壑，连绵逶迤，壮丽秀美。令人痛心的是，不时又可见到巨大的山体崩塌滑坡，摧毁了一处处城镇和村落。经飞行员提醒，隔着薄雾，隐约之间，我看到了破碎的映秀、惨烈的北川，江河寸断，心绪震撼。

第八章 悲情北川

5月23日上午，在绵阳，我和李光强同志研究了唐家山堰塞湖抢险问题，确定一总队出动兵力100—120人，推土机、反铲、装载机40台，运输车15台，承担堰塞体752—754高程7.2万方的开挖运输任务；三总队出动兵力180—200人，承担块石钢丝笼护坡任务。同时，调集二总队和三峡指挥部精兵强将，迅速驰援唐家山抢险。

绵阳南郊机场，与准备乘直升机赴唐家山的官兵座谈

随后，我又到绵阳南郊机场，为准备乘直升机赴唐家山的官兵送行。在机场的一块空地，我与等候乘机的战士们座谈。这些年轻可爱

的战士，来自云南糯扎渡、苏家河口、贵州沙沱、四川锦屏、瀑布沟等各个项目部，基本都是各个专业的操作手，有的家就在灾区，这些天一直奋战在救灾第一线，现在又要承担生死未卜的新的任务。我一一询问他们的家庭情况和参加抗震救灾的感受，鼓励他们关键时候挺得出来、冲得上去，尤其是干部要敢于“跟我来”“看我的”，经受得住考验。

直升机迟迟没有起飞，我打算到指挥塔沟通一下。这个环节很重要，进出唐家山的所有一切都要靠这里保障。巧得是，在这里坐镇指挥的是成都军区空军参谋长战厚顺，我们是2000年国防大学基本系的同学。老同学相见分外高兴，我说，拿下唐家山，全靠空军老大哥了。战参谋长满有信心地告诉我，没有问题！总参和空军已经多次下达指示，他们据此做了周密安排。只有老天帮忙，随时、安全飞行确有保证。

与战厚顺参谋长在绵阳南郊机场指挥塔台

离开塔台，我决定到北川县城看一看。一是因为北川是5·12地震受灾最严重、遇难人数最多的地方；二是因为这里距唐家山很近，从县城前行三四公里，就是唐家山脚下，如果堰塞湖溃决，首先淹没的将是北川。

北川，位于四川盆地西北部，距绵阳50公里、成都168公里。全境皆山，山脉大致以白什、外白为界，其西属岷山山脉，东属龙门山脉。境内密布的溪流分别汇于湔江、苏保河、平通河、安昌河，顺山势自西北向东南奔流出境。北川是全国唯一的羌族自治县，县城所在地曲山镇，四面环山，面积0.7平方公里，常住人口1.3万。史料记载，北周武帝天和元年（566年）北川正式建县，唐高宗永徽二年（651年）并北川入石泉县。1914年，因该县与陕西石泉县同名，乃复名北川县。1935年4月，红四方面军长征进入北川县境，相继建立了两个县级苏维埃、5个区苏维埃、28个乡苏维埃、119个村苏维埃。北川人民筹粮运粮，修路架桥，男女青年踊跃支前参军，仅运送物资西进未归者就达3000余人，为红四方面军打通北川峡谷通道，与中央红军胜利会师，作出了不可磨灭的贡献。1953年，北川被确定为革命老根据地。这些悠久的岁月积淀，赋予北川以厚重的历史感。

5月12日——建县1400多年的“神禹故里”，天降劫难。那天，北川依然按照往常的节奏运转，谁也料想不到，这会是这座小城的祭日。14时28分，大地摇晃起来，地面就像一艘遇到了狂风巨浪的船，伴随着波浪般的起伏，一切都在晃动。仓皇之中，人们东倒西歪。反应快的人摇摇晃晃跑到室外，躲到自以为安全之地，随之几十秒后，更大的灾难呼啸而来。北川县城地貌属于中低山，山峦起伏，沟壑纵横，以湔江为界，分为老城和新城，分别背靠王家岩和景家山两座大山，处在两山夹一沟的狭长地带，最宽阔处也不过两公里左右。地震来袭，这里属于极震区，烈度大致相当于10～11度区。振动破坏效应、地表破裂效应和地震地质灾害，3个原因的叠加，致使北川县城在剧烈晃动之后，又遭遇了2处滑坡、17处崩塌和2处泥石流的摧残。

位于城区西侧的王家岩，长290米、宽240米、厚15米，面积69600立方米的滑坡体轰然涌来，山体像刀劈一样断裂，泥沙飞溅，向上空抛去，然后落下，短短几分钟内产生了200米以上的水平移量，形成岩质大型高速地震滑坡。背靠王家岩的文武街、回龙街、曲山街没有了踪迹，数百栋房屋被推出两三百米并挤压成碎片，大半个县城夷为平地。县委大楼坍塌了，拘留所成了平地，民政局消失了，图书馆不见了，县医院整体沦为废墟，曲山小学西校区没有了，曲山幼儿园垮了。一江之隔的茅坝新城，短短几分钟，强烈的振动破坏效应和发震断裂的破裂效应，致使景家山3公里宽的陡岩顷刻垮塌，瞬间被震裂的坡体基岩迅速解体为巨石，在振动激发的水平初速度作用下，200多万立方米的巨石，几乎以自由落体的速度，砸向人口密集的学校、居民区和交通要道。北川中学茅坝校区不见了，相隔不到200米的曲山小学东校区没有了踪迹。两所学校前的禹龙南街上，5层的公安局大楼扭曲得像麻花，广播电视局办公楼塌了，交通局、卫生局、农业银行成了废墟。

空中鸟瞰被地震摧毁的北川县城

瞬间，北川被包了“饺子”。近两万人口的县城，只有4000多人逃脱厄运。菜市场里，汽车站前，大马路上，居民楼中，过河桥上，近万个生灵殉难在无情的废墟之下。县教育局57人，遇难33人；财政局73人，遇难39人；地税局68人，遇难47人；林业局172人，遇难22人；公安局147人，遇难28人；县法院43人，遇难27人；县人民医院183人，遇难104人；电信北川分公司62人，遇难20人；北川烟草专卖局27人，遇难8人。地震，令北川几乎失去了从幼儿园、小学到中学整整一代人：曲山镇幼儿园467名孩子，遇难319人；曲山小学1089名师生，遇难409人；北川中学2793名师生，遇难733人……

人神为之共泣的北川

曾经荣耀千古的北川，人神为之共泣。

时任武警北川县中队副指导员的贾达国，给我讲述过地震发生时的情形：

“下午2点10分，我带领15名战士到距中队500米的北川县礼堂，参加全县‘五四’青年创业表彰大会。大会预定2点30分开始，提前10分钟人员到齐。2点28分大地剧烈颤动，礼堂里的人像过筛子一样颠来颠去，惊叫声、呼救声连成一片。我和战士们紧随人流前移不到10米，就遇到了礼堂大门垮塌。约40秒的强震结束后，我一边对着涌出的人流大喊‘不要挤，一个一个走！’一边用手举起倒在地上的学生，把他们推向门外的安全地带。透过四周的尘土，我模糊地看到县城大面积的房屋已经倒塌，距礼堂10米处的6层县委办公大楼陷入地下，王家岩整座山继续大面积垮塌，中队营房的方向燃起了大火。我第一时间拨打支队政委徐超和中队长赵德清的电话，这时手机已经没有信号，无法进行通讯联络。转身看看战士，只有4名战士在身边，其他人还困在礼堂，此时距离第一次强震约2分钟。在余震不断的情况下，想要进入礼堂就必须先把埋压在门口的人救出。我们的救援行动就此开始，40分钟左右，约400人被全部救出并转移到安全地带，班长何劲松在往外逃生的过程中，一手抱着一个学生成功避险。

在四周都是伤员和尸体的情况下，我立即安排卫生员邓磊返回中队报告情况。4点左右，见邓磊还未返回，我做好了他遇难的心理准备，又派士官王承果带领3名战士回中队报告情况。按照现场县委副书记蒲方方的指挥部署，剩下的战士分成两组，由我和班长张辉各带一组，与民兵一起组成搜救队，迅速展开救援。

4点30分，县委要求把群众转移到任家坪。我带领战士维护现场秩序，避免了踩踏事件和群死群伤的发生。《四川农民报》记者袁春华体重180多斤，当时受了重伤，被我和3名战士抬着最后撤离。群众转移完后，士官王承果才返回报告，中队无人员伤亡。在撤离过程中，到处都是三三两两的尸体，已经没有了道路。由于较长时间抬着伤员撤离，我在以后的两天里手指伸不直，上厕所都是班长唐磊帮助解扣子。”

我们的车到任家坪收费站，才知道县城已于21日封城。原因是搜救生命和清理遇难者遗体基本结束，消毒防疫工作也已完成。更重要的是，唐家山危湖高悬，预告22日将有一次较大余震。为了确保救灾人员安全，上级决定封闭北川县城，任何人员和车辆不得进入。陪同的同志与管理人员交涉，他们看我乘坐的是抗震救灾指挥车，又是佩戴少将军衔，特例放行。

车进县城，仿佛又看到了32年前刚进唐山市区那个清晨的情景——同样的狰狞，同样的惨烈，同样的震撼。我的比较，5·12地震波及的几十个城镇，就其建筑物垮塌的严重程度，堪比唐山的，只有北川。

车沿着显然被救灾人员清理过的道路缓慢行驶，已经辨认不出哪是主干道、哪是人行道。偶尔，可以见到写着街名的路牌东倒西歪地立在那里，但路不在了，路被巨大的山石占据着，有的巨石比一间房屋还要大。县委办公楼前的十字路口，横竖都没有了路的踪迹。到处是被山上滚落下来的巨石砸出的大坑，有的路段干脆被掀得来个“底朝天”，形成巨大的凹凸。被当地人称为三道拐的地方，垮塌的石方一块摞一块，公路像被人扯住两头生生折断了，完全扭曲变形成了“麻花”。有的地方，与原来水平位置高低错位四五米。

整个北川县城，已经是一座空城、死城。放眼望去，两山之间，满目疮痍。从美丽到凄荒，从天堂到地狱，一切都改变了，没有了风景，没有了诗韵，不再是往日的模样，仿佛遭雷打电劈。原本绿油油的青山，被无情的地震揉来揉去，面目狰狞，体无完肤。所有的楼房几乎无一完整，大部分被夷为平地，成为巨大的水泥瓦砾场。走到近处望去，厚厚的瓦砾中，竟然还埋着楼层……残存的几栋歪歪斜斜的楼房，看上去随时就要坍塌，被砸扁的汽车随处可见。杨家街农贸市场被地震平移过来的楼房彻底压在废墟下，前后的几排楼房消失得无影无踪。仅存的一些商铺门敞开着，残存的房体内还挂着花花绿绿的商品广告。没彻底倒下的楼房，晾衣架上飘着满是尘土的衣服，窗台上摆着已经凋落的花朵。一处没了外墙的二楼房间里，墙上贴着机器猫的卡通图，应该曾是一个活泼孩子的卧室。一个倾斜的房间内，一张落满灰尘的桌子上竟然还有一盒香烟，只是不知它们的主人是否安好……

走在县城，一片死寂。没有了地震波涌来时的巨响，没有了大地颤抖时的喘息，没有了抢险救人时的呐喊，一切都是静悄悄的，静寂得让人感到阴森、诡异。只有北川中学茅坝校区那面庄严的国旗还在飘扬，还有那个顽强的篮球架矗在那里。就是在这里，24小时前，为缓解高考压力，所有的高三学生和老师组织了一场充满欢歌笑语的文体活动。24小时后，山崩地裂，阴阳两隔。有人说，为什么不能推迟一天搞呢？其实，许多事情没有假设。偶尔一阵风声，在空中慢慢飘荡，像是有人在呜咽哭泣，让人产生错觉，仿佛堆积如山的废墟下，还有生命在呼唤。

北川中学茅坝校区遗址，祭奠台后那面地震中巍然屹立的五星红旗，至今仍在高高飘扬

因为要到擂鼓镇，我们爬上县城西北部的龙尾山，驻足凝望。曾经山清水秀的小城，被无情的地震完全抹去了，留下的只是一片废墟。如果说这个世界真有地狱的话，那就是震后的北川。

环视良久，我在想，5·12地震又称汶川地震，缘何破坏最严重的是北川？北川多舛，何以如此脆弱？历史上，一直到新中国成立之初，北川县城不是在曲山而是在治城，也就是现在的禹里。那里处在两河的交汇口岸，地势相对开阔，不像曲山镇夹在两山之间那样险恶。千百年来也曾遭遇过地震，但从未像5·12地震死亡人数那么多。20世纪50年代初，县城迁至曲山镇。当时，有些专家就曾告诫：这里是地质断裂带，如果将来发生大地震，无异于会将整个县城包“饺子”。后来，这里的人口成倍增多，由一个几百人的小镇，很快变成几千人的大镇。这个时候，北川人警醒了，知道自己站在一条大断裂带上。拮据的财政能力，巨大的搬迁成本，反复的犹豫，让这座小城在从科学预测到地震发生的30多年中，一直未能完成搬迁。再后来，又向茅坝方向再造了一个新区。惨烈的悲剧就这样一步步酿成。有人说，北川县城毁在“地动山摇”，惨在“山崩地裂”。

羌山含悲，湔江垂泪。站在山坡上，我们向北川深深鞠躬。心中难以言状的悲戚，以致不愿转过身来再看一眼这座已经不复存在的小城。那天阳光融融，我却感到寒意阵阵，戳在心里的是永远的痛！

第九章 两色的堰塞湖

震情未了，水患已至。

早在地震发生之初，各方面就已开始关注灾区水利设施毁损情况。5月17日，水利部发出紧急通知，要求由长江水利委员会、黄河水利委员会和河南、辽宁省水利厅及武警水电部队，组建若干支应急抢险队伍，每支队伍原则上由50—80人组成，配备适应抢险救灾的必要设备，如通讯、勘测、应急电源、照明设备、挖掘装载运输等施工机械，必要时可在当地调用所需的大型机械设备。应急抢险队伍于5月19日到达成都集结，担负支援、帮助四川省对水库、水电站、河道堤防等震损严重的水利工程进行应急抢险修复，妥善处置堰塞湖等险情，严防次生灾害发生，确保水利工程安全度汛。

19日上午，我和李光强同志一起，到四川省政府商谈绵远河流域堰塞湖排险问题。省政府领导热情接待了我们，详细介绍了绵远河地理地质、流域经济特别是堰塞湖的情况。我汇报了地震发生后部队参加抗震救灾的情况，重点是绵远河堰塞湖排险准备情况，李光强同志介绍了部队在灾区的部署、工程机械装备和历史上几次参加重大抢险活动等的简况。省政府领导很高兴，一再向我们表示感谢，希望水电部队在绵远河排险中发挥中流砥柱作用。

那天是全国哀悼日，我们在成都见证了这一悲壮的历史时刻。悼念活动一结束，应水利部部长陈雷之约，我们又赶赴设在绵阳的水利部抢险指挥部研究绵远河堰塞湖排险。陈雷部长对水电部队很熟悉，尽管我是第一次见面，仍有一见如故的感觉。狭小的会议室里，墙上挂着各种地形、水文图，桌上和地面摆满大大小小的航拍水文资料。这时我才知道，水利部抽调了一批全国知名的水利专家集中在绵阳。陈雷部长介绍，目前，灾区已发现10多个堰塞湖，包括北川的唐家山堰塞湖、苦竹坝堰塞湖、白果村堰塞湖、岩羊滩堰塞湖、唐家湾堰塞湖，平武的南坝堰塞湖，青川的红石河堰塞湖等，多数还未造成大的威胁。唯有绵远河堰塞湖险情一天天加剧，成为摆在面前的心腹大患。今天上午已经把有关专家输送上去，开始24小时监测，接下来开挖所需的小型设备、炸药也会陆续吊运上去。现场发回的数据显示，水位离堰塞体最高位置还有一定距离，按水位上涨速度计算，只要这几天上游没有强降水，完全可以争取时间开挖出一条简易泄洪槽，条件一具备，很快就可以实施爆破排险。陈雷部长还说，水利部已向国务院抗震救灾总指挥部提交了《关于四川省“5·12”地震灾区堰塞湖险情应急处置和防范工作情况的报告》，专门建议尽快派出武警水电部队打开堰塞湖下泄通道，降低堰塞湖水位，尽早消除险情。希望水电部队为堰塞湖排险再立新功。我们表示，责无旁贷，全力以赴。

此前，我对堰塞湖一无所知。记忆中，最早知道这个专业术语，还是20多年前在沈阳军区机关工作时，守备9师的同志带我们游览镜泊湖，对镌刻在岩石上的叶剑英元帅“山上平湖水上山，北国风光胜江南”的著名题词印象很深。随行的同志告诉我，镜泊湖就是一个堰塞湖。当下，绵远河一天比一天严重的险情，引起了我对堰塞湖的关注。没几天，唐家山堰塞湖抢险又紧迫地提上议程。那些日子，夜深人静时，只要有条件，我都要打开笔记本电脑，在网上搜阅有关堰塞湖的资料，了解情况，做好指挥部队抢险的“功课”。

堰塞湖，一个很专业的水利应用术语。过去，没有多少人知道这一自然现象。5·12地震，人们知道了堰塞湖，了解了这一与人生死攸关的地震次生灾害。一时间，灾区的一个个堰塞湖，尤其是唐家山堰塞湖，上下瞩目，牵动人心。

《现代汉语词典》中，“堰”为较低的挡水建筑物，“塞”为把东西放进有空隙的地方。所谓堰塞湖，是指河道因阻塞而形成的天然湖泊。有人形象地说，堰塞湖就是河变成了湖。这是很有道理的。江河的特点是流动的。滔滔长江、黄河，一泻千里，奔腾不息；涓涓小溪，潺潺流淌，欢畅肆意。而湖泊的特点，一是不与海洋直接相联，二是相对静止，或是流动缓慢。当奔涌的江河因阻塞而慢慢积蓄为静止的湖泊，就变为“乌鸦与狐狸出没、美丽与危险并存”的堰塞湖。严格讲，由地震形成的堰塞湖有4个要素：一是原有的水系。就是说，流动的江河是堰塞湖的本源，没有江河生成不了堰塞湖；二是原有的水系被堵塞，江河流动没有了出口。也可以说，堰塞湖是阻塞了江河出口的湖泊；三是河谷、河床、河道被阻塞后，上游来水依然保持原有的下泄路径，堰塞湖成了装水的“盆”，流水持续聚集并且向四周漫溢；四是蓄水到一定程度时，就在原有的河床、河道、河谷形成了堰塞湖。

在我们这个蔚蓝色的星球上，堰塞湖并不是一个罕见的自然现象。常见的堰塞湖大多是火山堰塞湖和地震堰塞湖。地壳之下100至150千米处有一个“液态区”，储存着高温、高压下含气体挥发成分的熔融状硅酸盐物质即岩浆，岩浆一旦从地壳薄弱的地段冲出地表，就形成了火山。地球上已知的死火山约2000座，活火山523座。火山喷发时大量高温高压的喷发物在其喷出口四周堆积，休眠后火山口成为上大下小的环形坑，常呈漏斗型或碗状，就像是一个巨大的装水的“盆”，雨水日积月累注入，就形成了火山堰塞湖。地震堰塞湖是在一定的地质地貌特征下，由地震引发的山体滑坡或泥石流阻塞河道而形成的。形象地说，地震是上帝造堰的那只手。地震堰塞湖必定在山谷，因其原有河道的两边山体明显高于河道的海拔，这样，地震中垮塌的石块和泥土短时间内急剧堆积，落入河谷阻塞河道形成“拦水堤坝”，上游河段壅水而聚集成湖。一般说来，河谷的空间、堆积物的体量，加上上游来水的多少，决定了堰塞湖的容量大小。

老子曰：祸兮福所倚，福兮祸所伏。古希腊哲学家赫拉克利特认为，互相排斥的东西结合在一起，不同的音调造成最美的和谐。大千世界，任何一种自然现象，都是自然生态系所不可或缺的部分，有其利必有其弊。利弊共存，天造地生。肆虐的沙尘暴，遮天盖地，横扫千里，在给人们的生产、生活带来灾难的同时，它所含有的人量铁质，是海洋浮游生物重要的营养来源。强劲的台风，摧枯拉朽，横扫天地，所到之处狼迹遍野，但台风也会给大地带来丰沛的雨水，滋润万物。大自然造化的堰塞湖，何尝不是如此？

960万平方公里的神州大地，江山如此多娇。有几处独特的自然景观美不胜收，令人流连忘返，这就是堰塞湖。位于长白山主峰火山锥体顶部的长白山天池，略呈椭圆形，就是在火山口上直接蓄水形成的堰塞湖。湖面海拔2194米，最深处373米，平均水深204米，湖水面积9.82平方公里，荣获海拔最高的火山湖吉尼斯之最。天池湖水深幽清澈，像一块瑰丽的碧玉镶嵌在群山环绕之中。从黑龙江省德都县乘车向北行约20公里，远远可以看见14座纵横交错的火山耸立在平川沃野之中，巍峨壮观。一串5个闪闪发光的湖泊，像明珠般镶嵌在火山群中，这就是火山堰塞湖——五大连池。同样是在黑龙江省，位于宁安市南部牡丹江上游的镜泊湖，是中国最大的高山堰塞湖。镜泊湖峰峦叠翠，环境优美，湖光山色与附近的熔岩隧道、地下森林构成一派奇妙幽邃的镜泊风光。而位于重庆与湖北交界处的小南海，是一个融山、水、岛和峡等风光为一体的高山浅水堰塞湖泊景区，被誉为“深山明珠”和“蜀东西湖”。在中国，堰塞湖景观还有一些，千姿百态，风采迥异。比如，美丽的九寨沟，令人叹为观止的“海子”，就是地震后留下的奇观。堰塞湖不仅是大自然赐予的美景胜境，而且可以造福人类。新西兰韦克瑞莫纳湖是两千年前形成的堰塞湖。新西兰政府成功利用堰塞湖高达400米的石坝以及248米的湖深，开发了韦克瑞莫纳河三个梯级电站，总装机容量12.4万千瓦，成功地利用堰塞湖水利资源造福人类。

自然情况下，堰塞湖的发展趋势分为稳定与溃决两种状况。一般地，存在10年以上的堰塞湖被称为稳态型堰塞湖，即生即消的堰塞湖被称为溃决型堰塞湖。我们看到的堰塞湖，大都是不溃决的稳态型堰塞湖。稳态型堰塞湖有两个基本条件，首先是河道没有完全堵死，或是有其他的通道引河流改道。这样，湖水有进有出，保持进出平衡，堰塞湖才能稳定下来。其次是堰体比较稳定，不至于水浸溃决。

然而，堰塞湖是一枚硬币的两面，景色秀丽远不是堰塞湖全部的特征。

不期而至的堰塞湖前，横亘的堰坝是大自然随意堆积的松散体，谁也不知道脚下踩着什么样的地质结构，因而漫坝溃决的概率非常高。1856年以来，中国先后形成140多个地震堰塞湖，最终溃决的占93%。诱发堰塞湖的地震，大多数震级在6级以上，但一般震级5级左右、甚至四五级地震引发山崩的情况也不乏见。通常说来，地震震级越大，产生大的堰塞湖的可能性就越大。地震堰塞湖具有双重危害，一是淹没上游库区，二是溃坝后冲毁下游地区。需要人们特别注意的是，堰塞湖的形成与地震的发生并不同步，往往是在地震发生后的一定时期内才慢慢形成堰塞湖。这种情况，往往容易麻痹震后的人们，潜伏着巨大灾难。有材料统计，地震堰塞湖形成后，溃坝的历时为：1天溃决的比例占22%，10天溃决的比例占50%，半年内溃决的比例占83%，一年内溃决的比例占91%。说明堰塞湖形成蓄水达到一定程度，大多极易溃坝。堰塞湖的水是慢慢积蓄的，而堰塞湖溃坝则是瞬间的。一旦溃坝，上游全部蓄水瞬间奔腾涌下，下游面临的将是灭顶之灾，破坏力不亚于地震本身带来的灾害。

1786年6月1日，清乾隆五十一年五月初六，四川康定南发生7.5级地震。因川西高原地广人稀，大地震造成直接死亡只有430人。然而，这并不是灾难的休止符。更为可怕的是，大渡河被阻塞形成堰塞湖，下游断流。10天后，河水急速上涨淹没了泸定桥。11日，坝体溃决，高10余米的洪峰呼啸而下，水头一天一夜后到达嘉定府（今乐山），两岸村镇无一幸免。乐山、宜宾、泸州沿江一带，刚刚躲过地震灾难的民众死亡十几万人。随后，便是大渡河下游近一个世纪的荒芜。

1933年8月25日15时50分，四川茂县叠溪发生强烈地震。这个地处青藏高原东部边缘的川西羌城，自古就是兵家必争之地的重镇，但在巨大颤动的一瞬间，叠溪消失了。大震时，沿岷江两岸的银瓶崖、大桥、叠溪三处崩下的岩石将岷江堵塞，顿时出现三大埝坝。岷江上流断流，银瓶崖埝坝以上的江水被迫回激北流，挟沙石倒涌，2小时后淹至沙湾、猴儿寨，2天后淹到普安，4天后湖水倒注至泉水崖，水位上升300余米。高山峡谷中出现一片平湖，逶迤30华里，宽约4华里，称为上海子。震后一个多月，岷江上游阴雨连绵，江水骤涨，海子湖水与日俱增。10月9日下午7时，叠溪海子瀑溃，积水倾泻涌出，浪头高达20丈，壁立而下，浊浪排空。急流以每小时30公里的速度涌向茂县、汶川。次日凌晨3时，洪峰仍以4丈高的水头直冲灌县，沿河两岸被峰涌洪水一扫俱尽，死亡近5万人。茂县、汶川沿江数十村寨被冲毁。灌县内外江河道被冲成卵石一片。邻近的崇宁、郫县、温江、双流、崇庆、新津等地均受巨灾，死亡2500余人。叠溪主灾地震造成近7000人死亡，而堰塞湖溃决两万多人丧生。如今，到叠溪海子旅游的人们，往往被这镶嵌在崇山峻岭中的深幽迷人童话般的外表所迷惑，却很少有人知道，它就是当年那场地震的产物。美丽的湖底，埋葬着曾经闻名四方的叠溪古城，还有数以万计的冤魂。

了解堰塞湖的这些情况，对于刚到水电部队工作的我极为重要，越发感到沉重和不安，责任重于泰山。

在唐家山的那些日子，我们讲过一句话：能不能端下堰塞湖这“盆”水，关系到下游上百万人民群众的生命安全，关系到党的执政能力和执政形象。后面这句话，我始终认为不是一句高调的空话、大话。细细想来，地震是复杂的地球内部的物理运动过程，短期预报它的发生还是一个世界性难题。大震袭来，房倒屋塌，家破人亡，怨老天爷无情？怨地震部门失责？恐怕都不够理性，毕竟谁都知道眼下地震是无法预测的。而地震震出的堰塞湖则不同，从形成到溃决有一个或长或短的过程，许多情况下人工可以干预，避免溃决悲剧的发生。在科学技术迅猛发展、国家实力不断增强的今天，如果由堰塞湖溃决酿成大的灾难，造成难以估量的生命陨落，不是一个两个，而是几万、几十万。人们会联想起1786年的康定，联想到1933年的叠溪。他们有理由发问：各级党组织是怎么搞的？各级政府干什么去了？问题的严重性就在这里！

第十章 湔江水哪里去了？

唐家山堰塞湖抢险，是5·12抗震救灾的一个标志性事件。

时任北川县楼房坪村村主任的羊义贵，给我讲过地震时的唐家山。5月，正是川西农民忙碌的季节，夏稻开始插秧，小麦、油菜花正在收获。午饭之后，在穿山而过的湔江边，人们继续着一天的劳作。灾难猝然而至。一阵地动山摇，随之山崩地裂，巨石飞滚，尘埃弥漫。幸存的人们爬出废墟，从最初的惊恐中缓过神来，很快意识到不断滑坡的巨大危险，来不及告别刚刚遇难的亲人，又悲痛欲绝地向山顶逃难。逃到山顶，回头望去，湔江左岸元河坝，山坡上的楼房坪村不见了，全村89户人家，几乎全部滑到山下，被无情的泥石流掩埋。湔江右岸唐家山，山体几乎削去一半，巨石与泥沙倾泻而下，把山腰上的大水村直接推进湔江。奔腾而下的江水，生生被断成南北两截。

羊义贵讲了一句很形象的话：我从废墟里爬出来后，第一眼看见的就是两座山碰头了，感觉就像天塌下来一样。

山与山碰头了！随之，就有了关于水的灾难。接着，又有了人同水的较量。

不到一天工夫，上游的漩坪场镇变成了一片汪洋，40米深的湔江水，将所有的房屋淹没的没有了踪迹。这个美丽的小镇，人们世代繁衍生息的家园，在巨大颤动之后消失了。惊恐万状的人们先是想，怎么会有这么大的地震？随后又在想，哪里来的这么多水？他们猜测，是不是上游的水库溃坝了？

2014年重回唐家山，与地震时任楼房坪村村主任的羊义贵在一起

突如其来的大地震，吞噬了北川这座山清水秀的小城。震后，连同黑夜一起降临的瓢泼大雨，裹挟着惊雷闪电砸向避难荒野的幸存者。没两天，惊恐未定的他们突然发现，穿城而过的湔江露出了江底，湔江断流了！也许他们会想，湔江改道了；或是会想，上游干旱没水了。无论如何他们不会想到，距县城4公里的唐家山，地震生生震出一个巨大的堰塞湖；不会想到还有一个更大的灾难，正在蓄谋之中。

介于青藏高原和成都平原之间的广大灾区，江河密布，降水丰沛。还是在抢救生命的“黄金72小时”，专家们就开始意识到“水”带来次生灾害的严峻性。一些考察过岷江河谷地质灾害和电站、水库的同志认为，地震势必形成一系列重大隐患，造成灾害叠加和连续成灾，必须引起高度重视。他们无不担心地讲，地震除本身造成的灾害外，还会引发山体崩塌滑坡，阻塞江河形成堰塞湖。一旦堰塞湖溃决，造成类似茂县地震的事件重演，后果不堪设想。更有专家大声呼吁，严防震后次生水灾害。否则，我们将成为历史的罪人。

国外的专家同样注意到了这一点。联合国人道主义事务协调办公室OCHA女发言人伊丽莎白·比尔斯警告说，如果河水漫溢，这些湖可能给下游居住的人造成潜在危险。据预测，该地区还会有余震。因此，这种危险就更大了。英国达勒姆大学灾害风险学教授戴维·佩特利说，你不能断定下游的城镇会被摧毁，但是那儿肯定会变成一个非常危险的地方。

最初，各方面把目光投向紫坪铺水库。位于都江堰市麻溪乡、岷江上游干流处的紫坪铺水库，是一个以灌溉、供水为主，结合发电、防洪、旅游等的大型综合水利枢纽工程。水库正常蓄水位877米，最大坝高156米，总库容量11.12亿立方米。突兀在龙门山地震带的这个庞然大物，曾是新世纪初国家西部大开发“十大工程”项目之一，被列为四川省“1号工程”。但它也曾引发巨大争议。因其对生态环境的影响，青城山·都江堰只被评为世界文化遗产，而未能进入世界自然遗产名录。

5月14日，紫坪铺水利枢纽震后全貌

紫坪铺水库跨越5·12地震发震的主要断层：映秀—北川断层的破裂带，地震的宏观震中离库区最近距离不足5公里。

水利部副部长矫勇，是最早从北京赶赴灾区的水利部领导。他在接受新华社记者采访时说：我5月12日晚上赶了一个末班飞机，11点的飞机，先赶到重庆，又从重庆连夜赶到四川，13日凌晨就到了都江堰。我们判断水库震损的情况可能比较严重，堤防会有较大的破坏。另外，老百姓的吃水供水的设施会震损比较严重，当时没有想到会有那么多的堰塞湖出现，这超出我们出发时候的预料。一开始我走的时候，主要考虑紫坪铺大坝，因为这个大坝太重要了，它距离都江堰就7公里，下头就是成都市，这个大坝如果出问题，对于整个下游是不堪设想的。经过实地勘察，紫坪铺大坝有惊无险，险情很快得以排除。但是，接踵而来的消息，却令人更加揪心。

据说，最早发现唐家山堰塞湖的是中国台湾福卫2号卫星，时间是5月14日。台湾是地震高发区，职业的敏感和对灾区同胞的关切，驱使他们以最快的速度第一时间把影像资料传输给大陆相关部门。经对卫星多波段影像和全波段卫星数据解译后，发现强震在唐家山形成约3000万立方米的巨型滑坡，将湔江壅堵。遗憾的是，由于云层太厚，影像资料不很清晰，只能看出轮廓。

5月14日，中国科学院对地观测中心的科研人员，在处理无人机航拍数据时惊觉，距离北川县城3公里以外的峡谷中，地震震出了一道从天而降的堰塞体大坝，像个小瓶塞子，鬼斧神工地堵塞了湔江，骤成地图上从未有过的堰塞湖。第二天15时，成都军区空军直升机在勘察过程中拍摄到唐家山堰塞湖的第一张航空照片，连同国土资源部送来的卫星图片，一并摆在了前方水利专家们的案头。他们感觉到了从未有过的紧张，通宵达旦地分析、研判，结果令人震惊——何止唐家山，整个灾区已经生长出17个堰塞湖。

5月16日，专家们根据各个堰塞湖所在水系研判，把唐家山堰塞湖列入“1号风险”。他们依据的是两个参数：一是唐家山堰塞湖上游集水面积3550平方公里，目测日来水量500万立方米，随着主汛期到来，天气不确定性因素增加，降雨的概率进一步加大；二是历史资料记载，1902年调查的最大洪峰流量达到每秒6000立方米，1981年曾发生过实测每秒3800立方米的流量。这么大的流域面积，加上又是暴雨集中区，还有那么大的流量，唐家山危险了！

卫星图片是宝贵的，但它毕竟不是精确的第一手资料。3个巨大的问号仍困扰着专家们：堰塞体由地震引发的滑坡体构成，其内部土石结构是怎样的，能够维持多长时间不溃坝？堰塞湖上游流域，5月平均降雨量140毫米，7月360毫米，8月330毫米。上游降水对湖容蓄水量影响极大，每降水2毫米，坝前水位就会上涨1米。在流域内降雨、气象变化难以预测的情况下，加之山区小气候变化频繁，上游来水量到底会是怎样的？堰塞湖上游淹没区漩坪乡，尚有2000多万立方米不可控的滑坡体。这一滑坡体会不会松动下滑，会不会形成巨大的涌浪造成堰塞湖溃坝？

于是，抢险指挥部决定：登顶唐家山，实测堰塞湖。

5月16日，第一批“敢死队”强登坝顶。余震中，河南专业户外救援队的登山高手开路架绳，14集团军20名战士随行，20名战士做通信后勤保障，一支近50人的特别小分队，护送10名分别来自地质、水利、水文等部门的专家，对唐家山堰塞湖进行实地考察。遗憾的是，他们未能如愿登上堰顶。

5月16日下午，专家们乘坐两架直升机，低空察看唐家山堰塞湖。天公不作美，由于气流对流强烈，加之地形复杂，缺乏地面坐标参照物，低空高压线密布，他们始终无法降落到堰顶，只好遗憾地结束当天的勘察飞行。

矫勇副部长说：“当时因为地形很复杂，我们也是第一次飞，也没有地面坐标的参照物，手里就拿了地图。空军也没飞过，大家一块儿识别地标飞，结果到了唐家山以后，没有看到堰塞体，也不是说没有看到，应该说没有识别到这个堰塞体。因为飞得比较高，气流对流比较强，飞行员不敢飞得太低，基本上在河谷的上部飞。但是看见了堰塞湖。我当时就大吃一惊，我说这不是个大型水库了吗？5月16日，水面就比较大了，所以我们就往前飞，以为往前飞能找到堰塞湖，结果整个方向全反了。我们是往上游飞，我还以为是下游飞，最后飞着飞着，飞行员说不能再飞了，为什么？前头高压线太多了，我说能不能再往前飞，再看看这个堰塞体。他们说不能飞了，就掉头，等到掉头回来以后，发现了唐家山堰塞湖。这个堰塞湖确实是方量非常大，我当时形容就像一个大馒头似的一座山在那儿堆着。”

5月17日，装备更为精良的考察队组成，成员来自中国水电成都勘察设计院、四川省水文局和绵阳市水利局、水文局等单位。兵分两路，一路乘冲锋舟从水路进抵堰塞湖，终因湔江河道大量滑坡造成的堆积，以及树木杂质堵塞物的壅塞，尝试受阻；一路在余震中继续徒步强登，也因滑坡滚石不断，河中滑坡堆积，同样无功而返。

5月19日，专家们再次强飞唐家山。如注的暴雨，厚黑的云层，好像有意在难为谁。直升机像大海中的一叶扁舟不停地颠簸，还是飞不出云层。在堰塞湖上空，飞行员冒险降低飞行高度，专家们拍摄了一批实地照片。依据照片判断，堰塞湖水位已达四五千万立方米，距堰顶最低点7.5米。这就是说，较之前日，一天上涨近3米。他们紧张了，这意味着用不了3天，堰塞湖水将溢出堰体，涌向北川、绵阳。他们不能不往深处想，堰体会不会垮掉？那“盆水”会不会倾湖而出？

当天夜晚，地震部门预报，可能有6至7级大的余震。那一夜，所有的人都在恐惧中焦虑地等待，恐怕这是最紧张的一群人了。连夜，指挥部召开紧急会议，提出5点建议：1.不间断地对堰塞湖进行监测，24小时监测水情和堰体变化情况；2.确保通信畅通，每一监测点至少要有两套备份通信方案，确保及时、迅速地发出预警信息；3.尽快组织专业技术人员研究制定堰塞湖应急除险方案，尽快派出武警水电部队或专业施工队伍，尽快打开堰塞湖下泄通道；4.地方政府立即组织下游群众撤离转移，参加抗震救灾的部队和有关人员也需做好随时撤离的准备；5.请部队视堰塞湖应急除险的需要参加堰塞湖除险工作。当晚，近乎打仗的速度，国务院抗震救灾前线指挥部批准了这一方案。

幸运的是，对水情和余震的判断，事实证明都是误判。

5月21日10时15分，两架载有专家组和10余名水电部队官兵的直升机，又一次从绵阳南郊机场飞往唐家山。从机舱舷窗往下看，高峰耸立，满目疮痍。不久，一个巨大的湖泊映入眼帘。

由于堰塞湖坝体无法降落，直升机盘旋几圈后，选定地面一个只有五六米见方的大土丘，一点一点地缓缓降低高度，旋翼急速转动卷起的巨大气流，在狭小的山坳中奔突冲撞。离地两米时，采取以单机轮悬停着陆方式，机组人员迅速打开右侧舱门，长江水利委员会主任蔡其华带头从直升机上跳下来。站在堰塞湖顶，堰体犹如一座小山耸立在湔江中。原本满覆茂密植被的两岸山体，如刀切斧劈般被齐齐砍掉，成了光秃秃的切面。右边山上，巨石哗啦啦地仍在滑落。现场勘查之路异常艰难，从堰顶最高处到最低处无路可行，大家只能攀越陡立的巨石，踩着碎石泥土，钻过倒立的树木，走了看似很近的一段路，花了一个多小时。利用全站仪、回声仪等科学手段，专家们对堰体的几何形状进行全面测量，获取了详细的第一手资料。空中视觉与地面视觉毕竟不一样。测量证明，当时水位离垭口最低点39米，而不是前日判断的7米。即使一天水涨3米，还有13天时间。

终于，一个全面、准确、清晰、真实的唐家山堰塞湖，呈现在人们面前。

第十一章 危湖高悬

唐家山，一座过去并不为人们所熟知的山体。

时任北川县曲山镇大水村党支部书记的唐祖华，是位30多岁的年轻人。他告诉我，他的家就在唐家山上。“2004年搞地质普查时，唐家山还没有名字。考虑到住在山上的人家以唐姓为多，还是我提议，就叫唐家山吧！”

这是一座耸立在湔江右岸的山体，处在龙门山逆冲推覆构造带上，距龙门山后山断裂20—30公里，山顶高程1580米，坡高约900米。

湔江，在唐家山和元河坝之间缓缓流过。原本这不是一条奔腾的大江，像个谦谦君子，平时只有十几米宽，多数河段也就一两米来深，不见一丝桀骜与狂暴，只是在汛期，湔江才会水势湍急、咄咄逼人，偶尔还会有山洪。

湔江为涪江右岸一级支流，主河长173公里，集水面积4520平方公里。湔江江源至治城为上游，治城至通口镇为中游，通口镇以下为下游。湔江流域上游有两支，主流白草河和支流青片河。白草河发源于松潘，自西北向东南流向治城；青片河发源于插旗山，流至治城后与白草河汇合称湔江。湔江不停脚地流经漩坪、曲山，至通口镇后始称通口河，流至江油市郊注入涪江。

唐家山——湔江，一山一水，一直默默无闻。5·12大地震，将唐家山二分之一的山体推向湔江。由此，这山、这水，举世瞩目。

据考察，唐家山地震烈度在10度以上。强烈的地震运动作用，使唐家山岩质斜坡突然滑动形成可怕的崩裂，从山顶开始，山体被削去一半，巨石与泥沙像瀑布一般沿着岩层层间剪切带滑入江谷，呼啸着冲至对岸元河坝，被斜坡阻挡后，连同高达约40米的涌浪继续上爬。瞬间，原本在湔江右岸山腰上的大水村，挟着302省道唐家山段，被直接推进了湔江。昔日亲近的山峦，变得面目狰狞、蓬头垢面。

唐家山堰塞湖，堰塞体平面形态近似为长条形，顺河长约803.4米，横河宽最大约611.8米，顶面宽150—300米，高82—124米，平面面积约30.72万平方米，初估体积约2037万立方米，堰塞体最高点高程793.9米，堰底高程669.55米。这是一个什么概念？形象地说，如果要筑成1米宽、1米高的墙，长度是20000公里，相当于半个地球赤道的长度。就是这座堰塞体，把奔流不息的湔江拦腰截断。于是，在它的上游，“河”变成了“湖”。一个巨大的堰塞湖，就这样形成在唐家山。

乘直升机强登唐家山的官兵们

4名抢险人员登上唐家山，这是令人鼓舞的，但显然力量不够。指挥部决定乘胜突击，再向唐家山投送40名官兵。5月22日上午，一切准备就绪，因直升机载荷限制，调整精简了人员。在一总队司令部作训科科长陈忠文和四支队副支队长吴辱带领下，21名官兵降落到堰塞体，同前期进入的4名同志会合。在极其困难的情况下，他们稍作喘息，立即对堰塞体顶部进行平整，为直升机空运机械设备开辟停降场地。很快，他们遇到了预想不到的困难。22日夜至25日夜，绵阳地区阴雨连绵，能见度低，直升机无法起落，任何给养无法送达唐家山，他们断水断粮了。更揪心的是，山上没有移动通信信号，唯一的通信渠道切断了，与指挥部彻底失去了联系。

在没有人迹的唐家山上，没有粮、没有水、没有电、没有外界信息。如果说还有什么，只能是沉甸甸的责任。后来，陈忠文给我讲了他们在山上3天4夜的一些事情："那几天，我们的任务是整理直升机停机坪和上下堰体的通道。饿了，就摘山上的野果充饥；渴了，就舔岩石边滴落的水珠。我让卫生队长龙泽基带两名战士到附近山上寻找食物。他们

直升机上的官兵们，坚定，沉着，迎接他们的将是生死未卜的考验

寻找到一间倒塌的只剩下半间房屋时，惊喜地发现断壁残垣之间还挂着10多块腊肉。三人心想，这下得救了，30多斤腊肉足够大家填饱肚子。转念又一想，部队是来救灾的，不是来抢劫的，动员令上讲得清清楚楚，绝不能拿老百姓的一针一线，万一这家人还活着，今后一定会回家。三人商议，只取其中的一挂，约3斤重，按着市场价格，至少值90元钱，每人掏30元。龙泽基把身上的38元零钱全部拿出，凑起来一共98元，用砖头压在灶台边，这才心怀感激地离开。”

堰塞湖的水还在涨，每涨一公分，下游的危险就多一分。

5月24日上午9时30分，指挥部副参谋长孙来成、副总工程师吴国如、一总队总队长刘松林、副总工程师李虎章、三总队副总队长王殿林等6名同志，一样的大校军衔，作为抢险施工的现场一线指挥员，乘一架米—17直升机强登唐家山。

直升机起飞前，众多的新闻记者抢着登机。因为载荷原因，已不可能允许再上其他人员。带队的指挥部领导给我打电话，请示怎么办。

我明确交代，除《解放军报》记者外，其他媒体记者一律不准登机。不是不体谅记者同志，毕竟抢险任务比什么都重要。

《解放军报》记者江宛柳，是最早登上唐家山的新闻工作者。这位曾荣获“中国十佳新闻工作者”称号的女记者，在她的报告文学《英雄唐家山》中，记述了艰难不易的上山历程。

5月21日早上，武警水电部队政委贾方亮电话告诉我唐家山情况紧急。我放下电话，直奔北川县永安镇武警水电部队的专家组临时驻地，那里尚无其他媒体记者来过。

专家们刚刚集结在此：孙来成、吴国如、刘松林、王殿林、李虎章……一个武警水电部队的精英组合。他们大都参加过包括三峡工程在内的中国半数以上大型水利工程建设，参加过唐山地震抗震救灾、98长江抗洪抢险、西藏易贡抢险等重大任务。现在，他们就住在烂泥地简陋的小帐篷里，所有后勤保障设施还没有跟上，打地铺，吃方便面和饼干。专家们给我介绍情况，一堆惊人的数字：昨天，唐家山的基本情况已探明，这是震区险情最严重的堰塞湖。目前他们的水文观测人员冒着生命危险住在堰坝上观测，有2000多万方的堰体堵在那儿，水位以每昼夜2米多的速度上升，上游3500多平方公里流域的积水随时汇入湖里，一旦溃坝，水头60多米高，会危及到整个绵阳地区，绵阳设防是50年一遇，1.5亿立方的水，湖水已有2个亿立方，形势非常危急。现在要跟洪水赛跑，昨天晚上国家抗震救灾总指挥部水利组在绵阳开会，一是要求武警水电部队想办法把这盆水疏导掉，二是制订了紧急疏散群众的方案。仅仅疏导工程对水电部队并不难，他们准备上去600官兵，24小时施工，一周时间完成，部队和80多台（套）重型设备已准备好，关键是上唐家山的路全部被塌方毁坏，设备怎么上去？只有空中一条通道。运送设备是难题，坝上环境险恶是难题，600多人上去住哪儿是难题，上面突遇暴雨、溃坝、人员逃生是难题——但你没有退路，专家们面对巨大的挑战。

23日一早，我从绵竹赶到专家组驻地同他们一起奔绵阳南郊机场。

但是偏偏遇上坏天气，在机场耗了一整天。先后有5架次飞机升空去看天，转一圈回来都说不行，说到了山边上根本进不去。直升机飞行的气象条件要求能见度2公里，但上午的能见度才500米，下午一度到了1公里。我过一会儿就问去看天的飞行员，天气还有可能转好吗？回答是难说，但也可能忽然就起风了，天就好了。于是我们抱着很大希望继续等。结果到了6点半，天暗下来，所有飞机罩上套，机组人员撤离机场。我们悻悻打道回府。

24日早上7点，我又按时赶到绵阳南郊机场。一看满天浓云厚雾，能见度还不如昨天，飞行员说目前的能见度还不到500米，离飞行气象条件差得远了。心就凉了半截儿，又没戏了。

武警水电一总队四支队政治处副主任杨贵明来了个很及时的电话，说昨晚突然与唐家山联系上了，山上先期上去的25名官兵已断水断粮两天多，特别是没水，渴得都要疯了，几近生存危机。我明白了，今天是拼死也得飞。

记者比昨天多了数倍，一夜之间都搞清楚了唐家山是当前灾区的头号大新闻，大家拥在几架待飞的直升机边上。我很快知道“LH91715”号飞机是第一批第一架，陆航一团团长、特级飞行员张茂生亲自驾机，副驾驶是中队长方国辉，超强组合，像是要闯关的架势。

成都军区空军副参谋长的越野车“嘎”地停到这架飞机旁，这位看上去很年轻的空军少将下车就冲到张茂生跟前，打着手势，有点激动地作了非常强硬的指示，主题是无论如何要把补给和指挥组专家送上去！

“LH91715”决定立即起飞，张茂生团长没有半点犹豫。

米—17运输机不大，除装好的总共9吨重的食品、水、发电机，这架飞机载重只允许再上8个人，特别是在如此严格的气象条件限制下，多一个人就多一分危险。两个战士先登机，是准备到后往下搬东西的。接着是指挥组6位专家，我没客气，跟着上去了。然后中央电视台武警记者站的张保东、新华社军分社驻武警记者刘昕也挤上来，他俩的理由是武警自己人，要记录。众多记者挤在机下，包括中央电视台、《人民日报》、凤凰卫视、八一厂等等。机上人显然超了，多一个人都不飞！谁下去？

一个戴陆航部臂章的女干部在下面朝我叫：“你下来！中央电视台还没上去呢！”

这是什么逻辑？她不说这话也许还有商量，我就正告她：“《解放军报》就得上！这是军事行动！”

机上所有的人都看着我，我解释说我占的分量也不过那一袋大米。吴副总工急了，朝我发火：“山上的官兵都断水断粮知道吗！”意思是大米比我重要得多。

我也没客气：“你发什么火！我又不是上去玩儿，军委领导等着看《解放军报》唐家山的消息！”我自知耍赖不是高招，但这会儿顾不了那么多。

僵持不下，孙副参谋长朝那两个战士大吼：“你们两个下去吧！东西我们搬！”

战士下去了，人数还多一个。刘总很宽容地给了个台阶，他对张茂生团长说：“江记者说了，她就占半个人的分量。”其实若与虎背熊腰的孙副参谋长比，我连半个人的分量都没有。张茂生什么也没说，命令关舱门起飞。我暗自高兴。其实在起飞前，众记者尚在混乱中，我已经和张团长及他的机组聊得很熟了。

看表，9点整。飞机快速升入云上，半小时后钻进大山中的夹皮沟。灰蒙蒙的厚云中，舷窗外真是“其山惟石，壁立千仞，临之目眩”，在复杂的山缝中小心翼翼地穿行不说，时有高压电杆迎面扑来，飞机立刻拉起。这两天在机场听飞行员特别讲到这些高压线，地震后电线都乱了，眼神稍有差池碰上就机毁人亡。

起飞前，我听张茂生团长和机组讨论飞行方案，用他们的行话叫“高降”，就是高飞低降，先拉升到云上，仪表飞行，等到了指定坐标点，找一个云缝盘旋下降，难度大，风险大，不到万不得以不这么飞。凡陆航的老飞行员都知道皮定均与儿子的故事。上个世纪80年代，这对同在福州军区任职的军人父子，就是乘直升机在气象条件不具备的情况下起飞，撞山牺牲。我特别清楚这个故事的原因，是皮小牛的未婚妻是我很要好的中学同学。另一个极深的烙印，是上世纪90年代初，成都军区张太恒司令员的工作组巡视西藏边防，两架黑鹰直升机先后从日喀则起飞，后一架突遇气流失事，这成了当时震惊全军的大事故，事后我亲耳听张太恒将军讲到他的悲痛与悔恨。

但这回不一样，救灾就是战争，作战岂有畏惧之理。看驾驶室，张茂生团长和他的机组成员不仅镇定，而且机智。看身边的指挥组专家们，人人泰然自若，而且还挺乐。其实什么也不必想，所有的生死艰难大家共同面对，我倒觉得心里特别踏实。

绕过无数被塌方破了相的山峰，掠过谷底大大小小的堰塞湖，终于下降了。我说怎么停得那么稳当呢，原来是降错了地方。张茂生和专家们只好跳下飞机展开地图一通查找。

再升空，再盘旋，10点多一点，真的到了唐家山堰塞湖坝上——2000多万方垮塌的乱石和泥土堆成的丘壑，没有平地降落，直升机晃着，一只轮子悬停，离地还有一大截。大家先七手八脚把物资扔下去，然后人再往下跳。

机组人员问我："后面不一定有飞机再进来了，你下吗？要不你就跟我们回去？"我当然下，我干吗来了？只是跳下去时得有人接着点，可不能摔断腿。

一阵螺旋桨的狂风掠过，"LH91715"走了。

大校们登上唐家山，意味着应急抢险前线指挥部在堰塞体上应运而生。水电部队一位副主任任指挥长，水利部刘宁总工程师任副指挥长兼总工。当时我在山下，专门与这位任指挥长的领导通话，提醒他们这就是打仗，而且是意义非同寻常的打仗。现在，灾区人民在看着我们，全国人民在看着我们。无论有多么大的困难，都要不辱使命，不能讲价钱，也没有退路。要有端不下这"盆"水誓不下山的决心和勇气。

接下来的两天，唐家山乌云笼罩，直升机无法起降。不能再等了，必须尽快开辟一条陆路通道。5月25日下午1时，又一批官兵开始了探路突击。三支队副参谋长任大军带11名官兵，携带通信电台和少量生活用品，在当地向导引领下，徒步翻山越岭强行向唐家山挺进。震前，唐家山上有302省道通过，沿江向下可达北川和绵阳，向上可达漩坪和茂县。强震彻底摧毁了这条公路，以至没有留下一点路的痕迹。摆在他们面前的是一次艰难的跋涉，中间需要翻越两座近2000米高的大山。曾经有人用李白《别山僧》中“腾身转觉三天近，举足回看万岭低”这句诗来形容翻越两座大山之难。就是这支“探路敢死队”，冒着巨大的生命危险，一路手脚并用，手拽着旁边的树枝和灌木，脚踩实了地面，一米一米向上攀爬，边走边用红绸带在树枝上做标记。其实，翻山越岭，没有路还不是最大的难题，毕竟可以开辟道路前行。可怕之处在于，他们走在被地震摇晃过的山体，谁也不知道脚下踩着的地方是不是稳固，况且余震可能随时袭来。天渐渐黑下来，目的地就在前面。突然一阵摇动，眼前的裂缝犹如石磨般传来沉闷的声响，在嘎嘎声中明显扩大，身后传来阵阵土石塌落声，经久回荡山谷。大家伏地双手紧抓树干避险，浑身直冒冷汗。任大军告诉大家，遇危险路段就先坐在地上，然后屁股着地慢慢地挪动。许多人手脚磨得鲜血淋漓，前行的异常艰难。

22时30分，“探路敢死队”终于登上堰塞坝。鲜艳的红绸带在微风中飘曳，牵出了一条用鲜血和汗水探来的高山小道！

经过3个批次的英勇突击，至此，50多名官兵集合在唐家山堰塞湖，他们是抢险施工的先头部队和骨干力量。

第十三章 米—26来了

没有了路，人可以冒险攀越上去，机械设备怎么办？这可不是锹、镐、铲这样的“小家伙”，而是十几吨、几十吨的挖掘机、推土机、载重汽车等大型工程机械。

那时，唐家山堰塞湖抢险，已经成为5·12抗震救灾的重中之重。按照中央和军委指示，空军和陆军航空兵开辟了绵阳至唐家山空中专用运输通道，两个陆航团全力保障。只要气象条件许可，10多架直升机超强度飞行，无论领导亲临一线视察，还是施工人员进出堰顶作业，靠的都是直升机。那些日子的唐家山，直升机三三两两地穿梭飞行，降下来尘土飞扬，升起来震耳欲聋，空中通道成为物资设备运输和人员进出场的可靠保障。后来我跟部队讲：唐家山堰塞湖抢险，空军和陆航老大哥部队功不可没。仔细想一想，我们在山上，小到喝的每一瓶水、吃的每一顿饭、睡的每一顶帐篷，大到每一台通信装备、发电设备，哪一样不是直升机运送上来的？！

保障唐家山堰塞湖抢险的直升机主要是两种型号：一个是米—17，最大起飞重量13吨，最大外吊重量3吨；一个是S—70C，又叫“黑鹰”，最大起飞重量9.77吨，最大外吊重量3.6吨。而堰塞湖抢险需要的挖掘机、推土机这样的大型机械设备，再小的型号，少说也有十几吨。吊运这样的庞然大物，是米—17和S—70C的外吊能力所达不到的。按照国际惯例，最大起飞重量大于20吨属于重型直升机。新世纪初的中国，13吨以下的直升机我们可以自己造，但重型直升机还是空白。

此时，堰塞湖蓄水一天比一天上涨。汛期来临，上游江水随时可能暴涨，溃坝的风险越来越大。专家们估算，即使上游没有强降雨，20天左右时间，很可能出现漫坝现象。采用人海战术施工，靠锹挖镐刨人扛，是跑不过老天爷的。尽快开挖泄洪渠，把水位降下来，到了刻不容缓的地步。

抢险指挥部里，领导同志都在想：现代军事科技日新月异，怎么没有能把挖掘机吊起来的家伙呢？水利部的同志向总参、空军、国家民航总局、国家林业局作了周密的咨询和调研，他们说：有！怎么没有？俄罗斯的米—26，那家伙的力量大，能把挖掘机吊上去。

那些天，我一直留意号称“空中巨无霸”的米—26。对于唐家山堰塞湖抢险来说，这太重要了，重要到没有能够替代的方案。

20世纪70年代，为开发西伯利亚及北方沼泽和冻土地带，取代研发效果不理想的米—12直升机，苏联决定研制一款全天候多用途重型运输直升机，任务代号为“90计划”，也就是后来的米—26直升机，北约给它起的绰号叫“光环”（HALO）。米—26研制工作大约持续3年，以军用和民用兼顾的重型直升机为设计思路，要求飞机自身重量必须小于其起飞重量的一半，装载能力达到米—6和米—10的1.5至2倍以上。定型的米—26空重28吨，最大起飞重量56吨，最大内载和外挂载荷20吨，相当于美国洛克希德公司C—130“大力士”的载荷能力。它是继米—12之后，世界第二大与第二重的直升机，但却是现今仍在服役的世界第一大和第一重的直升机。

俄罗斯军方红星电视台曾经做过一次震撼的军事节目：让一架米—26“光环”，在空中吊运另一架米—26直升机。为了满足吊运的需要，被吊运的这架米—26直升机卸掉了主旋翼和尾桨，否则吊运是不可能成功的。即便如此，俄罗斯电视台也称，这次演示是世界独一无二的，没有其他任何一个国家的直升机能够完成这一奇迹。相比之下，美国有名的支努干直升机，最大起飞重量只有22吨。用最重吊运最重，这种“暴力美学”只有在俄罗斯才能实现。

米—26直升机研制成功后，曾经大展身手。1988年1月，苏联切尔诺贝利核电站发生震惊世界的核泄漏事故。为处置核泄漏，苏联政府派出大批军人、工人，给炸毁的4号反应堆修建了钢筋混凝土的石棺，把其彻底封闭起来。在石棺最后合拢时，需要吊放安装35吨重的顶盖。米尔直升机厂紧急设计了一款防核辐射的米—26s型直升机，强化了抵御核辐射的机身密封装置，并拆掉一切可以拆的设备和附件，由该型直升机首席试飞员安纳托利·格里先科驾驶，在处置核泄漏事故现场大派用场。1999年10月，米—26承担了运输封冻两三万年的西伯利亚巨型猛犸象冰尸的任务。整个冰块重达25吨，为顺利实施运输，米—26专门拆除机上不必要的负重零件，从而安全、可靠地把这个庞然大物运至目的地。

调用米—26参与唐家山堰塞湖抢险，不是一件简单的事情。

5·12地震的前一年——2007年9月12日，哈尔滨，俄罗斯斯托夫直升机制造厂与中国飞龙专业航空公司在这里举行米—26tc型直升机交接仪式。根据飞龙公司与俄方签订的关于租赁米—26直升机的合同，意味着这一世界上最大的直升机将为飞龙公司开始为期3年的“打工”生活。这是当时国内唯一一架超载量直升机，自从进入飞龙，它就成为国家林业总局的“签约队员”。双方约定：米—26每年分别在南方、北方两个航空护林总站执行护林防火任务。4月至10月为北方航空护林总站服务，11月至次年3月为南方航空护林总站服务。就这样，来自俄罗斯的“空中巨无霸”，常年驻守在中华大地的高山密林中。

2008年5月15日，刚从加格达奇森林防火一线返回哈尔滨的米—26，突然接到紧急通知，要求机组赶赴四川参加抗震救灾。国家林业部门没有丝毫犹豫，表示“关键时刻，抗小灾给抗大灾让路！”因为是租赁，机组成员由中俄双方共同组成。其中，中方12人，俄方4人。按合同规定，赴四川抗震救灾，还要征得俄方同意。俄方机组成员已经来中国半年多了，原计划5月20日就要返回俄国内，其中3人已经完成所有工作，回国后不再回中国。令人高兴和钦佩的是，经过简单协商，俄方机组成员很快得到指令，暂时放弃休假，参加中国的抗震救灾。俄方机长马克西姆参加过多个国家的抢险救灾，有着丰富的救灾经验和娴熟的飞行经验。他真诚地说：朋友有难，我们帮忙没说的！

16日一早，米—26从平房机场呼啸起飞，经沈阳—郑州—宜昌—重庆，除在这几座城市机场短暂加油休息外，以前所未有的速度昼夜兼程，第二天下午降落在中国民航飞行学院广汉机场。有了这架“空中巨无霸”，向堰塞湖吊运大型工程机械设备就有了保证。人们在欣喜之后，很快又想到了另外一个问题：这是唯一的一架重型直升机，如果出了故障怎么办？吊运速度跟不上施工需要怎么办？水利部立即启动紧急程序，在国务院抗震救灾总指挥部的协调下，通过外交部、总参谋部、公安部和民航总局，向俄罗斯租用一架米—26。当时，俄罗斯总统梅德韦杰夫正在中国进行国事访问。据说，通过外交途径，当这个请求摆在梅德韦杰夫面前时，他当即站了起来，为有这样一个向中国灾区人民表达爱心的机会感到荣幸：用你们中国人的话讲，这一切，都没有问题！很快，俄罗斯哈巴罗夫斯克边疆区紧急事务部做好了一切准备。

米—26向唐家山吊运机械设备

接下来的问题，来自中国国内。当今世界，任何一个国家的领空主权，如同陆地主权、领海主权一样，都是神圣不可侵犯的，境外军用飞行物穿越本国领空，必须经严格的审批和监护。现在，让一架俄罗斯重型直升机低空从中国的东北到西南斜穿越而过，意味着大半个中国一览无遗，这不能不是一个复杂的问题。有人曾提过建议，是不是让米—26从公海绕到上海，再沿长江入川到达灾区。这样一算，10多天时间过去了，堰塞湖等不起，灾区人民等不起！打破惯例，一切服从抗震救灾。中央领导下定决心，开绿灯放行。

5月22日，在列别捷夫机长率领下，俄罗斯支援的米—26从俄远东城市哈巴罗夫斯克起飞，在黑龙江省黑河市入境，经停哈尔滨和天津，尽览华夏壮美的大好河山，经过连日奔波，5月25日抵达四川广汉。

与此同时，一支由一总队组建的“吊装敢死队”部署到位，30名官

官兵们冒着螺旋桨的强大气流，卸载抢险物资

兵在北川擂鼓镇负责起吊。这可不像上下飞机那么简单、那么惬意。米—26直升机靠近地面时，他们需要飞快地跑到机腹下方，用悬吊在机腹的钢缆挂上设备。危险的是，螺旋桨刮起的风力和气浪，相当于12级台风，方圆1公里飞沙走石，悬吊在空中的钢缆和设备不停摇摆，稍不注意碰一下、刮一下，后果不堪设想。

第十四章 是挖还是炸？

5月22日下午，温家宝总理抵达绵阳，随即乘直升机现场察看唐家山堰塞湖。当晚，在列车上主持研究堰塞湖应急处置专题会议，重点讨论唐家山堰塞湖应急处置。确定：

1. 主动处理，避免被动处理；立足早处理，防止因时间推迟水量增大，导致处理困难；制定工程排险方案和人员转移避险方案，绝不能再造成人员伤亡。按照这三条原则，进一步论证高、中、低三个方案，动作越快越好，力争中、低方案提前处理。

2. 地方政府负责统一指挥、总体协调和移民组织；武警水电部队负责24小时水位监控和溃坝施工；空军负责开辟空中通道、运送设备和保障物资，做到随叫随到；水利部负责技术论证和指导。

3. 确保安全，既要确保施工队伍安全，也要确保各支援队伍安全，还要确保下游人民群众安全。

绵阳，处置唐家山堰塞湖的中枢和“大脑”，由水利部、四川省人民政府、武警水电部队、成都军区空军和绵阳市政府领导参加的唐家山堰塞湖应急抢险指挥部设在这里。李光强同志是副指挥长之一，那几天，他崴了脚，一瘸一拐地，仍山上山下地跑，协调各方，指挥部队。堰塞湖抢险有两个施工方案。一个是“挖”的疏通方案，即在堰体上挖一条梯形导流渠，将悬湖的水导向下游，降低坝前水位，减少水对堰塞体的压力。二是“炸”的爆破方案，即用炸药炸掉堰塞湖堰体，让湖水下泄。领导和专家们经过慎重讨论，大家否定了“炸”的方案，一是因为2000多万方的松软土坝很难爆破掉，就像炮弹打在棉花上，有劲使不上；二是因为爆破过程如果控制不好，将会形成人为的溃坝，风险极大。一致的意见是——开挖明渠导流。

所有的程序都是高效的。5月24日，国务院抗震救灾前方指挥部批准了《唐家山堰塞湖应急疏通工程设计施工方案》。方案设想是：利用天然垭口，在堰体靠右侧开挖泄洪槽并进行衬护处理，以降低悬湖水位和减少库容，降低溃坝的可能性。具体为“低、中、高”3个泄洪渠方案：

方案1（低标准方案）：泄洪渠进口高程747米，渠底宽28米，泄洪渠总长670米，上游平缓段纵坡0.6%，下游陡坡段纵坡分别为24%和16%。

方案2（中标准方案）：泄洪渠进口高程745米，渠底宽22米，泄洪渠总长680米，上游平缓段纵坡0.6%，下游陡坡段纵坡分别为24%和16%。

方案3（高标准方案）：泄洪渠进口高程742米，渠底宽13米，泄洪渠总长695米，上游平缓段纵坡0.6%，下游陡坡段纵坡分别为24%和16%。

3个方案开挖方量分别为5万立方米、7万立方米和10万立方米，平均开挖深度分别为5米、7米、10米。施工工期为5月25日至6月5日。

水势明了，方案有了，决心已定。似乎万事俱备，水电部队登场了，该是他们大显身手的时候了。绵阳南郊机场，230名官兵集结待命。擂鼓镇临时停机坪，80余台（套）装载机、推土机、挖掘机等大型机械设备准备就绪。

不料，天有不测风云，老天跟人们开了一个玩笑。24、25日两天，天气阴沉，不具备飞行条件；预报25—27日还将有50～70毫米的降雨，直升机更不能飞。米—26的规范飞行要求是空中能见度5000米，飞行组降低到2000米执行。米—17的空中规范要求2000米，飞行员们降低到1000米执行。然而，那几天的能见度仅为300至500米。陆航飞行员们说，“云层只要有个缝隙，哪怕只给直升机十几秒的缝隙，我们就可以降落到指定地域”。抢险指挥部领导犯难了，施工人员瞅着天骂娘了，他们心急啊！

天不作美，水不等人。25日下午，指挥部临时决定，机械施工与人工爆破“双管齐下”，实施经解放军理工大学爆破专家评估的以人工爆破为主导的新方案。于是，一场人背肩扛炸药冲击唐家山的壮举拉开了帷幕。15时30分，水电部队和成都军区14集团军1200多名官兵，每人背负26公斤炸药和爆破器材，在任家坪集结，义无反顾地向唐家山进发。

1000多人的队伍，浩浩荡荡，看上去就够悲壮雄浑。尽管前面有任大军他们留下的标记，随风飘着的红飘带在给大家指路，官兵们仍然是在用生命冒险，走得异常艰难。何况江河断流、山峦移位，谁也说不清仍在持续的余震，会使途中的地质情况发生怎样的变化。他们背着沉甸甸的炸药，踩着松软的滑坡体或是尖锐的山石，小心翼翼地前行，每走一步都要吃力地抓着两旁的树木。有的路段坡度达到70°，稍不注意，一脚踩空就会顺势滚下山崖。前面的人踩出的山路，只多算是一条羊肠小路，后面的同志踩上去，有时仅容一只脚，行路之难可想而知。有的同志衣服被刮破了，手被划得鲜血直流，脚也磨出了血泡，汗水把装炸药的纸箱都湿透了。一路上，他们喊着号子，互相鼓励搀扶着，行走、匍匐、翻滚、攀爬。天渐渐黑下来，几百支手电筒闪闪烁烁，犹如星星点点，又像是一条发着光亮的长长巨龙。夜幕四合，黑黝黝的。沉默，似乎隐藏着无声的危险。突然间，大地颤动起来，人跟着左摆右晃，又是一次余震。他们赶紧伏地，抓紧树干，屏住呼吸，躲避险情。指挥那次行动的一位总队领导后来跟我说，那场景，想起了小时候学的一篇课文，仿佛是当年红军过老山界的历史再现。

官兵们身背炸药、雷管，徒步向唐家山冲击

当时，正在唐家山上的江宛柳记者，在她的报告文学中生动描述了那天晚上看到的情形：

晚9点，突然看到天上有一闪一闪的微弱小光，难道是星星出来了？再仔细看，一点，两点，越来越多，排着队，时隐时现……啊！那是徒步上山的队伍到了！他们在山顶上打着手电走呢。

专家们也不顾漆黑的沟坎，跑到对面高坡上，一边晃着手电给队伍打信号，一边大喊：“往下游走！往下走！我们在这里！……”

9点40分，探路小分队终于到坝上了。带队的水电部队一总队三支队副参谋长任大军钻进帐篷，就和专家们激动地拥抱。他满头大汗，衣服是湿的，喘着气说：“走了6个小时，上山时下雨山路特别陡特别险，我们带了保险绳铁锹镐，不然有的地方爬不上去。老乡自愿给我们带路。官兵们每人身上都背着20公斤的东西，有的战士走不动了，手刮破了，脚踩到山体的裂缝里摔伤了，到处是石块往下滚的声音，确实很危险，我一路给他们讲红军故事。”

夜色中，官兵们义无反顾，汗水湿透了炸药箱

大家赶紧递水给任大军，他兴奋地接着说：“成都军区部队的大队人马也往这儿走呢，我们和他们比赛，我们小分队快，超到前面了。”此前专家们还担心，徒步不是水电部队的强项，因为大多数官兵都是开大型机械的操作手，比不得野战军。可眼前的事实让他们相信，有我军服务人民的宗旨和优良传统，关键时刻官兵们冲得上去。

任大军从背来的口袋里往外掏东西，两部对讲机、几包面包……最后是一条烟——带给刘总的“口粮”。

将近11点，山顶上的星光多起来，在黑色的天幕上连成一条闪闪烁烁的线，越来越长，前面的下山了，后面的上山了，极其壮观。除了舞台和影视，我不曾见过这样的场景，不曾想到在红军长征走过的路上，在红军长征70多年之后，能看到如此激动人心的景象。这是什么样的队伍啊，为了抢救人民的生命财产，翻山越岭夜行军，而且翻的是一座连一座那样险峻的山。最感动的是，队伍里的兵都是80后、90后的年轻一代。

站在坝上，心情竟都完全一样，“真像红军的队伍，一个个手电筒多像火把呀”，专家们望着山顶上无穷无尽的闪光感慨地说。

直到早晨5点，昨天下午出征的队伍才全部到达。成都军区驻滇部队的高炮旅和“老山主攻团”1000多名官兵，紧跟着水电部队的200多名官兵，他们都是走了七八个小时。还有500名水电官兵今天凌晨出发正在路上，他们化整为零背上来数吨炸药和几百发雷管。

成都军区部队的一部分放下东西就又踏上回程，不能休息，因为坝上没有供他们休息的地方。另一部分和水电官兵数百人只能支起两顶帐篷，多数人露天在潮湿冰冷的泥石缝里铺开被子就睡。这场景让我觉得有些熟悉，是历史的重演，还是薪火相传？天将亮时，我看到他们睡得很香。他们太累了。

第十五章 初战唐家山

事情往往就是这样，努力了，做到了，结果常常又是天遂人愿。

也许老天感动了。26日上午，唐家山上空云消雾散，天放晴了，堰顶上一片欢呼。抢险指挥部迅速改变爆破主导的方案，决定实施机械施工抢险。

11时13分，第一台挖掘机由编号为“B—7802”的米—26空运至堰塞湖坝顶，排险施工作业正式开工。一整天，米—26吊运大型机械设备15台；米—17、S—70C起飞30多架次，运送急需物资20余吨。第二天，米—26再次上阵，7个小时飞行18个架次，向坝顶运送来两个装满燃油的油罐、一个装满饮水和食品的集装箱、4辆重型翻斗载重车以及11台推土机。先期登顶的，背炸药徒步登上唐家山的，加上后来乘直升机上去的，堰体上集合了600多名官兵。从这一刻开始，唐家山不再静寂，堰塞湖成了不眠之夜，在不到1平方公里的堰体上，开挖导流渠的攻坚之战拉开了帷幕。

整个抢险现场一片繁忙，堰顶第二、三、四控制段相继开工。首先由数百名官兵清理废墟，清除坍塌的巨石和倒下的树木，为大型机械施工扫清障碍、提供作业面，然后由操作手驾驶挖掘机开挖导流渠。还有100多名官兵储备石料，准备填装钢丝笼，堆置在泄洪口，起到缓解水流的作用，避免泄洪水势过猛造成危险。

各种型号的挖掘机、推土机奋战在唐家山上

在不大的地域空间，几十台工程机械轰鸣隆隆，大显身手，煞是壮观，像是奏响了一曲施工抢险的华丽乐章。近百名操作手不分昼夜，轮流不间断地忙碌着。他们是唐家山堰塞湖抢险中最耀眼的“明星”，来自全国十多个水电站建设工地。有的在西藏水电建设开发中洒下过汗水，有的参加过三峡五级船闸建设，有的在广西龙滩水电站建设开挖中获过奖。他们中驾龄最短的也有4年以上，人人都有一手操作挖掘机、推土机的绝活。上了唐家山，他们就像猛虎下山、如鱼得水。饿了，啃口干粮；渴了，喝口凉水；累了，却不能停下，因为多坚持一分钟，险情就会减少一分。堰塞湖坝顶昼夜温差相当大。白天气温高达30℃，在驾驶室里操作如同进了蒸笼，酷热难受；夜晚山风袭来，寒气逼人。他们毕竟年轻，忍一忍，熬一熬，人歇机不停。一天下来，也有站都站不起来的时候。我跟一些战士聊过，他们说：这和过去搞工程不一样，现在是抢险排险，下面是上百万人哪，不拼命怎么行？！

抢险的施工环境非常险恶。余震还在继续，塌方时有发生，谁也无法控制的右岸，飞石从数百米的高处随塌方体一起像下雨一样“哗哗”滚下，在堰塞湖中溅起五六米高的水柱。面对这一切，官兵们毫不畏惧，只有一个信念，尽快开挖出导流渠，确保堰塞湖按照控制流量下泄。27日晚，从南昌疾驶增援的二总队108名官兵，千里奔驰到达北川任家坪。至此，水电部队4个师级单位1142名官兵、106台大型设备全部抵达唐家山及其北

轰鸣隆隆的唐家山

川营地，完全是一副大决战的架式。

28日，为进一步加快施工进度，专家组完善了“疏通引流、顺沟开槽、深挖控高、护坡镇脚”的工程方案。当晚，唐家山下起大雨，施工机械的轰鸣声依然响彻整个坝顶。由于帐篷不够，换班下来休息的官兵们只能露宿在坝顶上，尽管轰鸣隆隆、雨声哒哒，疲倦之至的他们还是酣然入睡，直到再次换班……

5月30日，这是一个重要的日子。举国关注的唐家山上，经过官兵们6天6夜的连续奋战，开挖土石方13万方。一条宛如巨龙般的导流明渠，终于清晰地呈现在人们面前，原定6月5日完工的任务提前完成。唐家山堰塞湖抢险最艰难的日子过去了，官兵们终于可以喘口气了。

下午，我乘直升机飞往唐家山。半个多小时后，降落在临时开辟的停机坪。放眼望去，堰体上乱石嶙峋，沟壑狰狞，一些土石是松散架空的，深一脚，浅一脚，来回走一趟，就已气喘吁吁。坝两侧是高山，右岸就是劈下2000多万方土石的山体，巨石仍然不停地从山顶直泄而下，轰鸣如雷。堰塞湖看上去倒不那么凶险，平静无澜，湖面是绿色，满是漂浮物。震前这是美丽温柔的湔江，经过脚下堰体流向北川，在北川县城拐个弯流向绵阳。

见到孙来成、刘松林他们，仅仅六七天没有见面，每个人都瘦了，黑了，破衣褴衫，疲惫不堪。自从上了唐家山，他们没有好好睡过一宿觉，没有洗过一次脸、一次脚，没有刷过一次牙，但精神显得还好。水利部总工程师刘宁带十几位专家一直在山上，与官兵们一起奋战，生死与共。几位同志给我介绍，现在脚下踩的其实就是两侧山体，地震使半座山整体崩塌了，巨大的山体坠下把旧河道翻了起来，顶起近200米高，形成面前这个巨大的堰塞体。堰塞体地质情况十分复杂，不仅裹着崩塌的山体、旧河道、巨石，还有原来山上的树木等，施工难度非常大。经过7天的连续奋战，导流渠主体开挖基本完成。眼下，挖掘机、推土机正在检修，准备待指挥部确认后，做最后冲刺。

5点多，水利部陈雷部长、矫勇副部长乘另外一架直升机上来了。

与水利部领导和专家组同志在唐家山堰塞体上

我们热情握手问候，就像多日未见的老朋友。没有更多的客套，大家沿着刚停止施工的导流渠，从堰体下游一直到上游，对导流渠进出口水位高程、开挖深宽度和机械状况、人员撤离方案落实情况等逐一询问。刘宁总工程师介绍，至30日下午4时，已累计完成土石方开挖13.55万方，目前开挖出的导流渠还是一个不规则的长方体，长约475米，宽约50米，上游段深12米，下游段深度13米，导流渠成型后，不会立刻出现溃堤或漫堤险情。目前坝前水深已达66.05米，蓄水1.834亿立方。令人担忧的是，由于堰塞体构成复杂，下方已出现多处管涌，水质明显混浊，说明内部已加大冲刷，积少成多，情况难以预测。陈雷部长要求，继续突击施工30个小时，力争6月1日零时前再降导流渠高程2米。同时，统筹做好边坡加固、撤离道路修建、观测点建立、设备转移安置等工作。31日12时前，除观测点人员外，抢险人员分批撤离。撤离方式分空运和徒步两种，以徒步为主。

我的记忆中，指挥部确定结束施工、撤离堰体，当时的考虑是：1.按照高标准方案，开挖方量为10万立方米，深度为10米，进口高程

742米，工期至6月5日。现已开挖13.55万立方米，上游深度12米，下游深度13米，进口高程740米。就是说，已提前5天完成任务，实现了高标准方案。2.天气预报唐家山一带6月3日有一次强降雨，意味着堰塞湖水迅即会涨到一定高度，预估通过导流渠的自然下泄近在咫尺。3.堰塞体土质松软，构成复杂，近几天出现明显的管涌，几百名抢险人员的安全问题，不能不使领导同志忧心忡忡。

5月31日，导流渠开挖最后的突击

指挥部考虑是周全的。明确人员撤下来，监测预警预报工作要加强，相应地采取了一系列措施。比如，堰塞湖上游地区设立5个雨量站、3个水文站，实时掌握和预报上游降雨和来水情况；下游设立5个水文站，在人工监测的同时，运用远程宽带实时摄录像设备进行24小时远程监测，实时监测溢流后水位和流量情况；堰塞体附近山坡上设立监测站，实时监测堰塞体冲刷和几何形状变化等。

陈雷部长一行先期下山后，任山上指挥长的那位同志提议照一张合影，说是这样的任务和环境，一辈子不会遇到几回。照片中，几个人的形象确实不敢恭维，灰头土脸，疲惫至极，但这是一张意义非同寻常的影像，值得好好珍藏。离开前，我特别交待山上的同志，留在堰体上担负人工监测的人员，必须高度负责，不能有一丝一毫的马虎和大意。现在堰体下方渗水严重，一定要做好瞬间险情发生的撤离预案准备，包括朝哪个方向走、怎么保持联络等，确保绝对安全。同时，要按照“先地方人员、后部队官兵”和“新兵、老兵、党员、干部”的顺序分批撤离，保持好部队形象，所有物资、设备要规整好，打了胜仗更要像个样子。

大地震摧毁了一切，唐家山上的任何一个生灵，都会引起人们别样的情感。在山上，一条小狗跟着我脚前膝后地跑，一尺多长，白里泛黄的皮毛，很是讨人喜欢。战士们告诉我，地震将唐家山两岸的村庄推到湔江泥石里，活着的人们向北川方向逃生去了，只剩下这条小狗，孤零零地留在山上。没有了主人的呵护，没有了同伴的陪伴，不知道在没有了其他生命的山上，震后几天它是怎样活下来的。后来，施工人员上了山，惊魂未定的小狗有了依恋，整天跟着战士们跑来跑去。这可能是唐家山上唯一的生灵了，大家对它关爱有加。我告诉战士们，因为防疫，撤离时不要带下山了，多给它留下一些食物。

坐上返程的直升机，俯首向下眺望，一条长长的人工导流渠把巨大的堰塞湖和下游干涸数日的河床连接起来。经过官兵们的拼搏奋战，抢险工程大功告成。下面的事情就是等待，等待堰塞湖的水涨上来，慢慢进入导流渠，形成越来越大的流量，把堰塞湖的水位降下来。

6月1日下午，参加完武警部队抗震救灾政治工作会议，我又赶回绵阳，指挥部副总工程师刘建军告诉我，抢险官兵已全部安全撤离唐家山。很快，水利部刘宁总工程师和指挥部几位领导也将乘最后一架直升机下山。我赶到绵阳南郊机场，迎接这些功勋卓著的勇士们凯旋。机场外，聚集了很多自发赶来的群众和学生，他们手捧鲜花，牵着“亲人啊！子弟兵，绵阳人民感谢您！”的横幅，场面热烈隆重，让人感动。晚6点多，直升机徐徐降落在机场，刘宁和几位指挥部领导依次下机。他们先要消毒，尔后洗澡、换衣服，防止疫情发生。我同大家一一握手迎接。前天还在唐家山上，此时又在机场相见，凯旋的心情，格外欣慰和愉悦。

孩子们亲吻从唐家山凯旋归来的勇士们

“绵阳人民感谢您！”

那天晚上，水利部和四川省委省政府举行仪式，欢迎唐家山堰塞湖抢险的同志们归来。我请了假，没有参加。由于连日奔波，身体极不舒服，恶心，呕吐，浑身冒汗，躺在床上昏昏沉沉。绵阳市人民医院的医生赶来，经过检查，是因过度疲劳，身体虚弱所至，没有大碍。吃了几片药，休息了一个晚上，第二天感觉好多了。

第十六章 石亭江上

如果说，唐家山堰塞湖这“盆”水是一枚高危的巨型炸弹，那么，石亭江上游堪比绵远河的一个接一个的堰塞湖，就是又一串“糖葫芦”。两个地方的排险，差不多同时展开。6月3日，等待唐家山堰塞湖泄洪的时候，我又赶赴什邡，直奔石亭江排险现场。

石亭江，又名雒水、洛水，沱江上游支流，发源于什邡市红白镇，源头为九顶山东侧的二道金河和头道金河。《晋书·李特载记》：永宁元年（301年），“长史费远、犍为太守李苾，督护常俊督万余人断北道，次绵竹之石亭”，即此。石亭江在什邡市境内流经87公里，高景关以上称洛水，以下29.5公里称石亭江。高景关是李冰制水兴石亭江的地方，这里有一座著名的水利工程叫朱李火堰，是李冰继都江堰之后，“凿瀑口，导洛水”，造福川西平原的又一丰碑。

据说，最早发现石亭江堰塞湖的是在这里救灾的空降兵45师。5月14日下午，从红白镇山区返回的官兵们带回一个惊人的消息：在石亭江上游发现了两山夹一湖的堰塞湖。消息迅速扩散开来，刚刚躲过地震灾难的村民人心惶惶，省市领导心急如焚。危难之际，十一支队上去了，他们承担了爆破泄流、消除堰塞湖威胁的重任。

石亭江堰塞湖排险的艰难，始于勘察探险。5月18日上午，十一支队支队长汪友才、副参谋长王淑建，与水利部工作组、省市水利部门的同志，在21名空降兵的护送下，沿着不断塌方的山路，冒着遭遇泥石流的危险，徒步进入红白镇以上的石亭江上游，对堰塞体堆积形态、构成，以及堰塞湖和河道重要断面水位、流量、水情、雨情变化进行现场勘察。经过12个小时的艰难跋涉，所有的水患灾情基本搞清楚：石亭江干流岳家山至红白镇段，由于山体滑坡和崩塌，不足11公里的河段上，已经形成6个规模不等的堰塞湖。从下游往上，分别是红松一级电站、马槽滩中、马槽滩上、燕子岩、马槽滩下、木瓜坪堰塞湖，堵塞河段7公里，蓄水总量180余万立方米，不同程度地威胁到石亭江下游及成都平原部分地区人民群众和抗震救灾人员的安全。

——红松一级电站堰塞湖：中危堰塞湖，距红白镇5公里处，山左岸山体滑坡阻断河道形成堰塞湖。堆积体由块石、泥土组成，长约100米，最大高度37米，堆积体前水深26米，堆积方量26万立方米。左岸山体山腰处尚有约100米的滑坡体堆积，估计方量几十万立方米。

——马槽滩中堰塞湖：中危堰塞湖，位于马槽滩下堰塞湖上游约200米处，由左右岸山体滑坡和右岸崩塌阻塞河道形成，以右岸山体滑坡为主。堆积体顶宽80米左右，高40—50米。堰前水深5米，回水长约500米，蓄水量约25万立方米。

——马槽滩上堰塞湖：中危堰塞湖，距马槽滩中堰塞湖约500米，由右岸山体滑坡和崩塌阻断河道形成。堆积体顶部沿河流方向长约100米，高40—50米。堆积体前水深约8米，长约1公里，宽约80米，蓄水量约60万立方米，整个坝体已有水渗出。

——燕子岩堰塞湖：低危堰塞湖，位于红松一级电站滑坡体上游约3.5公里，因右岸山体滑坡阻塞燕子岩峡谷河道形成。堆积体长30—40米，顶宽约20米，高不足10米。左右岸各有一缺口泄流。堰前水深约5米，蓄水量约3万立方米。

——马槽滩下堰塞湖，低危堰塞湖，滑坡体由右岸山体滑坡和崩塌阻塞河道形成，距燕子岩滑坡体1公里。堆积体由大块石、块石和碎石组成，顶宽约60米，高约30米，长80—100米。堰前水深约5米，回水长200米左右，宽80米，蓄水量约10万立方米。

——木瓜坪堰塞湖，低危堰塞湖，位于马槽滩上堰塞湖约1公里处，由两岸山体覆盖层滑坡阻塞河道形成。堰顶长约100米，宽20—30米，高约15米。水流从中间缺口泄出，上下游水位差不足5米，回水长约1公里。

我们赶赴石亭江的那天，路很不好走。紧靠江的上游有一条铁路线，再向上车辆进不去。十一支队在铁路隧洞外搭建帐篷，作为上下联络的指挥所。我赶到时，刚从唐家山转战到这里的80名官兵正在准备投入抢险。在一线的总队、支队领导告诉我，这6个堰塞湖并未完全阻断石亭江，虽然不像唐家山堰塞湖那样可怕，但由于夹在两山之间，令人担心的是震后地质条件变化，上面岩石松动坍塌，给底部排险的官兵带来威胁。王淑建也在现场，额头上缠着长长的绑带。他告诉我，勘察燕子岩堰塞湖时，为躲避岩顶一块落石，不小心撞上面前突兀前伸的岩石，额角被撕开一条长约7公分的口子，满脸是血。没有医生，没有药品，从衣服上撕下根布条简单包扎后，又和大家一起紧张地展开勘察、测量、记录，然后继续前进。我叮嘱他：找医生看一看，不要感染了，注意休息。

石亭江堰塞湖排险，是从下游向上游推进。我到达的前几天，十一支队已经成功处置了6个堰塞湖中风险最高、威胁最大的红松一级电站堰塞湖险情。这里具备施工交通条件，但炸药要靠人背肩扛运进去。按照指挥部确定的“爆破岸口右侧砼平台、拓宽加深过流断面、加大下泄流量”方案，由46名官兵组成的抢险突击队，顶着倾盆大雨，冒着落石飞滚，人均背负炸药35公斤，蹚水过河，艰难前行。在施工作业面，硬是凭双手掏出100多方砂土，挖出均深1.5米的炮坑46个，装填爆破孔20余方，填埋炸药360公斤、雷管230发，成功实施了堰塞湖扩口爆破，加宽过流断面18米。现在，他们正厉兵秣马，准备爆除燕子岩堰塞湖和马槽滩中堰塞湖的第一层。

我放心不下，带上总队高级工程师周春清，一起驱车前行察看。沿山脚下唯一的一条小路，颠簸了一个多小时才到达燕子岩。跟事先了解的情况一样，这里的几个堰塞湖，坝体不太高，多为泥石、树木淤积。几名战士正在用挖掘机清理疏通，尽量让河水流的更通畅。再向上走，宽阔的河床中遍是巨大的鹅卵石，加上山上滚落下来的巨石，青石，白石，黑石，完全是一个石头的世界。有的直径超过两米，层层叠叠，遥无边际，让人想起唐朝边塞诗人岑参的名句：一川碎石大如斗。这里的情况复杂多了，河道更深，河床更窄，白花花的河水一股股从巨石之间往外冒，看起来好像没有多大危险。德阳水利局的同志说：别看它现在溪流潺潺，一旦降下大雨，石亭江立时会汹涌无比，1998年曾达到每秒2400立方米的流量。低头看看满江面的巨大石头，抬头望望笔直入云的两侧山体，再瞧瞧脚下被震得一塌糊涂的江岸，心情不能不紧张起来。

6月3日，在石亭江抢险现场

燕子岩排险现场，一侧是高山，一侧是陡峭的悬崖。上面的官兵头戴安全帽，正顺着悬崖小心翼翼地向堰塞体下方吊送炸药、雷管和起爆线路。下面的10余名战士用绳索绑着身体，脚蹬沿江公路旁的悬崖，接上一箱箱重达50斤的炸药，在预先打好的50个爆破孔中装药布线。几个同志陪我躲在一块岩石后瞭望，不一会儿，一阵巨响，燕子岩堰塞湖爆破成功，堰体全部爆除，过流面扩宽近20米，扩深2米，水流明显加快，水位显著下降。一阵欢呼之后，我又顺江向上走，一个多小时后到了马槽滩中堰塞湖抢险现场。这里，巨大的滑坡体截断了公路，两侧高山滑下的巨石和泥土，堵塞了200多米长的河道。所有的爆破器材，是靠官兵们踩着乱石运到堰塞体顶部的。快傍晚了，官兵们对马槽滩中堰塞湖发起最后一击，在左岸低洼断面成功实施了抛掷爆破。周春清告诉我，这样的堰塞湖，除了自然条件差，技术处理并不难，只要爆破器材运上去，打好装药孔，人员安全撤离，实施爆破即可排险。

目睹了两个堰塞湖成功爆破，我很高兴，也很受鼓舞，表扬了十一支队"以部队冒险来排除群众风险"的大无畏精神。这么复杂的环境，不能不考虑到部队安全。嘱咐他们既要完成任务，又要注意防护，最大限度地做到不出现人员伤亡。天黑了，离开前，交代支队刘智勇政委每天向我报告排险情况。战况令人欣喜：第二天下午，他们分3次对马槽滩下堰塞湖成功实施爆破；5日下午，木瓜坪堰塞湖爆破成功；6日一整天，决胜马槽滩上堰塞湖。

刘智勇告诉我，后面的几个堰塞湖排险，他都在一线，最艰难的是木瓜坪，尽管那是个低危堰塞湖。那天上午，支队警务股股长李刚文带领的突击队挺进到到木瓜坪。眼前的情形是，由于山体滑坡，左边是光秃秃的山体绝壁，右边是大面积塌方体，而且随时都有再次滑坡的危险。排险工作面就在空间狭窄的堰塞体上，上游是不断上涨的石亭江水，下游是大约十几米高的斜坡，斜坡上散落着乱石，从坝体渗出的河水从高处向马槽滩上游飞泻而下。一旦发生余震，谁都无法藏身。那天，他们的任务是挖40多个1.5米深的深坑，确保能装足够的炸药炸掉堰塞体。突然，余震真得来了，左边山体升起滚滚烟尘，许多小石块伴着烟尘像下雨一样"扑通、扑通"掉到河里。右岸山，一块比磨盘大几倍的巨石，大概有几十吨，从山顶夹着大片碎石块，伴着烟尘，顺着六七十度的斜坡，在离官兵们前方20米左右的位置，呼啸着滚落下来，很多人被当时的情景吓坏了。戏剧般的一幕出现了，巨石滚动中与另一块巨石相撞，滚动路线发生改变，在距离一级士官陈涛大约10米左右的位置疯狂地冲入江中，激起七八米高的巨浪。刘智勇说，眼睁睁地瞅着，冒了一身冷汗，那是我的战士我的兵啊！躲过一劫，官兵们继续作业，下面的事情是要从悬崖上部把炸药吊送到底部。李刚文带头系上安全带，顺着长满青苔的崖壁，抓紧绳索，小心翼翼地往下移动。终于，他们完成了爆破前的一切准备。15时20分，木瓜坪堰塞湖爆破成功。

刘智勇还告诉我，整个排险过程，充满风险，也确实险情不断。6月4日下午，在准备爆除马槽滩下堰塞湖坝体时，因为余震，一个装有几十公斤炸药和雷管的箱包掉到江里，被湍急的江水冲向下游。情况万分紧急，如果发生爆炸，将对下游人民群众生命财产造成巨大损失。副大队长陈百国立即跳上车，沿江流一路狂追，在燕子岩不远处的江面发现箱包在江中不停地打漩。陈百国穿上救生衣，拉着安全绳，从垂直的山崖慢慢下到江边，分两次将炸药运送上来，雷管因为剧烈的碰撞有些已经变形。如果不及时排除险情，后果不堪设想。

像一幕接一幕的英雄活剧，6月6日晚，六个堰塞湖险情全部排除。一条江，六“盆”水，犹如六颗山里红串起的糖葫芦，一个接一个，对沿岸人民群众生命财产安全的威胁可想而知。排险过程如此周折、如此艰难，尽管不像唐家山堰塞湖排险风险那么高、威胁那么大、工程那么难，但同样意义非凡，可书可赞。

第十七章 挥师再发

自6月1日从唐家山上撤下来开始，我们最关心的事就是堰塞湖泄洪。大家都很有信心，因为万事俱备、只欠雨来。

说来也怪，前些日子，大家盼着天晴，直升机能够翱翔，部队可以施工。这几天，大家盼着下雨，下雨了，堰塞湖水涨起来，顶在灾区人民头上的那“盆”水就可以自然下泄。结果，老天又开了个玩笑。预报中的雨迟迟没有踪影。那几天，我们没事就要看天气预报，想起来就要瞅瞅天空。几乎天天碧空如洗，能见度都在20公里以上，云量都是0、2、3，天气好得不得了。

老天爷这次爽约，玩笑开大了！

刚刚从地震灾难中走出来，绵阳人民为了避“水深”之险，又陷入“火热”之中。5月底6月初的川西大地，开始进入高温模式。绵阳设置了274个避险安置点，20多万人疏散出来，吃喝拉撒睡都需要妥善安置。住在帐篷里，天晴时温度可达40℃，下雨时又非常潮湿，生病、中暑的人居高不下，日子难忍，很是煎熬。一直到6月4日，群众转移出来已经快10天了，唐家山那边还没有动静。此时的绵阳城炸开了锅，“老百姓怨声载道，再加上我们那一段基本上是实况直播，老百姓说一天到晚这个水才涨了1米多，现在还有6米高，你为什么还要转移？我们算这个水还有好多天才来，你这个傻瓜蛋。”一位绵阳市领导说，那段时间，他们被骂惨了。

6月6日一早，温家宝总理亲临我们设在北川的营地看望官兵。总理在讲话中指出：你们在这次唐家山堰塞湖的除险工作中立了大功，我代表党和政府向你们表示感谢和敬意！现在，群众头上这“盆”水还没有彻底除掉，危险随时都会发生。希望同志们发扬不怕疲劳、连续作战的作风，发扬不怕牺牲、艰苦努力的精神，时刻做好准备，迎接新的战斗，直到把所有的因地震造成的堰塞湖处理完毕，消除它的隐患，我们才算完成任务。我相信，同志们一定能做到这一点，一定能够完成好党和人民赋予我们的光荣使命。总理讲话后，我代表水电部队官兵表达决心：决不辜负党和人民的重托，誓死端下堰塞湖这“盆”水，坚决打赢抗震救灾这一仗！

尽管我们已经做了再上唐家山的准备，要求所有在山下的部队和机械设备，一律不动，原地待命，但还是低估了消除这个地震次生灾害的紧迫性。送走温家宝总理后，李光强同志由成都飞往云南，继续接洽招投标事宜。下午1点多，林友汉急迫地给我打电话，报告总参谋部葛振峰副总长和武警部队息中朝副司令员马上要上唐家山。我当即决定，通知部队，即刻行动，马上上山。扔下电话，立即赶赴机场。三四点钟，前前后后，葛振峰副总长，成都军区范晓光副司令员，武警部队息中朝副司令员，水利部矫勇副部长、刘宁总工程师，全都上了唐家山。

新华社军事记者李宣良，是随部队再上唐家山的记者之一。他以《四位将军在唐家山》为题，最早发布了消息：解放军副总参谋长葛振峰上将是此次抢险行动的总指挥。将军告诉记者，“这个‘官’是我自己要来的”。6月6日，陪同国务院总理温家宝考察完唐家山堰塞湖的险情后，葛振峰对温家宝说：“我就不走了，留下来抢险吧。”有过多次抢险救灾经验的葛振峰，深知“悬湖”的危险。“绝不能让地震灾区的群众再遭受水灾的威胁。”他说，“我对泄洪对下游36个乡镇的影响，做过精确的计算，比较熟悉情况。抢险行动要涉及武警、成都军区、济南军区等多支救灾部队，需要总部出面协调。”13时许得到温总理的“任命”，葛振峰在堤坝上当即就给成都军区副司令员范晓光中将、武警部队副司令员息中朝中将打电话部署任务。下午3点不到，两位中将就赶赴大坝。4点不到，武警水电部队的官兵就在政委贾方亮少将的带领下，上坝开始施工……大坝上，汇集了4位共和国将军。

那天的唐家山，刚刚还是烈日当空，马上乌云密布，顷刻间下起瓢泼大雨，所有的直升机停止飞行，任何物资运不上来。好在各方面领导和部队都已上山，老天也算帮忙。一下飞机，我就被淋了个湿透。顾不上这些，喊上林友汉和梁建忠，直奔堰塞湖察看水情，从导流渠进口一直走到出口，边走、边看、边研究恢复施工问题。在一顶帐篷里，我和孙来成、林友汉、梁建忠几个同志商议，定下马上要办的三件事：1.立即检修山上的机械设备，做好即刻开工准备；2.前期在山上，关于施工方案和组织，我们和水利部专家组商量后即可实施。现在，总参、成都军区、武警部队首长和水利部领导，全都在山上，所有人员必须服从统一指挥；3.尽快做好首长们在山上过夜的食宿准备。

那天，第二次登上唐家山的官兵有300多人。雨越下越大，堰塞体成了乱泥塘，到处泥泞，一片沼泽。我们的战士，真是可爱。他们没有雨衣，没有雨靴，没有任何避雨工具。一路人马检修设备，寂静了几天的唐家山，又恢复了机械轰鸣。一路人马从几天前留在唐家山上的物品中，收集发电机、炊具、食品、矿泉水和其他一切可以利用的物品。

雨下得如此之大，夜间显然不能施工。葛副总长、范副司令员、息副司令员、矫副部长、刘总工程师，我们几个挤在帐篷里，商量明天开工的事情。天黑下来，雨没有停的迹象。晚上，我们吃了一顿别有韵味的晚餐。三总队同志不知从哪儿找来一台发电机、一盏应急灯，还有一堆面包、香肠、榨菜、矿泉水。我告诉他们，再想办法搞一个电饭锅，首长们年龄大了，需要喝一点开水。范副司令员是个有心人，上山时带了一瓶酒，记不得是什么牌子了。我们把矿泉水瓶上半部削去做酒杯，伴着隆隆雷雨声，边聊边饮，尽管条件艰苦，但别有一番情趣。

这个具有纪念意义的集装箱，至今仍在唐家山上

晚上，住宿是个大问题。堰体上，大雨如注；帐篷里，满地泥泞。尽管战士们在帐篷外挖了排水沟，实际上解决不了多大问题。找块干一些的地面，垫些树枝乱草，铺上塑料布，战士们把自己的被褥拿来，就是领导们晚上休息的地方。9点多，雨停了。我陪葛副总长在帐篷周围巡视了一番。堰塞体上灯火点点，那是官兵们还在忙碌。首长问我，前面那个集装箱干什么用？我说，那是装物资的集装箱，前几天米—26吊上来的，现在是空的。首长说，那好，找几个战士收拾一下，今晚我就住在那里。于是，这个废旧的集装箱，成了被记者们称为“前线指挥所”的地方。

我自己在哪儿睡也是问题。晚上11点了，九支队政委徐强国跟我说，安排了一顶帐篷，铺位都弄好了，请政委早点休息吧。我说，今晚下这么大的雨，帐篷又少，战士们住得挤挤的。他们如果睡不好，明天还要施工抢险，哪来的精力？！我执意随便找个推土机，休息一下就行。那天晚上，我就睡在一台“东方红”推土机里。那是一种15吨左右的国产小型推土机，功率小，驾驶室空间更小，蜷在里面躺着很不舒服，加上堰体右侧唐家山上滚落的石块轰鸣不断，基本一夜未眠。

第十八章 决胜唐家山

6月7日，一早，晴空万里，一丝云都没有。

7时零8分，强忍了26天的堰塞湖的水开始进入导流渠，缓缓地，潺潺流淌。这是一个好消息，但不足以令人安心，因为流量太小了，按照这样的流速，不知什么时候才能把水位降下来。一早，陈雷部长乘直升机上来了。我们几位领导同志围坐在堰体上，研究如何加大下泄流量。也曾有过不同意见的争论，最后确定的方案是“扩容”，即：沿原导流渠左侧继续挖宽、挖深，同时在其出口100米向内侧河床斜挖分流槽，避开导流渠里阻碍水流的巨石，以增大泄流量，形成冲刷力，尽快放掉这“盆”水。分流槽开挖深度为海拔高程735米，比导流渠深约5米。

6月7日，领导同志在唐家山上研究加快排险进度

10点多，一总队总队长刘松林、政委王军带领107名官兵再次“杀”回唐家山。一场向唐家山堰塞湖发起总攻的战斗打响了！

重新“杀”回唐家山的官兵们

坝后抢险工作面是一个不到500平方米的地方，施工难度很大。尤其是导流渠过水不断加大，水流冲刷着左侧施工面，形成的陡坡极易坍塌，山体右侧又不断有石块滚落。官兵们冒着生命危险，采取10台挖掘机在坝后左侧上部开挖，11台推土机在坝后下部并排将土石方推至河床的施工办法，一刻不停地施工作业。一个意想不到的情况出现了：新开挖的分流槽发现渗水，出现一条明显裂缝，施工被迫停止，大型设备撤离危险区域。专家们紧急勘察磋商，认为裂缝是局部的，是开挖震动和土质不均造成的，不影响施工，决定继续开挖。

堰塞湖的水缓缓地流过导流渠，新开挖的分流槽一点一点向前延伸，人和水在赛跑。泛着绿色的堰塞湖，水面满是漂浮物。山体滑坡摧毁的两个村庄的乱木、房架、连根拔起的硕大树木、上游飘来的木头、杂草和生活垃圾，被不断来水的力量推动着，横七竖八地壅堵在进水口，阻碍着泄洪的流量。官兵们在专家指导下实施爆破，击碎、分解大的漂浮物，不时激起的浪花高达10多米。小的堆积物只能由人来处置，官兵们想尽了办法，站在堰体边清不出来，他们就下水捞。徐强国身绑背包绳第一个跳进湖里，一次就捞出浮木10多根。

那两天，几位领导同志没有踏踏实实坐下过。乱石嶙峋的堰体上，他们每天都要走上几十个来回。早上，天还没亮，就蹲在导流渠的堤岸边，水流速度的每一点变化，都让他们牵挂在心。白天，站在导流渠旁指挥部队施工，围着挖掘机、推土机跑前跑后；晚上，累了一天的官兵们倒头进入梦乡，他们还在总结、评估当天的施工效果，研究明天的工作部署。夜深了，有时干脆坐在堰顶上，拿着可以照1000米的军用手电筒，像是在欣赏月光下的景色，实际是在静静地观察泄流情况。

大战正酣，堰塞顶上的人很多。除了领导同志外，水利部专家组，解放军官兵，我们一、三总队，还有各方面的保障人员、新闻记者，足有七八百人。8日上午，息副司令员跟我说：山上的人太多了，除必要的施工和保障人员外，要想办法撤下去一些。说实话，动员部队上山我不发愁，现在要求一些同志撤下去确实有些犯难。我理解他们的心情，正是抢险较劲的时候，也是为人民立功的时候，谁都想为唐家山堰塞湖抢险多做一点贡献。这个时候，叫谁下去谁都会服从，但心里肯定不会太愉快。想了很久，考虑到各方面领导都在山上，现场的总队、支队领导力量足够强，尤其是李光强同志又从云南匆匆赶回上了山，我决定自己带头下山。我想，作为指挥员，需要时冲在前面是责任，必要时向后靠一靠也是担当。把考虑到的事情做了交代后，当天中午我就下了山。

唐家山上的施工条件异常艰苦，官兵们是这样休息的

人在山下，心在山上。好在中央电视台新闻频道全程直播唐家山堰塞湖泄洪，四川移动公司专门在唐家山上建立了基站，开通信道37个。有了这些条件，我不时坐在电视机前收看直播实况，随时与山上的同志联系，了解抢险进展情况。

6月9日，又是一场大雨，进入导流渠的湖水不断向坝体内浸蚀，堰塞湖溃坝的几率越来越大。以目前施工的速度，还不能完全解除对下游群众和抢险官兵的威胁。领导和专家们反复研究，决定双管齐下，爆破、施工并举，在增大现有导流渠深度和宽度的同时，加快分流槽的开挖进度，争取使两条泄洪渠尽早汇合。解放军某部工兵团的几十名官兵紧急上山了，他们携带的是82无后坐力炮、40火箭筒和高性能TNT炸药。在范晓光副司令员亲自指挥下，导流渠里几块突兀的巨石，瞬间被炸得粉碎。那时，社会上流传所谓“炸坝”的传闻。其实，唐家山堰塞体不具备大规模爆破的条件，稍有不慎，就会引起严重的塌方和滑坡。实际运用的是机械开挖与小规模爆破相结合，以扩宽加深导流渠，加快泄洪速度。所有的爆破行动，都是专家们精确计算的。傍晚，导流渠泄流效果明显，流量达每秒80.8立方米，分流槽工程停止施工。

准备炮击导流渠中突兀的巨石

6月10日——惊心动魄的一天，也是难忘的一天：

1时，导流渠过流量不断增大，已达每秒200立方米，堰塞湖水位明显下降，标志着泄洪工程初见成效。5时，过流速度每秒约800立方米左右，是前日同一时间每秒30立方米的26倍多，潺潺的细流变成了浊浪翻滚的大江。9时，在洪水冲刷下，导流渠水流越来越大，浑黄的湖水奔腾而出，波涛汹涌，犹如黄河壶口瀑布一样壮观。12时，平均下泄流量达每秒6500立方米，意味着堰塞湖过流达到峰值流量。两岸间的石块、泥土不断被卷入水中，奔流而下。

站在山顶往下看，导流渠宛如一条黄龙，以几何量级增长的洪峰，沿着湔江，向北川飞泻而去。洪峰进入北川县城，拐了个“S”型弯，无一人员伤亡！向南涌去，通口电站经受住了考验！再拐个弯，到达李白故里青莲镇，太白祠等文物古迹有惊无险！出青莲大桥汇入涪江逼近九岭镇，兰成渝成品油输油管线未遭损毁！抵达绵阳市郊，宝成铁路涪江大桥岿然不动！冲入绵阳城，过了富乐山，全市百万人民安然无恙！

这是人们盼望已久的安全泄洪！这是一次按照人们意愿的科学泄洪！这是一次让绵阳及其下游100多万人民群众从恐慌、不安、焦虑，恢复到平静、安宁、理解的泄洪！

6月10日，惊心动魄的泄洪

17时，堰塞湖水位下降30多米，泄出1.6亿立方米，容量下降到9300万立方米，水位高程降低到715.40米，比720米的安全线还低5米。葛副总长抑制不住激动的心情，用海事卫星电话向国务委员、国务院秘书长马凯报告：上游势如破竹，下游排江倒海，两岸固若金汤。陈雷部长说，从目前的分流实际效果看，泄流方案是原来的设计方案和专家分析的各种可能性里最好的一种。

18时30分，绵阳市政府发布通告：唐家山下游通口河以下地区全部解除橙色预警，像梦魇般顶在绵阳头上的这“盆”水终于端掉了。喜讯传来，人们从帐篷或是简易棚里走出来，涌向湍急流淌的涪江边。他们终于可以回家了。回家——是那些日子他们最大的期盼，意味着不再忧心、不再恐惧，可以放心地再建美好家园。

该是告别的时候了。6月10日上午10时，抢险官兵紧急收拢集合，准备撤离现场。那天，所有的空中航线为唐家山让路，以确保空域安全。10时15分，随着一架S—70C直升机缓缓降落坝顶，15名水电部队官兵鱼贯而上，唐家山大撤离拉开序幕。至此，堰塞湖抢险尘埃落定。

6月10日的泄洪，中央电视台全程直播。被隔挡了20多天的堰塞湖水，顺着导流渠，先是涓涓细流，转眼间咆哮起来，犹如惊涛骇浪，奔腾不息。50多米宽、10多米深的导流渠被冲刷的越来越宽、越来越深。导流渠的后端原本是一个陡坡，停放在这里的几台不能启用的机械设备，随着水流的剥蚀，慢慢地没有了立足之地，一台、两台、三台……相继落入洪峰中，好像孩子们的玩具，瞬间被冲得无影无踪。北京有的同志给我打电话，说赶紧跟指挥部领导讲一讲，把那些机械设备弄走，要不多可惜啊！我乐了，告诉他：1.这些设备空运到山上就有故障，谁也开不动，谁也没法修；2.米—26耗油惊人，每小时2.5吨，使用成本很高，动用1小时费用就是13万人民币，远比一台设备的代价高得多；3.现在洪峰汹涌，人命关天，没有必要冒这个险；4.能够继续使用的32台履带式挖掘机和推土机，已经停放在安全地带。这位老友明白了，一再嘱我多保重，又急着看直播去了。

即将离开唐家山，就要告别堰塞湖了。一瞬间，曾经显得那么狰狞的这山、这水，变得似乎可爱了，令人依依不舍。从5月21日起，至6月10日，整整21个难忘的昼夜，这里，洒下了英雄们多少血性的汗水，留下来他们多少玩命的足迹。他们是：来自全国各地的工程技术人员和专家，武警水电部队和解放军部队官兵，绵阳市各级领导和广大人民群众。万众一心，众志成城。正是在这里，他们创造了世界上处理大型堰塞湖的奇迹。

唐家山堰塞湖下游泄洪

最后一架直升机飞走了，湔江的水恢复了往日的节奏，平和地流淌着，仿佛是在诉说它曾经经历的波澜，诉说发生在唐家山上的那些故事。从此，它再也停不下自己的脚步……

第十九章 使命高擎在头顶

6月下旬，我回到了北京。回想5·12汶川地震抗震救灾的一个多月，用什么能够概括水电部队的担当和作为？想起了在灾区我们叫响的一句口号——

使命高于一切，

完成任务第一！

5·12大地震，水电部队全过程、全地域、全样式地参加了感天动地的抗震救灾。全过程，是指地震发生后的第一时间，官兵们就疾驶蓥华镇、青城后山、汉源县城等各个方向抢险救人，一直到处理汉旺镇防洪堤坝、恢复重建映秀湾电站，历时长达一年多。全地域，是指官兵们的足迹踏遍了广大灾区。从都江堰到什邡，从汶川到北川，从汉源到平武，跨越6个地级市、14个县（市）。被地震摧残的川西大地，到处留下了他们无畏的身影和艰辛的汗水。全样式，是指拯救生命、安置群众、抢通道路、处理堰塞湖、恢复重建等的各种抗震救灾任务，他们都冲在第一线。哪里有灾情，他们就出现在哪里；哪里最艰苦，他们就战斗在哪里。把人民的利益举过头顶，把自身的安危置之度外，把艰难和困苦踩在脚下，是他们的铮铮誓言，更是他们的自觉行动。

哪里有呼唤，官兵们就冲向哪里！

震后两个多月，我们进行抗震救灾总结。我把水电部队的抢险历程概括为6个字：救人、抢路、端水。

救人，是用生命拯救生命。生命是最宝贵的。地震发生后，救人刻不容缓。那么多人埋压在废墟下、泥石中，无助，期盼，最后是绝望。生命的生理极限是72小时，救援者能不能在这个黄金时限赶到现场，生死攸关。部队救人不容易，每救出一个生命，官兵们都会激动不已。因为绝大多数部队不在灾难发生的第一现场。震后第一时间，能够营救出的人，周围群众都救了。部队到达时，最需要他们施救的，往往是群众没有能力营救的，诸如中小学校那些人员密集、建筑物高大的深度废墟下的人们，况且他们没有第一时间的优势，拯救生命难上加难。5·12抗震救灾，水电部队营救出生还者18人，解救被困群众238人，挖出遇难者尸体224具，转移疏散群众11700多人。我做过计算，四支队在汉源老城抢险救人，时间是12日16时，震后1个半小时；十一支队到达蓥华中学，时间是13日零点5分，震后9个半小时；十支队到达湔氐中学，时间是13日2时，震后11个多小时；十一支队进入青城后山营救被困群众，时间是14日16时，震后50个小时。三总队驻地在成都，包括一总队在内的一些项目分布在四川，距抢险救人现场最远距离不超过300公里，闻灾而动，赢得了宝贵时间，他们才会有所作为。还有一个重要因素，水电部队具有装备优势和抢险经验。抢险最需要的挖掘机、推土机、各种起吊设备等，每个支队都有装备，在刻不容缓的救灾现场，加上他们懂得工程、了解抢险，因而能够大显身手。所以这一切，人的因素是最重要的。官兵们把人民的冷暖安危放在心上，当身陷危难之中的人们在呼唤，他们挺身而出，冒着余震，不顾危险，奋死相救。在人民最需要的时候和最需要的地方，演出了生命大救援的动人一幕。

抢路，是与灾难抢夺生命通道。我对唐诗《蜀道难》有些偏爱，喜欢诗中描写的蜀道峥嵘、突兀、强悍、崎岖等奇丽惊险和不可凌越的气势磅礴。我也曾到过秦岭主峰太白山，到过被称为“蜀北屏障、两川咽喉”的剑阁关，走过大秦岭的牛马道，感受过古时“蜀道之难难于上青天，使人听此凋朱颜”。参加5·12汶川地震抗震救灾，我才真正体验到，即使在今天，蜀道之难和蜀道为什么难，知道了川西的路比蜀道更难。我曾经讲过，同唐山地震抗震救灾相比，现在的抢险救灾，

向党旗宣誓

难在路上，险在路上。地震发生后，水电部队官兵打通了理县古尔沟至汶川、汶川至草坡乡、汶川至茂县、紫坪铺至龙池、紫坪铺至虹口、都江堰至青城后山、什邡红白镇至峡马口村、平武县城至平通镇、绵竹汉旺镇至天池乡等9条道路，共计286公里的生命线。这几条路，都是在山区，都是因为山体坍塌摧毁或是掩埋了道路。路，意味着什么？我说，一头连着时间，一头牵着生命，有了路就有了希望。那些日子，有几条道路抢险我到过现场，深知其艰难和不易。数百数千方的滑坡体，数千数万吨重的巨石，一股脑儿地横在道路上，即使科技高度发达的今天，也让人感到无奈，唯一的办法是工程施工，推、挖、炸。可怕的是，灾区的路往往是山路，有山才有路，路与山相连，余震频繁，落石不断。官兵们是在玩命地苦干，一米一米地向前推进。从抗震救灾的全局看，抢通道路的价值，不亚于废墟下救人，不逊于端掉堰塞湖。

端水，是与地震次生灾害威胁英勇抗争。水患无情人有情。5·12地震抗震救灾，水电部队端掉了22个堰塞湖，足迹留在大小6条江河上。北川湔江上的唐家山堰塞湖，牵动全局，举国关注，是列为“1号

向堰塞体进发

风险”的极高危堰塞湖。就其处置难度而言，这是一个世界级的排险工程。我查过资料，世界上每年都有堰塞湖产生，无论是地震堰塞湖、火山堰塞湖，还是熔岩堰塞湖、冰碛堰塞湖，处置起来都是难题。像唐家山堰塞湖地形那么复杂、蓄水量那么大、威胁人口那么多，举世罕见。为了端掉这“盆”水，官兵们面对巨大风险，迎难而上，发挥优势，死打硬拼，两次鏖战11个昼夜，超额完成了国务院抗震救灾总指挥部确定的高标准方案目标，消除了5·12地震次生灾害的一个特大威胁，创造了世界上治理大型堰塞湖的奇迹，以实际行动践行了人民军队为人民的铮铮誓言。除此之外，还有绵竹绵远河、什邡石亭江上那两串“糖葫芦”，再加上北川复兴河上的唐家湾、红岩、罐子铺堰塞湖，青川青竹江上的东河口、红石河、石板沟堰塞湖，平武石坎河上的马鞍山堰塞湖等。22个堰塞湖，地形各异，大小不一，威胁有别，最小的也威胁到几万人的生命财产安全。端掉这22“盆”水，几乎同一时期展开，多点布局，全线推进，涉及兵力使用、设备调配、物资保障、各方协调，尤其是一些部队不断转场、连续作战，从绵远河转战唐家山，又从唐家山转战石亭江，对整个部队不能不是严峻的考验。最终，我们向党和人民交出了一份合格的答卷。

唐家山堰塞湖抢险，创造了世界上治理大型堰塞湖的奇迹

5·12抗震救灾的日日夜夜，最令我动情的是那些年轻的战士们。他们的纯真质朴，他们的奉献挚着，他们的血性勇气，展现了新一代最可爱的人的风采——

5月30日上午，4名武警院校考生受命撤离唐家山抢险一线，回部队参加军队院校招生考试，他们是：班长潘勇、廖良相，战士霍界龙、汪正彬。他们都是在抗震救灾一线战斗了17个日夜的突击队员。直升机起飞时，4名考生双眼紧盯着唐家山上火热的抢险施工场面，心中默默地为战友们祝福。令他们意想不到的是，同乘一架直升机返回绵阳的还有水利部部长陈雷。陈部长得知情况后，在直升机上与他们亲切交谈，问他们考试复习的如何？离考试时间还有多少天？一旁的同志告诉陈部长，他们只有一个星期的复习时间，抢险耽误了他们的文化知识复习。还介绍道，他们是徒步背炸药登上唐家山的。陈部长动情地说："你们辛苦了，向你们表示感谢！"并当场指示水利部的同志，一定要好好宣扬他们的事迹和精神。随后，又同4名考生在机上合影留念。下机后，在停机坪，陈雷部长还同4名考生一一握手，叮嘱他们，"战场

转考场，祝你们取得好成绩！”当年，考试结果出来，4名考生全都榜上无名。总队领导问过他们，抗震救灾影响了你们复习考试，或许影响了你们一生，你们后悔吗？他们说：当兵赶上了唐家山堰塞湖抢险，这和参战一样光荣，也是一生宝贵的历练，从来没有想过后悔什么。

十一支队6中队战士陈国乐，是一名技术娴熟的操作手。在映秀清理废墟时，只要报方量，他的心情就好；报挖掘出的遗体数字时，心情就特别沉重。他说，最害怕前方指挥员喊“停！停！……前方有遇难者的遗体。那个时候，心都在颤抖。”5月24日下午，6中队奉命清理埋有大量现金和贵重物品的农业银行金库。小陈操纵着挖掘机，一铲，两铲……当铲斗提升起来时，里面满是百元大钞。围观的人群骚动起来，现场有些混乱。指挥员立即布置封锁现场，加强警戒。小陈稳稳地下铲，为多保留一张完整的钱币，战友们不顾被病菌感染的风险，在废墟中细细挑选，哪怕是一枚硬币也不放过，为的是将国家的损失降到最小。从中午到晚上，经过10多个小时的奋战，他们从银行金库中抢挖出现金142余万元、保险柜6个、笔记本电脑两台、防暴枪一支、子弹13发，及大量的账本、支票。经多方清点，封存后移交给四川省农业银行，并签署了移交清单。

鲜艳的抢险突击队旗帜飘扬在唐家山上

地震发生时，三支队士官廖超正在绵阳安县黄土镇的家中休假。地震袭来时，眼前的房屋、电线杆不停地摇晃、倒塌，四周到处是惊魂的巨响。刚才还支撑着天伦之乐的家，瞬间已是一片废墟。震感稍停，他简单地安抚了受伤的家人，冲出门外，义无反顾地投入了当地的抗震救灾。从安县到北川，整整6天6夜，他和救灾的人们一起，安全转移伤员、灾民400多人，直到18日解放军部队大规模到达后，他才一身疲倦地回家看了看。

……

在成都召开的抗震救灾会议，统一思想，明确任务

实事求是地讲，5·12汶川抗震救灾，水电部队圆满完成了任务，仗打得不错。伴随期间的，是各级指挥员率先垂范的模范作用，是强有力的政治工作。作为党委书记、政治委员，政治工作是我的职责，也是我始终关注的问题。在灾区一线，任务紧迫在身，开个会不容易。即便如此，我们还是抓时间、找机会，在成都召开过抗震救灾政治工作会议，在唐家山脚下帐篷里开过抗震救灾一线团以上干部会议。几次会议，我们突出强调了八个“十分注意”。即：十分注意讲政治、顾大局，

十分注意荣誉问题，十分注意团结协作，十分注意群众纪律，十分注意报领损耗补偿，十分注意新闻宣传，十分注意安全稳定，十分注意管控部队。实践证明，这不是些小问题，关系到抢险工作的指导思想，也关系到部队的风气。

5·12汶川抗震救灾这一页已经翻过。作为人民军队来说，参加抢险救灾这样的非战争形态的军事行动，是随时可能遇到的任务，近似打仗，又毕竟不是打仗。把听党指挥、能打胜仗、作风优良的要求，落实到今后参加诸如抗震救灾这样的行动中，我想，有许多重要的问题需要认真思索。

1944年，毛泽东在张思德追悼会上讲过：要奋斗就会有牺牲，死人的事是经常发生的。这是至理名言。抗震救灾如同打仗，复杂的地势、水势，艰苦的环境和条件，随时都有人员伤亡的可能。汶川地震抢险，大都是在山区，高山林立，山石嶙峋，余震不断，危险性大于唐山抗震救灾。在灾区，我常讲的一句话是：我们是来救人的，不能没有救人先让群众来救我们。在确保完成任务的前提下，应该采取一切手段和措施，最大限度地保证官兵生命安全。还是唐家山堰塞湖危急的时候，5月25日，上千名官兵徒步背上去10多吨炸药。第二天天气转好，直升机山上山下一天飞行几十个架次，堆在坝体上的炸药是个巨大隐患。我几次打电话，强硬地告诉山上指挥员，必须马上安排人员，把炸药转移到离坝体较远的山上去。因为直升机安全系数毕竟不同于民航客机，又是在高山峻岭中低空飞行，一旦在坝体上发生事故引爆炸药，后果将是灾难性的。这是安全工作应该考虑的事情，没有必要做出无谓的牺牲。安全问题一时一刻忽视不得，但安全与使命相比，使命重于泰山。由使命所决定，完成任务是第一位的。地震袭来，那么多群众被埋压在废墟下，那么多百姓面临死亡的威胁。在人民危难之际、呼唤之时，如果一味保安全，不敢冲上去，延误了时间，就是耽搁了生命，就是最大的失职，还要我们这支军队干什么？即使零伤亡，也是毫无意义的安全。军队要有血性，必要时就要敢于见红、见血。作为领导

在抗震救灾一线，与总队、支队领导研究抢险行动

干部，拿捏好这个问题很重要。使命高于一切、完成任务第一的口号，就是基于这样的考虑提出来的。我们强调，只要人民需要、救灾需要，不惜代价，不怕牺牲，拿出血性，英勇向前。水电部队的官兵们，就是以这样的自觉和勇气，打了一个个大仗，啃下了一个个硬骨头，圆满完成了党和人民赋予的任务。与此同时，整个抗震救灾中，全部队未亡一人，我从心里感到欣慰和自豪。

抗震救灾，以拯救人民为己任，这是子弟兵的职责，也是荣誉。军队要讲荣誉，荣誉感是军队和军人血性的表现。古往今来，没有荣誉感的部队是不可能打胜仗的。讲荣誉，就要面对一个现实的问题：突发事件，各方面关注；救人抢险，立功受奖的概率比平时多。这个时候，容易争功、争奖、争荣誉。个人会争，有些单位也会争。弄不好就会好大喜功，欺上瞒下，弄虚作假。政治工作的责任，就要教育部队算好账、记好账。唐家山堰塞湖排险任务圆满完成后，党和人民给了我们很高的荣誉。胡锦涛总书记作出重要批示，温家宝总理亲临现场激励，国务院颁发贺电，水利部、四川省委省政府、阿坝州委州政府、绵阳市委市政府、国家电网公司、华能集团分别发来感谢信，武警部队颁布嘉奖令并致贺电，四川省5·12汶川抗震救灾指挥部致信为我们请功。荣誉面前，我们强调，端下唐家山堰塞湖这“盆”水，创造了世界上处理大型堰塞湖的奇迹，是军队和地方之间、解放军和武警之间、水电部队与兄弟部队之间团结协作打得一场联合战役。荣誉和成绩，归功于党中央、国务院、中央军委的英明决策，归功于四川省委、省政府和水利部的精心筹划、有力指导，归功于武警部队党委、首长及时有力的领导，归功于成都军区、空军和陆航部队的鼎力配合、团结协作，归功于灾区人民的大力支持。在党和人民需要的时候，为人民排忧解难是水电部队的职责和本分。我们在救灾中做了一点工作、取得一些成绩后，一定要保持清醒头脑，善于从政治上想问题、从大局上看问题。不仅能在抗震救灾中啃硬骨头、敢打硬仗，更要做到政治强、风气正、形象好。我一直认为，及时敲打提醒，保持谦虚谨慎，不能把账算错了、记错了，更不能居功自傲、推过揽功、争功争奖，这就是政治工作。对一支部队来说，这是个风气问题；对一个干部来说，这是个品质问题。在荣誉面前，最能检验风气，最能看出人品。

抗震救灾中的新闻宣传，对于公众及时、透明地了解灾情和救灾进展，激励军民万众一心战胜自然灾害，具有重要意义。这些年，各级越来越重视新闻宣传，这不是坏事。但作为领导，不能把新闻宣传搞过了头、走向它的反面，不能倡导抢新闻、抢头条、抢镜头、抢画面。抗震救灾，是履行使命、解危济困的战场，不是张扬名声、攫取功利的舞台。唐山抗震救灾时，尽管那个年代搞了不少“左”的东西，但就部队的救灾行动而言，在与死神争夺生命的战场上，更多关注的不是形式而是内容，是生命的内容。我们汽车连36台车，没有挂过一面彩旗、贴过一幅标语，白色的军车车牌，足以告诉人们这就是抗震救灾部队。我们配署的46师是一支老部队，历史渊源可以追溯到南昌起义和井冈山斗争时期。其中，136团是个红军团，有“红一连”“红五连”“红九连”等5个红军连队。长达两个多月的抗震救灾，他们没有打一面诸如“红军团”、“红军连”的旗子，没有挂一幅“×××部队来了”的横幅。后来不知为什么，在那样一个关乎生死的场景中，有那么多彩旗、标语和口号，有那么多的照相机、摄像机围着领导转。我们强调，抗震救灾新闻宣传，要把握好“度”，着眼点放在鼓舞激励部队为抗震救灾多做贡献上，重心放在宣传为抗震救灾作出突出贡献的人和事上、放在广大基层官兵身上、放在工程技术专业人员身上。不能着意炒作新闻，更不能抢新闻。领导干部要少出镜，慎重接触媒体，不能突出个人，更不能把新闻宣传作为加官晋爵的“敲门砖”。军队工作，无论平时还是战时，无论救灾还是打仗，贵在一个“实”字，实干，实训，实战。回顾5·12汶川抗震救灾的整个过程，在当时的情况下，这个问题解决起来并不容易。

历经磨难，千回百转，蓦然回首，许多事情不能不使人思绪万千。

第三篇

从唐山到汶川

从唐山到汶川，回眸相隔32年的那一段段往事，悲痛和感动的泪水相互交织，像梦一般遥远。在历史的长河中，这仅仅是短暂的一瞬间，但对于社会主义中国来说，却是不平凡的32年，转变，跨越，腾飞，岁月如歌。

时今，唐山地震时呱呱坠地的婴儿已经步入中年，汶川地震时还懵懵懂懂的少年也已长成风度翩翩的青年。站在新的历史起点上，回眸唐山，凝望汶川，深深的追忆之后，又会有一些深深的思索。思索不仅仅是为了纪念，更多的是为了勿忘昨日的艰难辉煌，无愧今天的使命担当，不负明天的复兴梦想。

第一章 生命至上

天地之间，人为大。在一切价值中，人的价值是第一位的。“人的根本就是人本身”，这是马克思关于人的最高价值观。

地震是天灾，抗震救灾是人同自然灾害的斗争。说到底，又是为拯救生命而搏，既是为拯救身陷危难中的人们，又是为幸存的人们创造太阳重新升起的明天。灾难来袭，救人为本，拯救生命是压倒一切的，不需要附加更多的政治因素和政治条件。因为生命只有一次，生命至高无上。

唐山地震发生在现代中国重大转折的1976年，那是一个多灾之年，也是一个多事之秋。地震造成的伤亡不仅几倍于后来的汶川地震，更发生在京津唐这样的中国政治中心地带。当时，正值“文化大革命”后期，也是全局性的“左”倾错误影响最为严重的时候。那一年，周恩来、朱德、毛泽东三位伟人相继去世。在特殊历史条件下进行的唐山抗震救灾，正如刘华清同志在回忆录中所说，“地震是天灾。显而易见的是，人祸加重了天灾”；“这场天灾，也使人们看清了人祸的根源。”

追忆唐山，那时的抗震救灾有个“纲”，即以阶级斗争为纲。“不管东震西震，不能冲淡批邓”，“批邓是第一位的”，“不能用抗震压批邓”。“四人帮”曾经讲，“整个唐山才100万人口，全国有8亿人口，有960万平方公里，抹掉个唐山算得了什么！”在这种观念和逻辑中，生命必须从属于“政治”，救灾必须服从于“阶级斗争”。这就形成了当时“地动山摇，以阶级斗争为纲不动摇；千忙万忙，批邓反右斗争不能忘”的政治环境和舆论氛围。我还保留着一份唐山抗震救灾时的经验材料，标注的时间是1976年9月16日。材料是这样介绍经验的：在严重的阶级斗争面前，要不要、敢不敢站出来同党内资产阶级进行针锋相对的斗争，这是当时摆在我们面前的严峻考验。正当我们准备参加这场战斗的时候，一股股阴风向我们扑面而来。矿里那个走资派散布说：“现在一切为了排水，其他问题以后再说。”还有人说：“现在还抓什么阶级斗争，排水就是纲”。这些说法提出的实质问题，就是承不承认有阶级斗争，承不承认资产阶级就在党内？大家讨论认为：现在有人说一切为了排水，排水就是纲，这是用人与自然的矛盾掩盖阶级斗争这个主要矛盾；用地震这个危险来抹煞修正主义是最主要的危险；用排水这件急事来取消批邓这件大事。大家还认为：那个走资派过去号称自己抓生产有一套。他搞的那一套究竟是马列主义的，还是修正主义的？工人们把他搞的这套同邓小平的修正主义路线加以对照，从而看到，他提出的“排水就是一切”，否定阶级斗争为纲，否定党的基本路线，同邓小平抛出的“一切为了现代化”的修正主义口号差不多，是排水中的“白猫黑猫论”。他迷信专家，反对工人参加管理，和邓小平鼓吹的“依靠工农兵是相对的”反动谬论差不多。他在排水中专当伸手派，单纯依赖外援，反对自力更生的原则，同邓小平的官僚买办资产阶级经济思想差不多。

我还有一些唐山抗震救灾时拍摄的照片，反映的是军民在废墟上召开大批判会，在帐篷里举办政治夜校，在田野里开学习小靳庄赛诗会等。许多同志问：那个时候了，你们不去救人救灾，开那么多学习会、批判会干什么？实际上，那时在唐山，尽管不断强调以阶级斗争为纲，广大军民却管不了那么多。他们知道，此时此刻，拯救废墟下的生命，高于一切、大过一切、急于一切。江河痉挛，物毁人亡。在人间悲剧让人痛彻心扉的时候，一方面“左”的思想肆意横行，一方面广大军民奋力抢险救人，是那个时候的历史真实。

近百年来，中国有太多的灾难和由灾难带来的苦难，被遮蔽在人们的记忆之外。这不是理性的必然。在唐山，我们亲眼目睹了地震所摧毁的一切，从废墟瓦砾中挖出无数具尸体，又一车一车拉到郊外掩埋。这场灾难到底夺去了多少人的生命、毁灭了多少个家庭、坍塌了多少间房屋、造成了多么大的损失，举国关注，世界关注，我们更是关注。然而，那时，有关这些方面的数字和细节一直扑朔迷离。许多同志问我，我也只能无言以对。直到地震过去3年多——1979年11月，新华社才发布唐山地震死亡人数的消息：在1976年7月28日发生的唐山大地震中，总共死亡24万2千多人，重伤16万4千多人。这两个数字是唐山、天津、北京地区在那次地震中死伤人数的累计。这是11月17日至22日在这里（大连）举行的中国地震学会成立大会上宣布的。唐山地震的震级为7.8级，震中烈度为11度。地震发生的地点是人口密集的工业区，发生的时间是3点42分56秒（北京时间），正当人们沉睡的时候。地震部门事先未能发出预报。由于这些原因，它所造成的损失是很严重的。

媒体报道是唐山抗震救灾政治生态的晴雨表。当时没有互联网，看不到电视，只有报纸和广播。那时所有的救灾报道，没有具体的灾情，没有灾难现场的照片，“人定胜天”和“以阶级斗争为纲抗震救灾”，是灾难叙事的主要内容。中央人民广播电台有位老记者回忆：当时规定，地震的报道要尽量少；严禁报道伤亡人数、财产损失情况，不报道灾情的严重性、残酷性；重点报道抗震不忘“批邓”、“反右倾翻案风”……灾难不是新闻，抗灾救灾才是新闻，这种灾难报道思维，是以牺牲受众知情权为代价的。震后第一个月，数万遇难者还被埋在废墟下，上百万群众无家可归，几十万救灾大军正在拼命抢险。这是抗震救灾最艰难的一个月，也是全国人民最揪心的一个月。期间，《人民日报》刊发抗震救灾新闻，平均不足每天两篇。一个多月的发稿量，大体相当于后来汶川抗震救灾时两天的发稿量。而同一时间刊发批邓、反击右倾翻案风稿件216篇，是抗震救灾报道的3倍多。即使救灾报道，大多也是以阶级斗争为纲。比如，7月29日，即地震发生第2天，刊发新华社通稿《灾区人民在毛主席革命路线指引下发扬人定胜天的革命精神抗震救灾》。这则权威性的报道，对灾情只用“震中地区遭到不同程度的损失”一句话带过。7月30日——震后第三天，头版头条竟是与抗震救灾毫无关联的《毛主席的光辉指示照亮了共大前进道路——江西共产主义劳动大学在斗争中成长》。8月1日，第二版才有抗震救灾的报道，内容却是《十二级台风刮不倒，七级地震震不垮——小靳庄人民在抗灾斗争中胜利前进》，反映的是这个村庄“正以阶级斗争为纲，坚持党的基本路线，反击右倾翻案风，搞好抗震救灾工作，大震大干促进大变化！”8月11日，发表社论《深入批邓 抗震救灾》，提出：解放以来的历史事实证明，每当出现严重自然灾害的时候，也是两个阶级、两条道路、两条路线斗争激烈的时候。党内机会主义路线的头子，总是妄图利用自然灾害造成暂时的困难，扭转革命方向，复辟资本主义。8月15日，刊发通讯《解放军某部“红一连”和灾区人民一起深入批邓同修正主义路线对着干》，强调“抗震救灾工作绝不能只管粮和房，不管线和纲”。8月27日，通讯《唐山机车车辆厂抗震救灾现场的一次批邓会》，提出“地震震倒了房子，但不能震断我们思想上阶级斗争这根弦”。9月7日，发表社论《抓批邓 促生产》，强调“在任何情况下都坚持抓革命、促生产的方针，摆正批邓、生产、抗震的关系。用批邓带动生产和抗震。”“20多年来，我国的社会主义建设，不但是在同阶级敌人，特别是同党内资产阶级作斗争中，而且是在同自然灾害造成的困难作斗争中发展起来的。现在，个别地区发生了地震，多少一点困难怕什么。”

那时候，几十万人被埋在废墟下。为了生命，我们在拼死拼活地奋战，尽管不知道废墟下的人的名字和他们曾经的生活状态，但我们知道，他们是我们的同胞，在某个时空上是我们的兄弟姐妹。突如其来的大地震，使这些鲜活的生命成批成批的消殒，令人痛不欲生。然而，体味那段历史中的媒体，面对24万人失去生命，为什么会如此冷漠？一座工业城市毁于一旦，仅仅是“多少一点困难”？！

从唐山到汶川，尽管地震仍是人类社会无解的自然灾害，但时代在发展、社会在进步，我们党的面貌、国家的面貌发生了巨大变化。与32年前的唐山抗震救灾相比，5·12汶川地震所展开的救援行动，以救人为核心，以关爱生命为主旨，凸显了32年间中国社会最激动人心的发展变化。

发生在汶川的里氏8.0级特大地震，是新中国成立以来危害程度最大的一次地震，其破坏性之强、波及范围之广、救灾难度之大，远远超过了唐山地震。突如其来的巨大危机考验面前，党和政府把以人为本作为最高准则，把挽救人的生命作为重中之重，反应之敏捷、行动之迅速、部署之周详、工作之有效，都是空前的。地震发生当晚，中央政治局先后3次召开会议部署抗震救灾工作，胡锦涛总书记迅即作出重要批示：“尽快抢救伤员，保证灾区人民生命安全。”第一时间，3次重要会议，主题是“人”，主旨是“抢救生命”。这个最高的准则和要求，贯穿5·12汶川抗震救灾的始终。

感人心者，莫先乎情。5月16日，胡锦涛总书记赶赴灾区，一连几天马不停蹄地到各受灾地区察看灾情，看望灾民，指导抗震救灾工作。在北川中学，总书记坚定地说，“当务之急仍然是救人，只要有一线希望，我们都要千方百计地抢救”。在漩口镇，总书记要求救灾部队继续把救人作为重中之重的任务，只要还有一线希望，就要尽最大努力，把灾害造成的损失减到最低程度。在什邡，总书记激励现场救灾人员，被困的群众正急切等待我们去营救，时间十分紧迫。同志们一定要争分夺秒工作，千方百计抢救幸存者。见到受灾群众，总书记动情地说：知道你们遭了灾，有的还失去了亲人，我们和你们一样痛心！天灾无情人有情。你们要保重身体，党和政府一定会帮助灾区人民渡过难关。

17日晚，我参加了胡锦涛同志在成都主持召开的抗震救灾工作会议。当时，总书记神情凝重，饱含深情地指出：抗震救灾工作必须坚持以人为本。抢救人民群众生命是首要任务，必须继续作为当前抗震救灾工作的重中之重。现在，虽然已经过了震后72小时的黄金救援时间，但抢救被困群众的行动丝毫不能放松。只要有一线希望，只要有一点生还可能，我们就要做出百倍努力。第二天上午，胡锦涛同志又冒着持续不断的余震和沿途不断滚落泥石的危险，风尘仆仆地赶到我们正在全力救灾的蓥华镇。一下车，站在残垣断壁上，他就急切地向我们几位军地领导同志询问灾情和伤亡情况。总书记说：来时的路上，听麻柳坪下来的一位灾民讲，因山体滑坡、道路堵塞，群众被困缺食少药。当即要求空降兵45师组织精干的小分队，带着食品、饮用水和药品，徒步进入深山区，火速赶往这些村庄进行救援，真正把抗震救灾工作延伸、拓展、落实到村。总书记指着腕上的手表说：务必在今天中午12点以前出发！

一切为了生命——成为5·12汶川抗震救灾最响亮的旋律。

在灾区的日日夜夜，每一天的救灾工作，都使我们深受感染和震撼。尊重人的价值，首先是对一个个鲜活生命的爱护和尊重。在那么不和谐的自然环境中，对生命的珍视和人与人之间的大爱相助，却展现得那么充分、那么自然。打开电视，所有频道紧紧聚焦在震灾与人这个主题，全天不间断地滚动播出；打开广播，耳边回响的都是救人抢险的声音；打开报纸和网络，震情和救灾的文字、图片占据着大部分版面。即时照片、纪实文字、现场直播、前沿日记、在线访谈，充满人性化的报道具有极强的震撼力。最新的现场，最近的感动，人性美得到充分张扬，痛与爱的情感得到充分表达，尊重人的意识得到强化，生命至上的朴实精神得到共鸣。“生命”这一词语成了新闻报道的关键词和高频词。《目击生命争夺战》《面对生命的呼唤》《“赶快救人”》《全力挺进震中，打通生命之路》《在为了生命的日子里》《搜寻每一丝生命气息》的新闻报道，《人民生命高于一切》《与时间和生命赛跑》这样的重磅评论，“我给遗体三鞠躬”“只要有一线希望，我们就要尽全部力量救人”这样的领导者话语，将一个国家和民族对个体生命与尊严的珍视，表达得淋漓尽致。

唐山抗震救灾时，解放军医疗队为灾民疗伤

两次抗震救灾，我经历了两次全国悼念日，参加了两次悼念活动。

1976年9月18日，正是唐山抗震救灾最艰难的时候，我们在唐山分会场，参加了毛泽东主席逝世追悼大会。10天前，中央人民广播电台在哀乐声中沉痛宣告毛泽东逝世的噩耗。伟人长逝，巨星陨落。消息传来，似晴天霹雳，几十年来唱着“毛主席，爱人民……他是人民大救星”的全国人民立即陷入悲痛之中，八亿人民“泪飞顿作倾盆雨”。为此，中央决定，9月9日到18日为全国哀悼日，全国各地和驻外使领馆及其他驻外机构一律下半旗致哀，同时全国停止一切娱乐活动。那天的追悼大会，全场肃立，百万人默哀3分钟，由500人组成的军乐团奏起悲壮的哀乐，通过广播实况传到祖国城乡，传到高山大川，传到辽阔的边疆，传到刚刚遭受了地震灾害的唐山。我们眼含热泪，肃立志哀。

那时我们知道，只有领袖去世才能设哀悼日，才能降半旗，才能汽笛、警报呜呜。

32年后，2008年5月18日——5·12汶川地震第6天，国务院发布公告：为表达全国各族人民对四川汶川大地震遇难同胞的深切哀悼，国务院决定，2008年5月19日至21日为全国哀悼日。在此期间，全国和各驻外机构下半旗致哀，停止公共娱乐活动，外交部和我国驻外使领馆设立吊唁簿。5月19日14时28分起，全国人民默哀3分钟，届时汽车、火车、舰船鸣笛、防空警报鸣响。

“国之兴也，视民如伤”。5月19日，中国民间风俗的“头七”，世界历史上最大规模的哀悼活动震撼全球。从不向灾难俯首的中华民族，那天，为自己的同胞低下了高贵的头。14时28分——7天前的此时，大地无情地抖了一抖，瞬间，美丽成了痛惜，甜蜜成了毁灭。7天后的此刻，国旗半垂，天地含悲，山河动容，凄婉的警报声、汽笛声、喇叭声准时在祖国大地的各个角落鸣响。中国用最庄严的仪式，为在5·12大地震中远行的生命送行。

此时此刻，我在灾区一线，和同志们一起见证了这一悲壮的历史时刻，也想了很多很多——

中华民族五千年文明史上，第一次普通百姓可享国哀；新中国近60年，第一次国旗为在自然灾害中罹难的同胞而降。他们如有在天之灵，或许会听到或是感受到，尽管生命已经远去，但人的尊严在冉冉升起；

对罹难者的亲人们来说，这是莫大的心理慰藉；对活着的人们来说，这是极大的精神激励。当国旗缓缓垂下，人们真切感受到的是自己与祖国大家庭血肉相连，迸发出的是旺盛的爱国情怀和蓬勃的民族凝聚力；

以中央政府的权威，以13亿人民的名义，哀悼生命陨落的普通人，说明一个以人为本的执政党，正履行着执政为民的不变初心；一个把人的生命摆在最高位置的社会，正刻下迈向现代文明的标记。

……

以人为本，是我们党坚持全心全意为人民服务根本宗旨的体现。讲以人为本，不是要回答什么是世界的本原，人、神、物之间，谁产生谁、谁是第一性、谁是第二性的问题，而是要回答在我们生活的这个世界上，什么最重要、什么最根本、什么最值得我们关注。毫无疑问，与神、与物相比，人更重要、更根本。马克思曾经说过，“我们的出发点是从事实际活动的人”，并直接把“现实的个人”作为其唯物史观的理论前提。人之所以为人，是因为每个人都是独一无二的。从一定意义上说，他们不是作为一具躯体来的这个世界而又离开这个世界，而是作为人类社会的一分子，一个思想情感的独立体存在过。灾难对生命的摧残，裸露出了人类“存在”的本真状态。这时候，那些穿在“存在”上的外衣都应该脱去。因为不幸不仅仅是灾区人民的不幸，也不仅仅是中国人民的不幸，整个人类都在承受这样的不幸。差别仅仅在于，人类的普遍不幸，不幸地在那些不幸的人们身上体现了出来。生命的价值高于一切价值。离开了人的生命，就无所谓人类社会，更无所谓人类文明。因此，珍惜并爱护自己和他人的生命，是尊重人类价值的首要要求；以人为本，必须以珍惜、尊重生命为前提。

汉字中大写的“人”字，是汉语言中最秀美的文字，也是人类文明中最壮美的纪念碑。“乡田同井，出入相友，守望相助，疾病相扶持”。匆匆几十年过去了，回首往事，令人唏嘘不已。尽管我们为这个仅有一撇一捺的简单汉字历经磨难，付出了高昂的代价，但当真正理解了“人”的深刻含义、把“人”放在第一位的时候，过去付出的一切都是值得的。党的十八大以来，以习近平同志为核心的党中央治国理政最鲜明的特征是以人民为中心，人民总是被放在第一位。习近平新时代中国特色社会主义思想，贯穿其中的一条主线，就是坚持以人民为中心的发展理念。新时代坚持和发展中国特色社会主义的基本方略，重要的一点也是坚持以人民为中心。习近平总书记强调，必须始终把人民利益摆在至高无上的地位。这其中，就蕴含着深邃的尊重生命、关爱生命的思想。以人民为中心，坚持人民的主体地位，发展为了人民，发展依靠人民，发展成果由人民共享，中国将因此拥有充满希望、更加美好的明天。

第二章 开放的襟怀

近代以来的内忧外患，加之新中国成立后很长一段时间“左”的思想影响，每当灾难降临，人们在遭受家园摧残的同时，往往也要经历一番精神的痛苦心路。

1976年的唐山地震，在我们感到摇晃与眩晕的那一刻，冀东平原却在须臾之间陷入悲痛的灾难，整个中国为之震颤，全世界都感受到了来自唐山的异乎寻常的冲击波。

灾难骤降，党和政府调动一切资源和力量抗震救灾，全国人民紧急行动起来鼎力相助，对灾区人民渡过难关、重建家园起了决定性的作用。但是，那一次的抗震救灾，是在对国际社会完全不开放的状态中进行的，我们婉拒了外国政府和国际组织提供的任何援助，限制所有外籍人员进入灾区。每每回想起当时在封闭中救灾的那一切，至今内心还有许多不解和憾意。

同情和关切同类，是人类的常情和权利。后来我们知道，唐山地震发生后，许多国家出于人道主义，纷纷发来慰问电，表达对灾区人民的同情和对抗震救灾的支持。如当时的南斯拉夫总统铁托致电毛泽东："向您、向地震灾区人民和友好的中华人民共和国人民表示衷心的悲痛心情，并对你们重建这次天灾所破坏的东西使生活与工作条件正常起来的努力表示支持和声援。"联合国秘书长瓦尔德海姆也致电华国锋，除了表示他深为痛心和同情外，特别指出："联合国随时准备帮助灾区人民为克服这场灾害的影响而进行的斗争。"不少国家的政府也表示愿意提供物资援助，以帮助灾区人民的抗震救灾。然而，1976年的中国，仍处于极左思潮泛滥的"文化大革命"时期。由于长期片面宣传"自力更生"，许多人认为，我们是社会主义大国，别的国家发生灾害，我们要发扬国际主义精神，援助他们；而我们自己受灾，就要自力更生，战胜灾害，重建家园，向世界证明社会主义的优越性，证明中国人民是不可战胜的。在这样一种社会和政治思潮之下，接受国际救灾援助无异于放弃自力更生原则，乃至否定社会主义制度的优越性，是向西方示弱。据此，当国际社会纷纷伸出援手时，中国对世界的回答是——"不"。在唐山灾区，有位领导这样说，"外国人想来中国，想给援助，我们堂堂中华人民共和国，用不着别人插手，用不着别人支援我们！"

唐山地震是20世纪人类最严重的自然灾害之一，唐山抗震救灾是20世纪人类社会绝少拒绝国际救援的救灾行动。这在今天看来是如此不可思议，在当时却显得豪情万丈。曾任军委副主席、时任北京军区副政委和唐山抗震救灾前线指挥部领导成员的迟浩田老将军痛心疾首地感叹："那是我们的失策啊！""多少年后才知道是干了大蠢事！自然灾害是全人类的灾害，我们每年不也都向受灾国家提供那么多援助么？！"

中国的对外援助始于1950年。在"一穷二白"的国情背景下，当国际社会需要帮助的时候，中国依然伸出了援助之手。在力所能及的范围内，甚至人民自己勒紧裤腰带的情况下，通过无偿援助、无息贷款和优惠贷款3种方式，向非洲、亚洲、东欧、拉美和南太平洋地区的100

多个国家提供了援助。比如，1950年6月至1953年7月的朝鲜战争中，中国无偿支出62.5亿元人民币的战争费用，560余万吨作战物资，还牺牲了几十万中华儿女的生命。上个世纪50年代初中越建交后，整个抗法战争期间，中国一直对越南进行援助。1961年至1975年越南战争时，中国不仅在经济上给予援助，更多的是无偿的作战和劳务援助。再比如，1965年2月，坦桑尼亚总统尼雷尔访华，中国政府表示同意帮助修建一条由坦桑尼亚到赞比亚的铁路。1967年9月，中、坦、赞三国政府在北京签订《关于修建坦桑尼亚——赞比亚铁路的协定》。坦赞铁路修建过程中，60余名中华儿女长眠在坦赞大地上。经过5年多的艰苦努力，坦赞铁路于1976年5月完成了全线工程收尾和设备安装配套等工作。

自然灾害是全人类的灾害。当一个国家发生重大灾情时，有能力的国家施以援助，是国际大家庭的惯例。40多年前，当自力更生被人为抬高到极“左”的时候，闭关锁国实际上已悄然而至。随着改革开放，人们的思想逐步解放。我们发现，自然灾害是一种自然现象，与社会制度无关。接受国际救灾援助，实际上既有利于国内救灾和重建，也有利于中国的国际形象。从国内角度看，国际救灾援助不仅是国际社会人道主义的体现，更是抵御灾害、减轻损失的需要，可以有效帮助受灾地区救灾和重建。多一份援助，意味着有更多的灾民少一份饥寒之苦；多一份救济，意味着有更多的伤病员能够得到及时救治；多一份援手，意味着有更多受到威胁的生命得以延续。从国际角度看，接受国际救灾援助，既表明中国重视人民的生命财产安全，借助一切力量减轻灾害对人民利益的损害，也表明中国积极主动参与国际合作、融入国际大家庭的开放姿态。

20世纪80年代初，中国对国际救灾援助的态度逐步转变，政治激情和精神力量不再是影响国际救灾援助的主要因素。从拒绝到被动，从被动到主动，对外开放的大门一点一点打开。1987年5月6日，大兴安岭北麓漠河林区发生特大森林火灾。大火从5月6日燃起，到6月4日全部扑灭，历时整整1个月，着火面积101万公顷。大火烧毁了3个林业局址、9处林场、4个半贮木场，烧毁存材95.5万立方米、设备2488台、粮食650万公斤、桥涵67座、铁路9.2公里、通讯线路483公里、房屋61.4万平方米，5万多人无家可归，211人丧生，200多人重伤，直接经济损失5亿元人民币。大兴安岭森林资源的1/19从地球上永远消失，从此改变了大兴安岭森林面积居中国之首的历史地位，成为新中国成立以来毁林面积最大、伤亡最多、损失最为惨重的一次特大灾难。就是这把火，“烧掉”了我们对国际救灾援助的最后一点顾虑。

如果说，唐山地震是关起门来救灾，汶川地震则是敞开大门救灾。5·12特大地震发生后，国际社会发现了一个不一样的中国。与唐山大地震形成鲜明对照的是，中国不再讳言灾难，彰显出高度的自信和开放，以灾区人民的生命安全和利益福祉为最高准则，以宽广的胸怀与眼光面对世界，迅速向国际社会通报灾情，敞开大门欢迎国际援助，接受多个国家救援队和医疗队参与救灾的友善之举。从震后第二天开始，世界各地的救援资金与援助物资源源不断汇集灾区。俄罗斯伊尔—76大型运输机、美国空军C—17大型战略运输机也载着本国的救灾物资先后飞抵成都。来自俄罗斯、日本、韩国、新加坡的专业救援队和10多个国家与国际组织的医疗防疫救援队，接踵进入震中地区，展开紧急抢险、搜救、医疗、防疫工作。这是新中国近60年来第一次接纳国际和境外救援人员协助自然灾害救助工作。

在灾区，我们看到过日本、俄罗斯、韩国、新加坡等一支支国际救援队的身影。他们同我们一样，为惨烈的地震灾害所震撼，为拯救出被困幸存者而欣慰，为一个个逝者而悲痛，为灾区人民顽强、乐观的精神所感动。记得5月下旬的一个清晨，我们在成都双流机场遇到准备回国的韩国救援队。他们共计47名队员，5月16日抵达成都后，立即奔赴什邡蓥华镇展开救援工作，搜挖出26具遇难者遗体。共同救灾的经历加深了彼此友谊，交谈中他们为未能救出生还者的惋惜神情，令我们感动。唐家山堰塞湖排险中，俄罗斯紧急派遣世界上载重量最大的米—26重型运输直升机协助空运大型机械设备，为端掉灾区人民头上的那“盆”水奠定了基础。由于机组由中俄双方人员组成，我们的官兵曾风趣地把唐家山堰塞体称为“世界上最小的国际机场——唐家山机场”，机组人员被誉为“中俄友谊神鹰，空中救援英雄”。2009年，胡锦涛主席访问俄罗斯期间，特意向俄机组人员颁发了“中俄关系60周年杰出贡献奖”。

英国学者伊兰·凯尔曼和库克斯对救援外交进行过深入的研究，认为灾难在国际关系发展中，具有“切实但并非高于一切”的作用。如果在发生灾难时，能以灾难治理为契机处理好与其他国家的交往，将会极大增强国家间互信和认可。回顾过去几十年世界各地发生的自然灾害，可以说人类从未像今天这样命运相连、福祸同担。援助与被援助——这样的国际救灾活动，已经被人们看作是合情合理、再自然不过的事情。

朋友之交，货则通而不计，共忧患而相救。中华民族是个懂得知恩图报的民族，中国人民永远不会忘记在遭遇重大自然灾害时，世界各国给予的帮助和支持。中国政府和人民一直履行着自己的国际人道主义义务与责任，对灾害给其他国家人民带来的痛苦感同身受，也深知患难真情之宝贵。进入20世纪90年代，以“国际减灾十年”为契机，中国积极参与国际救灾，救援外交取得了巨大进步。2004年印度洋海啸发生后，中国政府和人民实施了迄今规模最大的对外救援行动，对受灾国累积援助金额逾13亿人民币，中国国际救援队成为首批到达灾区并开展工作的国际救援队。2005年8月，“卡特里娜”飓风导致美国新奥尔良地区损失惨重，中国政府向美国灾区人民提供500万美元救灾援助，这是中国首次向发达国家提供救灾援助。2005年10月，巴基斯坦发生大地震后，中国政府迅速提供救灾款物，并派出多批搜救、医护人员赴巴地震灾区参与国际救援。2011年3月，日本东北部发生里氏9.0级大地震，中国国际救援队紧急飞赴日本大船渡市实施救援。2015年4月，尼泊尔发生8.1级地震，中国政府提供2000万元人民币紧急人道主义物资援助，中国国际救援队第10次（第12批次）赴境外实施国际人道主义救援。“中国速度”“中国式关怀”，得到国际媒体和受援国人民的交口称赞。包括声援慰问、协商合作、救灾演习与救灾支援等多种形式救援外交的实施，提升了中国的国家形象，加深了中国同周边国家的合作，也拓宽了中国的全球外交视野。

人类走到今天，仍无法阻挡海啸、地震、飓风等自然灾害，灾害又往往在人们猝不及防的时候降临人间。面对这些自然灾害，人类可以选择携手互助、合作抗灾。这种由人及我、推己及人、人溺我溺、人悲己悲的情怀，体现的不仅是一种“一方有难、八方支援”的人性力量和人道精神，更反映出不同国家、民族对于人类共同命运的自觉担当。面对汶川地震这样如此惨烈的灾难，中国政府展现了一个伟大民族和负责任大国的开阔胸襟和开放视野，凸显出一个在全球化时代与时俱进的发展中大国，对现代文明价值的认同和吸纳。正如习近平总书记指出的，“当今世界，各国相互依存、休戚与共。我们要继承和弘扬联合国的宗旨和原则，构建以合作共赢为核心的新型国际关系，打造人类命运共同体。”

不能不说的是，积极主动争取和接受国际救灾援助，并不等于放弃自力更生的原则。相对自然灾害造成的损失而言，国际救灾援助毕竟是有限的。比如1991年华东水灾时，就有外国分析家指出，仅安徽重建家园就至少需要9亿美元，而当时接受的国际援助还不到5000万美元。今天，依靠自己的力量依然是我们一切工作的基本出发点。当“左”倾思想肆意横行的年代已成为历史，我们必须赋予“自力更生”以新的内涵，即中华民族自立自强的精神，但这与接受外援并不矛盾。在自力更生的基础之上，我们完全可以争取和接受国际社会的援助。

改革开放是当代中国最鲜明的特色。开放带来进步，封闭导致落后。对一个国家而言，开放如同破茧成蝶，虽会经历一时阵痛，但将换来新生。从唐山到汶川，中国成功地实现了从封闭半封闭到全方位开放的伟大历史转折。回过头来看，我们曾以“既无内债、又无外债”而自豪，也曾以“勒紧裤腰带，不靠外援，自力更生”而骄傲。当世界发生了变化、我们也发生了变化时，这一切已成为历史，渐渐离我们远去。但这段历史绝不是可有可无、无足轻重的，因为它曾经伴随着几代人的成长，见证着共和国40年来改革开放的风雨历程。历史不应被轻易遗忘，因为我们都从昨天走来。

第三章 应急！应急！

古希腊一位哲学家说过，“人类的一半活动是在危机当中度过的”。中国是世界上遭受自然灾害最严重的国家之一，灾害平均每年造成近2万人死亡。20世纪全球发生的破坏性地震中，中国占1/3，死亡人数占1/2。

衡量一个现代国家文明程度的重要标志，是要看它在灾难面前的国家意志和政府处理危机的能力。从唐山到汶川，面对一次次猝不及防的地震灾害，我们需要万众一心、守望相助，但就抢险救援而言，更需要组织高效、反应迅速、专业水准的应急救援力量。我曾经跟一些同志讨论过：一栋楼房坍塌，许多人被埋压在废墟里。在时间就是生命的情况下，需要动员一切有能力的人们伸出援手，将那些他们能力所及的浅表废墟下的人及时挖出来、拉出来。但拯救深度废墟下那些九死一生的人，则需要专业人员和专业设备。道路桥梁、电力通讯、水利设施、卫生防疫抢险，更需要反应迅速的专业力量。从这个意义上讲，救援的力量不在人数，在专业能力。

唐山地震时，没有应对突发事件机制的概念，也没有明确的国家层面的应急救援力量，抗震救灾是在毫无准备的情况下仓促上阵的，难免匆忙混乱，影响效率。5·12汶川地震虽然同样无法预知，但从中央到地方，已经形成完善的应急预案框架体系，按照不同的责任主体，分为国家总体应急预案、专项应急预案、部门应急预案、地方应急预案、企事业单位应急预案5个层次，基本覆盖了经常发生的突发公共事件的主要方面。与此同时，交通、电力、水利、通信、卫生防疫等应急救援力量初步形成规模，具有了相当的救援能力和水准。灾害猝至，反应迅速；抗震救灾，高效运转。这是一个历史性的跨越，彰显了中国应对灾难能力的进步，也增强了人民群众战胜灾难的信心。

在汶川，我们比较多地接触了人民解放军和武警其他部队、中国国际救援队以及公安消防部队，和他们一起抢险、一起患难。他们作为国家应急救援的突击力量，扮演了抗震救灾主力军的角色，在灾区广大地域，演出了一幕幕令全世界为之动容的英雄活剧。

纵观国内外，军队因其战备程度高、组织严密、反应迅速、突击力强，毫无疑问是应急救援的首选力量。2004年12月26日，印度洋发生特大海啸，美军遂行了历史上最大规模的海外救援行动，动用了包括“林肯”号航空母舰、“慈善”号大型医疗舰和12艘运输舰在内的海军力量，兵力达15000多人。美军的应急救援行动，既是人道主义的救援行动，更是美国维护其全球利益的重要举措。第二年8月，“卡特里娜”飓风袭击美国，美军的反应相当迅速，17500多名陆海空军和海军陆战队官兵被部署到灾区救灾。需要一个月才能修复的53处海堤决口，美陆军工程兵部队只用了不到7天时间就基本修复。大量事实说明，军队参与应急处置，不仅能够迅速调集用于救援的人员、物资和装备，还能起到稳定社会、安定人心的作用。

成都天府广场，“军人感动世界”烛光闪烁

唐山地震发生时，即使那是一个特殊的历史时代，但只要人民在呼唤，子弟兵闻风而动、奋勇向前。根据党中央、中央军委命令，沈阳、北京、济南军区，军委各军兵种，海、空军部队等陆续出动15个师14余万人，出动飞机2478架次，各种车辆7100多台，全力投入抗震救灾。其中，在唐山地区的是沈阳、北京军区和军委总部直属部队，约10万人；在天津地区的是济南军区和驻津部队，约37000人；在北京地区的主要是北京卫戍区和驻京部队，约4000人。抢救被埋压的群众16429人，抢救危重伤员44000余人，协助地方向全国各地转移伤员93000余人。

唐山抗震救灾，人民军队在人民心中竖起了一座丰碑。汶川抗震救灾，又一座巍巍丰碑耸立在川西大地。

32年后的汶川抗震救灾，军队投入的兵力规模与唐山时差不多，但部队的训练素质不一样了，装备水平不一样了，快速反应能力不一样了。天上战鹰轰鸣，地上铁流滚滚。震区10万平方公里大地上，车辚辚，马萧萧，13万救援大军在行动，陆军、海军、空军、第二炮兵、武警部队以及民兵预备役人员一一在列；空降兵、运输航空兵、陆军航空兵、海军陆战队，以及侦察兵、通信兵、工程兵、防化兵，还有气象水文、导航测绘、航天测控、航空遥感等专业部队，纷纷投入与时间赛跑、与死神抗争的“汶川战役”。

地震发生在午后14时28分。10分钟后，成都军区3000名官兵完成紧急集结；20分钟后，38集团军工兵团奉命做好紧急出动和救援准备；1个小时后，13集团军察看灾情的直升机起飞；2个小时后，武警四川总队3000名官兵从成都向灾区开拔；2个半小时后，13集团军6100名官兵向震中地区摩托化开进。随之，3个小时——空降兵15军和济南军区部队开始集结；6个小时——武警阿坝支队进入汶川县界内；10个小时——空军飞机集结到位，2万名解放军和武警官兵到达灾区展开救援；12个小时——大规模的后勤集结前运；14个小时——济南军区万名官兵紧急启动，20个列车梯队、27个架次航班、1个摩托化编队，万人千车，动若风发；16个小时——20集团军8000名官兵，携带各种作战和工程装备，分别搭乘10余列军列，以铁路输送方式向四川灾区开进；

17个小时——千名空降兵搭乘伊尔—76和运—8飞机紧急升空。当天，远在湛江的2750名海军陆战队编为3个梯队，沿湛渝高速向灾区强行军，途经广东、广西、贵州、重庆三省一市，最后直插四川。

地震的发生，甚至比战争来得还要突然。为了增大空运力量，空军将已经停飞的图—154飞机立即恢复，飞往西线的值班飞机暂停值班飞行，驻在外地的侦察干扰飞机临时改作运输机使用，全部投入抗震救灾大空运。从12日20时到15日20时的72个小时，先后出动近50架运输机，滚动飞行近300架次，将近1.5万名救灾人员空运至灾区。仅13日一天，就将11420名官兵空运到成都附近，创下人民解放军军史和中国航空史上单日出动飞机最多、飞行架次最多、投送兵力最多的航空输送行动纪录，在亚洲和整个世界也是空前的。

短短几天时间，人民解放军和武警部队投入兵力13.4万人，出动各型飞机4549架次、车辆32.6万台次，最多时61架直升机在崇山峻岭穿行，80多位将军同时奋战在灾区第一线。广大官兵视人民为父母、以救灾为己任，进入174个乡镇、1480个行政村；搜救被掩埋群众2.7万余人，其中生还者3336人；救治伤病员63.2万余人，运送伤病人员6.2万余人，转移受灾群众132万余人；空运、空投物资6731吨，清理废墟76662万余立方米，处理堰塞湖20多个。这是一场大规模的联合作战式的非战争军事行动，是对人民解放军和武警部队应急抢险能力一次难得的实践锻炼。不是打仗，近似打仗。

5·12汶川地震当晚，两架白色的伊尔—76军用运输机划破浓重的夜幕降落在成都，一支身穿橘红色制服、头戴红色头盔、脚蹬黑皮靴的队伍冲了出来，奔向早已等候在那里的军用卡车，在他们制服的背后印着“CHINA（中国）救援”。这就是中国国际救援队。

到武警部队工作后，因为经常到武警总医院，有机会同一些救援队医疗队员接触，他们给我讲了许多中国国际救援队的事情。2000年，中国正式加入有87个成员国的INSARAG，中文意为国际搜索与救援咨询团。这是一个由灾害管理人员、政府官员、非政府组织和USAR

队员组成的政府间人道主义援助机构，在联合国框架下运作。2001年4月，国家地震灾害紧急救援队成立，对外称中国国际救援队，由44名国家地震局管理人员和技术专家、150名38集团军工兵团搜救队员和22名武警总医院医疗队员组成，具备同时在3处复杂城市条件下异地开展救援的能力，也可以同时实施9处一般城镇作业点位的搜索救援行动。

中国国际救援队，按照“一队多用、专兼结合、军民结合、平战结合”的原则组建，是一支反应迅速、机动性高、突击力强的专业救援队伍。主要任务，是对因地震灾害或其他突发性事件造成建（构）筑物倒塌而被压埋的人员实施紧急搜索与营救。配有8大类300多种6000多套（件）救援装备和约20条搜索犬。他们既是一支多重领导、多部门参与、不同行业人员组成的队伍，也是一支团结协作、训练有素、装备精良、富有效率的队伍，更是一支冲锋在抢险救援最前线的突击队和攻坚队。

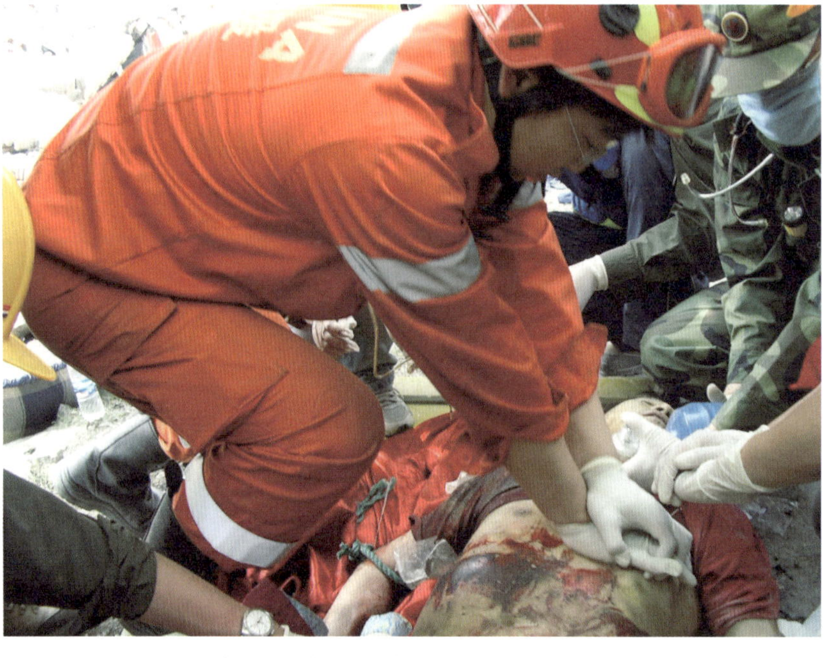

中国国际救援队在映秀镇抢救重伤员

组建以来，中国国际救援队先后执行了新疆、四川、青海、甘肃、云南等地发生的地震及其他自然灾害的国内救援任务，实施了赴阿尔及利亚、伊朗、印度尼西亚、巴基斯坦、海地、新西兰和日本等国际救援行动，成功营救63名幸存者，医治4万余名伤病员。他们以蓬勃的生机和顽强的战斗力享誉世界，为拯救生命、展示国家形象、增进国际友谊作出了重要贡献，成为国家形象、国家品牌、国家实力的重要体现。

中国国际救援队营救被困164个小时的61岁幸存者李宁翠

这样一支专业队伍，具有敢打硬仗、科学施救的第一流水准。5·12汶川地震发生后，接到命令不到2个小时，他们就在北京南苑机场集结完毕，出动的人数、携带的装备物资数量和抵达救灾地域的时间，远远刷新了参加历次国内外救援行动的纪录。72小时黄金救援时间里，他们先后转战3个城镇，成功救出39位幸存者。他们是救援专家，更懂得科学施救的意义。在东方汽轮机厂叶片分厂，为营救三位叶片制造方面的专家，在没有安全防护的情况下，救援采取按图搜索、人机结合、建立防护通道等方法分步实施。尤其是在营救第一名幸存者的过程中，利用吊车建立“A”字稳定支撑，利用钢管为幸存者和救援人员建立安全防护通道，经历两次强余震后，幸存者和队员在二次坍塌中没有受到二次伤害。在营救肢体被压埋的幸存者时，他们先对肢体进行止血处理，有效地预防了挤压综合症导致的死亡。黄金救援时间过后，只要有百分之一的希望，他们就要付出百分之百的努力，不放弃，不抛弃，继续坚持积极救援，又成功营救出10位幸存者。其中4名幸存者被压埋长达125小时、144小时、145小时和164小时。5月19日10时42分，他们在北川县城成功救出最后一位61岁的幸存者李明翠老人，创造了生命的奇迹。随着幸存者生命体征的变弱，搜索难度加大，救援队发挥犬搜索和营救技术优势，协助其他救灾队伍搜索确认10名幸存者的埋压位置，指导营救出13名压埋时间超过80小时的幸存者。

在地震灾区，几乎所有的大一点的救援现场，都可以看到公安消防部队的身影。他们作为一支重要的应急抢险力量，在5·12汶川抗震救灾中的表现，令人钦佩。

地震发生后，公安部消防局迅速命令四川消防部队进入一级战备，重庆、贵州、云南、陕西、湖北、湖南、河南、辽宁、江苏、山东、上海、浙江等12个省市公安消防总队立即组建跨区域应急救援队，连夜赶赴灾区抢险救援。他们所到之处，其专业素质和装备优势立即发挥出重要作用。特别是在一些倒塌的中小学校施救时，公安消防部队的到来，能够迅即扭转救人的被动局面，一大批学生也正是在这种情况下，被一个个从废墟中解救出来。都江堰市公安消防中队40名官兵在震后两小时内，就从废墟中救出141人。据统计，13427名来自全国各省市区的公安消防官兵在救灾第一线，挖出被埋压的群众8100人，其中生还1701人，转移解救被困群众51730人，救助伤员13109人。出色的表现，显示了公安消防部队经过多年的建设发展，已经具备了成为抢险救援中坚主力的魅力、实力和潜力。

在什邡蓥华镇，我们曾经与河南公安消防部队一起抢险，他们的消防救生特殊装备给我留下深刻印象。他们使用的高压起重气垫，通过对气垫充气起到起重作用，起重重量67吨，高度可达52厘米，能为一个个倒塌的楼房里的人支起一条生命通道。液压支撑顶杆、“蛇眼”生命探测仪，以及用于切割钢架、铁轨、水管、钢筋、铁板、岩石、钢筋混凝土等的无齿锯，用于剪切门框、汽车框架结构或非金属的液压剪切器，用于切割各种混合材料，包括钢材、铝型材、电缆等的双轮异向切割锯等特殊装备，在拯救生命中发挥了独特的作用。

公安消防部队的快速反应能力和强势抢险能力，源于长期执勤训练的结果。他们实行军事化管理，24小时昼夜执勤，接警后1分钟即可携载装备出发，反应快，机动性强。相比其他救援力量，公安消防部队具有组织完善、布点密集、昼夜执勤战备、通讯网络现代化、熟悉城市社区情况等特点，政府可以直接指挥和快速调动，能够保证第一时间赶赴现场。

两次地震均已远去，强震带来的伤害逐渐消弭，但关于应急救援的思考从未停止。不容置疑，汶川地震，考验了我们的应急系统，也暴露出诸多问题。四通八达的公路网络，一瞬间就阻断，那么多乡镇、村庄被隔绝成孤岛。我们几乎没有空中救援系统，国外早有直升机用于医疗急救，我们没有。我们有世界上最大的通信网络和最多的移动通信用户群体，但很少有卫星电话。震后的最初几天，从派人出来报告灾情看，当时北川、汶川这些灾情最严重的地区，已没有了任何通信方式。震后第二天，中央领导急需了解震中汶川的情况，所有的人急得不得了。冒死挺进汶川的武警38师，还是靠唯一的一部海事卫星电话才把汶川震毁情况报了出来。救援人员所占人口比例（专业救援人数/万人）方面，德国是2.14，法国是1.73，美国是0.15（未含消防人员），丹麦是2.31，而中国仅为0.011。提升国家应急救援综合能力，锻造国家灾害应急救援突击队，仍是一个长期的课题。我们憧憬不再有灾难，即使灾难降临，不再有那么多血的代价。国家用兵之时，人民呼唤之际，应急救援力量能够搭起一座更坚固的安全港、撑起一片更明朗的湛蓝天。

第四章 志愿者

从唐山到汶川，同样是抗震救灾，如果说有哪些新的事物，从历史的维度看，不能不说到志愿者，因为他们的出现，标志着从单纯的国家力量到国家与公民社会力量的整合。

还是唐家山堰塞湖抢险期间，一天，我乘车经过安县小坝镇。远远望去，一堆废墟上，一面“唐山青年志愿者突击队”的旗帜在飘扬。因为对唐山的那份情感，我让司机停下车来，驻足看了很久，也凝思了很久。人们告诉我，那是唐山玉田县东八里铺村一个叫宋志永的普通农民带的志愿者队伍。那一年年初南方雨雪冰冻灾害时，他就和12名农民兄弟自费赴湖南郴州抗灾，感动了无数中国人。5·12地震发生的当晚，宋志永又只身一人踏上奔赴汶川震区的路。先从唐山打车到北京，飞机票买不到，就坐火车到郑州，然后又花1600元钱租车赶到西安，再转车到绵阳。听说北川灾情最重，他马上搭乘一辆摩的，终于在14日早上到达北川县城。一路上，他给曾经一起在郴州抗击冰雪的12位唐山兄弟发短信：“我先走了，你们随后跟上！”14日当天，宋志永跟解放军官兵一起从坍塌的楼房中救出8人，晚上又和战士们从废墟中救出3名儿童。第二天，12名唐山兄弟赶到，其中好几个人有矿山救援的经验，他们组成“唐山青年志愿者突击队”，立下“伤亡一律自负，保证帮忙不添乱”的军令状，穿梭于北川重灾区的废墟中。在震后最关键的头几天里，他们救出25名幸存者，挖掘出遇难者遗体60多具。为了这份感恩情怀，宋志永和他的兄弟们不惜举债救灾。宋志永说，他前些年做旅游生意攒了点钱，但抗冰灾时花了近4万元，这次来灾区家里“已经没几个钱了”。他说，人生的价值不在于有多少钱，我希望能够感动更多的农民，带动更多的人。也有人说我在作秀，但我想，全国几亿农民都能作这样的秀，该是一种多么大的力量！

面对种种波澜，党和政府的自觉与人民群众的自发，汇聚成大爱无疆的力量。大爱的旋律中有一个重要音符，那就是——志愿者精神。《辞海》这样解释：志愿，就是志向、愿望和自愿。志愿者，就是自愿贡献个人的时间和精力，在不为任何物质报酬的情况下，为改善社会服务、促进社会进步而提供服务的人。5·12地震发生后，全国人民感同身受，一些热血沸腾的志愿者，自发、踊跃地奔赴灾区参加抗震救灾。他们坐飞机、乘火车、搭班车、自驾车，甚至翻山越岭，长途跋涉，从天南地北奔赴汶川灾区，汇成了一支志愿者大军。据说，地震发生当晚，第一支志愿服务队就赶到都江堰，搭建帐篷协助医院收治伤员。5月15日，我到了重灾区都江堰，第一次看到志愿者的黄丝带，他们或是打着旗帜结伴向受灾严重的地方匆匆赶去，或是在断垣残壁上搭起医疗救助站，或是站在街头向灾民发放食品物资。龙池和虹口是两个山区小镇，震情严重，损失很惨。震后的山路滚石不断，许多志愿者不顾危险，硬是要向更远的山里村庄赶。我们正在抢通道路，一再叮嘱他们注意安全。5月21日我在汶川，那时马尔康至汶川的道路刚刚抢通，此前已有众多的年轻志愿者在忙碌着。他们怎么进的汶川？后来我才知道，他们中的多数人是翻山越岭“爬”进来的。

地方同志告诉我，13日凌晨，成都上千辆出租车响应交通电台的呼吁，冒雨前往距离震中映秀只有20多公里的都江堰参加紧急救援，送去救灾物资，抢运危重伤员，揭开了数百万人次志愿者灾区救援的序幕。更多的志愿者则是从全国各地通过各种交通工具奔赴灾区。他们之中，90%以上是青年，许多还是“80后”青年。从职业构成看，既有公司老总、企业白领，又有教师、学生和自由职业者；既有工人、农民，又有体育明星、国内及港台歌星、影星。灾区现场之外，一个更为庞大的志愿者群体，通过各种方式联络聚集，为灾区献血、捐钱、捐物。有关材料显示，5·12地震发生后，中国公众、企业和社会组织参与紧急救援，后方志愿者人数达1000万以上。以至到2008年底，尚有近百个民间志愿者组织活跃在灾区重建第一线。这种不分阶层、不惧自身安危救助他人的义举，体现了中华民族大爱无疆的博大精神。

志愿者队伍，是一支前所未有的救灾劲旅，它的出现和参战是史无前例的。如果说，奋战在救灾一线的解放军、武警部队、消防部队担当了抗震救灾的“正面战场”，是抗震救灾的主力军，那么，志愿者队伍就是不可或缺的“游击队”。他们就像水，能够渗透到政府力量顾及不到的细微角落。回顾抗震救灾的各个阶段，志愿者承担了不同的任务：黄金72小时，他们和当地的幸存者紧密配合，开辟了抢险救灾的“第二战场”，现场搜救、医疗救护、卫生防疫、物资配送等不同的志愿服务，起了极其重要的作用。安置受灾群众和灾区重建阶段，他们的重点逐渐转到集中安置点、救助站、简易房区和医院，开展医疗救助、伤员陪护、心理疏导、儿童教育、物资发放、卫生防疫，以及抢种抢收等一切需要人力的地方。震后没几天，在绵阳市九洲体育馆避难的灾民迅速扩大到四五万人。如此庞大的临时保障管理体系，千头万绪，极其繁杂，仅搬运各地送来的方便面、矿泉水、衣被等物资，每天就需要3000多人。身着红色字体“志愿者”背心的数千名志愿者，一直服务奉献在这里，同灾民一起共渡难关，为政府分担忧患。

在灾区，我们见到过各种年龄、各种装束、各种肤色的志愿者，听到过他们中间许多催人泪下的故事。成都志愿者陈岩是一名退伍军人，有参加过抢险救灾的专业经验。地震刚发生，他就赶到都江堰抢险现场，与国家救援队一起，转战都江堰新建小学、聚源中学、汉旺东汽中学、北川中学、清平乡等地，十几天时间参与救出20多条生命，被网友誉为“救援狂人”。《人民武警报》的杨敏同志，给我讲过他曾亲眼所见的一个真实故事：在绵阳，有一位来自重庆的志愿者，名叫李贵臣，是个理发师傅。来灾区前，他并不知道什么是志愿者，直到有人给他戴上标志，他才意识到这一举动的意义。他干的活就是为刚刚扒出来的遇难者剪头、洗面、修整遗容。没有任何消毒设备，一个口罩、几瓶白酒算是防护用品。每天从早到晚，他在浓烈的气味下不停地工作着，饿了，就用随身携带的茶缸泡一袋方便面。他把自己的名字和家人电话写着一块布上，缝在内衣里，万一遇到不幸，好通知他的家人。他拒绝任何采访，只是说，他一个剃头匠，做不了什么大事，也捐不出更多的钱，他来这里就是想让这些不幸的人干干净净上路。

志愿者队伍给我留下的深刻印象，是在唐山抗震救灾中所不曾见到、也不曾想到的。然而，经历了32年前的那场浩劫之后，唐山人民情感上的相依相偎与感恩情怀，在这座城市薪火相传。据说，曾经受到八方恩泽的唐山，有60余万以奉献为情怀的志愿者，由感恩、报恩升华而成的“志愿服务精神”，让唐山成为“雷锋精神永驻的城市”。汶川发生强烈地震的消息传来，对唐山人民意味着什么？24万人罹难，16万人重伤，7000多个家庭断门绝烟，百年工业城市瞬间夷为废墟。在唐山人民心中，那是一段埋藏在心底、任谁都不愿意轻易触及的伤痛。如今，同样的强烈地震，宛如硬生生地揭开了他们心中的伤疤。5月13日一早，唐山街头到处飘扬着红丝带，捐款的人如潮水般涌向红十字。300辆出租车和私家车，自愿为到红十字会捐款的人们提供无偿服务而系上了红飘带。前来捐款的市民，上至87岁高龄的老人，下至襁褓中的娃娃，有一份热发一份光。几天时间，全市为灾区捐款3200万元，捐献物资价值1200多万元。那些日子，不能到汶川去的唐山人，彻夜守候在电视机、收音机旁，为每一次的成功抢险欢呼，为每一次的生命接力揪心，为每一个失去的生命神伤心碎。“震生”“抗震”“震军”“震红”“震雨”……是唐山地震时出生的婴儿最普遍的名字，那是那个特殊时刻的印记。汶川地震发生后，270多名地震婴儿组织了一个大型聚会。他们怀着感恩的情怀，集体来的唐山抗震纪念碑前，给汶川灾区捐款。6月24日，5·12地震已经过去40多天，在重庆，6名平均年龄超过60岁的花甲老人，握着自行车车把站在北滨路边。他们来自唐山，已经骑行了6684公里，换过30多条车胎，历经千辛万苦才到重庆，不过，他们的终点不是这里而是汶川。作为唐山大地震的幸存者，他们想尽自己的绵薄之力到灾区当义工，“用我们的亲身经历，鼓励灾区的孩子特别是孤儿们，指导他们如何面对挫折，健康成长。”

5•12汶川抗震救灾，以志愿性、无偿性、公益性和组织性为特征的志愿者的出现，具有开创性意义。志愿服务，本质上是一种社会治理方式，也是现代人参与公共事务的一个重要途径。民众以公共管理主体的身份出现，关心公共利益，管理公共事务，承担公共责任，对于推动社会治理创新、维护社会和谐稳定、增进民生福祉，具有不可替代的重要作用。新时代、新征程，发挥志愿服务作用，激发社会组织活力，不可或缺的意义还在于：弥补政府公共服务的不足，崇尚团结互助、扶贫济困的社会风尚，弘扬平等友爱、融洽和谐的人际关系，培育人民群众的国家治理主体意识。正是从这样的意义上说，志愿精神深入人心，志愿者人数众多，志愿服务面广泛和志愿者组织发达，是现代社会文明的重要标志，是人类社会进步的必然结果，也是以公民社会为先导、最终达到构建和谐社会的基础。

2008年，被人们称为中国“志愿者元年”。在汶川，从一个个志愿者身上，我们感悟到志愿者精神的丰富底蕴和博大内涵——奉献社会的自觉性、服务他人的责任感、扶危济困的友爱心、携手前行的进取精神。这是改革开放的伟大成果，也是中国社会进步的重要标志，表明像抗震救灾这样的举国行动，不再仅仅是国家行为，也是社会成员自觉自愿的个人行为。正因为如此，许多人认为，志愿者在这次大地震中以前所未有的方式感动了所有人，志愿精神第一次汇入中国的主流精神。它不但被政府所认可，也被民众所接受。当然，众多志愿者中也有一些问题，如何有效管理、如何科学组织、如何妥善使用等，都需要研究和改进。但就绝大多数志愿者来说，他们的行为绝不是出于趋利避害的本能，绝不是迫于生计的被动。截至2017年底，中国注册的志愿者总人数已达7259万人。这就意味着，每12.5个16周岁以上至60周岁以下的中国公民中，就有一个志愿者。这是一支庞大的社会力量，对于构建中国精神、中国价值和中国力量，有着重要的作用。抗震救灾需要志愿者精神，脱贫攻坚需要志愿者精神，实现中华民族伟大复兴的中国梦需要志愿者精神。随着中国社会不断前行的步伐，我们看到，志愿者精神在一次次的公益行动中闪烁着璀璨的光芒，飘扬的五星红旗下，黄丝带在飘舞、红丝带在飘舞、绿丝带在飘舞……

第五章 中国崛起看汶川

多难兴邦。历史上，中华民族承受了太多的苦难。两次大地震，毁灭了我们的家园，夺去了同胞的生命，留给人们痛彻心扉的记忆。然而，我们不能用苦难来纪念苦难，用眼泪来洗刷眼泪。从唐山看汶川，从汶川看中国。如果说，唐山地震时中国还是相对封闭的、落后的，那么，5·12汶川抗震救灾，则标志着中国正在崛起和腾飞。

几年前，我们几位参加过唐山抗震救灾的战友相聚。他们说，你后来参加了汶川抗震救灾，比较一下两次救灾，有什么不同，有什么感受。我讲了这样一段话：当年，部队赶赴唐山灾区，坐的是“闷罐车”，开的是“老解放”；32年后奔赴汶川，天空坐专机，地面乘高铁；废墟上搜救生命，唐山靠的是“耳闻目睹”，汶川使用的是生命探测仪；察看灾情，唐山是靠目测步量，汶川是用遥感飞机拍摄传输；报告灾情，唐山靠“人找人”，汶川使用的是卫星通信设备……同样的抗震救灾，单就物质技术保障讲，完全是“鸟枪换炮”的事情。用当今的话说，“厉害了，我的国！”

突如其来的自然灾害，是对一个民族精神和意志的考验，也是对一个国家综合国力的检验。经过长达10年“文化大革命”的内乱，1976年的中国，国民经济到了崩溃的边缘，民生多艰，民怨沸腾。唐山抗震救灾，就是在这样的条件下进行的。地震发生的最初几天，数万部队冒死进入灾区。历史图片可以作证，许多官兵是扛着铁锹跑步奔向唐山市区的。他们没有机械工具，多数使用的是铁锤、镐头、铁锹等简陋工具，电锯、凿岩机、电焊切割机等为数不多，吊车、推土机、重型运输车等大型设备极为有限，专业化救援队伍更是寥寥无几。从废墟中救出的1.6万多名群众，基本上是靠人工扒碎石、掀楼板、拽钢筋的方式获救的。我们配属的137团，一个步兵连100多人，搜寻清理一栋三层楼的废墟就需要十多天。还记得官兵们当时的窘境，“明明知道废墟下面有人，但缺乏必要的设备，没有办法救他上来。”如此惨烈的大地震，6个小时后中央才得到准确报告，还是开滦煤矿基层干部李玉林等人冒着余震、顶着风雨，驱车飞奔6个多小时，才将灾情报告中南海。

32年后的中国，今非昔比。在汶川，我们强烈感受到一个与唐山时不一样的中国，一个令世界惊艳的中国。物质的毁灭只能用物质的力量来重塑。改革开放创造的巨大社会财富，为我们战胜各种困难和风险奠定了坚实的物质技术基础。这可以从两个方面看，一个是经济总量，一个是人均水平。以GDP来衡量，30年改革开放，中国经济以每年平均9.8%以上的速度持续快速发展。2007年GDP总量24.66万亿元，接近第三位的德国，居世界第四位。2008年达到30万亿元，跃居世界第三位，是1978年的82倍。城镇居民人均收入15781元，是1978年316元的46倍；农村居民人均纯收入4761元，是1978年134元的35倍。按可比价格计算，中国的人均水平已经达到改革开放初期的10倍以上；按现行价格计算，已经接近人均20000元的水平，这使中国从低收入的贫穷国家迈入了中等收入国家行列。虽然这一人均水平与发达国家相比仍然显低，但由于中国是一个人口众多、幅员辽阔的大国，按照购买力平价计算，已经超过日本位居世界第二位。国家面貌的历史性变化，综合国力的显著增强，这一点，是唐山抗震救灾所不具有的，也是不可想象的。

5·12汶川特大地震发生后，中央迅速从各地和国家战略储备中筹措大量救灾物资，构建起空中、铁路、公路、水路立体运输线，将数百万吨食品、药品、帐篷、活动板房、工程机械等，源源不断地运送到救灾最需要的地方。蜀道难，震后的蜀道更难。在地质结构极其复杂、道路桥梁严重损毁、塌方和泥石流不断发生的情况下，短短几天就打通了通往灾区的一条条“生命线”，全面修复了电网、通信等设施。震后20天内，中央财政拨款182.98亿元，社会捐助超过400亿元。

整个灾区，没有发生饥荒，没有出现流民，没有爆发疫情，更没有引发社会动荡。震后不到3个月，数百万户住房损毁家庭的过渡安置基本完成。一年时间，川甘陕3省灾后恢复重建项目完成投资3600亿元，农村住房维修加固完工99.5%，98%的受灾工业企业恢复生产。第二年年底，95%以上的学生搬进永久性校舍学习。“手中有粮，心中不慌”。改革开放使“国库殷实”，这是我们能够应对巨大自然灾害的底气，有信心有能力战胜地震灾害的实力。

汶川抗震救灾之所以迅速有效，一个重要原因是使用了大量先进设备，运用了各种先进技术。太空在轨的各种型号的卫星，天空上的大型运输机、直升机、无人机，地面上的各种救生装备、运输工具、医疗器械、通讯设备，大展身手，大显其通。可以说，当今世界能够成熟使用的各种科技手段，中国基本都有了，并且广泛应用于抢险救灾。震后72小时是黄金救援期，这个时段，任何一分钟都是极其宝贵的。对于被埋压在废墟下的人们，平时不经意的这一分钟，意味着是否能够被及时救出；对于已被救出的受伤群众，意味着是否可以得到及时的医疗救助。雷达生命探测仪、声波探测仪、百吨液压顶、专业切割机、LED照明系统、专业搜救犬等手段的使用，以最快的速度确定幸存者的位置，以科学的办法将幸存者营救，为无数埋压在废墟下的生命赢得了宝贵的生存时间。当震后整个灾区通信中断，“风云”“资源”“北斗”“遥感”等9种型号15颗卫星，绘制气象云图，实施卫星通信，进行地貌普查，提供导航服务，将灾区的重要信息及时传递给各级指挥部，为抗震救灾提供导航服务。国之重器，云集灾区；国之精锐，拯救斯民。强有力的物质技术保障，使5·12汶川抗震救灾有着明显的“高科技含量”。

唐山抗震救灾，人民解放军投入兵力14万人；汶川抗震救灾，包括武警部队在内，全军投入兵力13.4万人。两次抗震救灾，动用的兵力差不多。不同的是，唐山抗震救灾，不含地震波及的北京、天津，主要是在地震破坏范围半径几十平方公里内展开。担负抢险任务的主要是北京军区和沈阳军区的部队，一个在关内，一个在关外，多数部队距唐山的实际距离都在几百公里范围内，官兵们或是徒步，或是摩托化行军进入灾区。5·12抗震救灾的情况则要严峻、复杂得多，10多万平方公里的广大灾区，高山峻岭，江河纵横。抗震救灾投放的兵力，既有西南地区的部队，也有华北、中南、中原地区的部队。成百上千公里的距离，20多个小时内达到，对部队的快速反应和投放能力是一个严峻挑战。国家经济实力的飞速发展，使我们有了这样的能力。空中投放使用的是大型运输机和民航客机，地面机动依托的是高速铁路和高速公路。进而，我们才有了与时间和死神赛跑的勇气和底气，才能创造出一个个感天动地的人间奇迹。

对于我来说，更直接和更深刻的感受，还是唐家山堰塞湖排险。为搞清楚蓄水量可达3亿方的这“盆”水，国土资源部、水利部、总参谋部、总装备部、中国科学院等通力合作，调用各种型号的遥感卫星、资源卫星遥测、传输第一手资料；空军出动若干架航侦、航测飞机，每天不间断地进行空中监测。位于海拔743米高程的唐家山堰塞湖，没有任何通道，基本的给养都要靠空中保障。我经常想，像这样的地震次生灾害，且不要说旧中国，就是放在32年前，要排除这一重大险情，绝不让一个百姓伤亡，是难以想象的。根据排险需要，中央军委紧急调集两个陆航团十多架直升机，专门保障唐家山堰塞湖抢险，高强度连续飞行741架次，运送炸药、给养、通信装备等各类物资179.9吨，运送专家和施工人员3142人次，构建了一条有效的“空中通道”。这是人民解放军陆军航空兵组建22年来，在执行一项急难险重任务中，动用直升机架次最多的一次，也是飞行环境和气象条件最为复杂的一次。我们之所以能够不负党和人民的重托，与军地各方面同志一道，成功处理了唐家山堰塞湖险情，消除了5·12地震次生灾害的一个特大威胁，其中的一个重要原因，就是得益于改革开放30年所积蓄的强大国力。

正是有了改革开放30年的经济成长，在重新遭遇与唐山地震相似的灾害时，中国所作出的反应是完全不同的。物资在第一时间送到，道路在第一时间打通，救援在第一时间展开，伤员在第一时间救治。当看到那些带有“中国空军”字样的战机把千军万马和救援物资运往救灾前线时，看到那些现代化的救援设备拯救了无数在死亡边缘挣扎的生命时，我们确确实实感受到了国家的进步，世界也以全新的视角注视中国。而在这一切的背后，是腾飞的经济实力作支撑。发展是解决一切问题的总钥匙。30年来，我们毫不动摇地坚持经济建设这个中心，聚焦发展这个根本性问题，不断解放生产力，不断积累社会主义制度的物质基础。正因为如此，又一次大地震降临的时候，中国没有慌乱，令人赞叹地应对了突如其来的灾难。如果没有过去的发展带来的今天的成果，或许今天的地震所带来了的磨难会和32年前的唐山一样，令人心痛和感叹。这也昭示我们，经济建设这个中心，什么时候都动摇不得。适应经济发展的新常态，提高发展的质量和效益，锲而不舍地发展生产力，抗大灾才有底气，老百姓才有一天胜似一天的好日子过。

第六章 预防比预报更重要

唐山地震34年后，根据小说《余震》改编的影片《唐山大地震》上映。多年没有进过影院的我，专门购票观看了这部被称为“中国现实主义电影走向现代化过程的一个标志性成果”的影片。影片中，我们可以看到模拟的人类史上难以忘却的那场悲剧，但它还原的不过是灾难的一个点。真实的情形是，短短23秒，整个城市96%以上的建筑轰然倒塌，灰尘遮天蔽日，24万人罹难，16万人重伤。灾难是无法复制的，历史的真实远比艺术的表现更为严酷。

唐山地震时，所有的人都在问：为什么不能提前预报？32年后，经历了汶川地震的人们仍然在问：为什么没有提前预测？应该说，谁都有理由知道，谁也都有理由发问。

地球是人类的栖身之地，它从未停止过运动，所以天天都有地震发生，数量大约每天1万次。其中，绝大多数因为太小或太远，以至于人们感觉不到。真正对人类造成严重危害的地震每年大约有一二十次，能够造成特别严重灾害的大约有一两次。就是这一两次地震，短期预报它的发生，却成了世界性的难题。

人类在揭开地震之谜的道路上，伴随着丰富的想象，产生过种种神话与传说。中国古代对地震这一特殊灾害，曾有专门描述。民间流传着这样一个传说：地底下有一条大鳖鱼，驮着大地，时间久了就要翻一翻身，于是大地抖动起来，鳖鱼翻身就是地震了。随着科学的发展，人们对地震的认识一步一步走出神话的传说。20世纪伊始，科学家们开始深入研究地震波，从而为地震科学以至整个地球科学掀开了新的一页。然而，客观理性地讲，尽管随着物理学、化学、古生物学、地质学、数学和天文学等多学科交叉渗透、深入发展，使地震学科取得长足的进步，但地震之谜迄今没有完全解开，人类目前还不能有效、准确地预报地震发生的时间、地点和强度。震前可能会有包括动物行为异常等前兆，但有这些前兆不一定必然发生地震。我们能够对某种类型的地震作出一定程度的预报，但还不能预报所有的地震；我们作出的较大时间尺度的中长期预报已有一定可信度，但短临预报的成功率还相对很低。目前的预报主要是根据多年积累的观测资料和震例进行经验性预报，不可避免地带有很大局限性。从总体上说，所谓成功预测地震的事例，基本都是巧合。

震前地震预报难，首先是因为地震物理过程本身所具有的复杂性和地球内部的“不可入性”。地震是发生在地球内部的一种自然现象，也是一种复杂的地震物理过程。由于地震孕育过程的未知因素太多，地震前震源状态、地球内部细结构不可能直接探测，加上地壳破裂的过程又十分不稳定，人类即使具有很高水平的模拟实验，也远远达不到震源处的真实环境条件。其次是因为地震的孕育和发生，是地壳内部岩石受力产生应变的积累与释放，造成其物理过程和应变积累的力源，又是众多因素叠加和反复作用的结果。目前，还难以搞清它们之间演化过程的相互关系。还因为地震灾害属于巨灾类型，其最大特点是破坏性超大而发生频率很低，属于小概率事件，因而难以重复和检验。在人类研制的各种行星探测器频繁飞往宇宙太空的今天，在人类准备登陆金星、火星，甚至要把地球居民送上月球的今天，“上九天揽月、下五洋捉鳖”似乎不再是难事，但认识我们祖祖辈辈生活的地球则不那么容易。目前，人类对地球内部探索的最高纪录仅为12公里，这是冷战时期苏联在科拉半岛深钻钻孔创造的。打个比方说，如果地球是一枚鸡蛋，那么，眼下人类连蛋壳都还没有击破。这就是说，上天容易入地难。向我们自己脚底下探索，要远难于向头顶上探索。未来相当长的一段时间内，地震是无法预测的。

正因为地震预报是一个世界级难题，眼下人类还无法攻克，所以我们说，预防比预报更重要。科学家们需要锲而不舍地探索地震的奥秘，对于芸芸众生来说，首先需要做的则是防御地震。地震对人类的伤害主要来自建筑物，即使我们能够对一次破坏性地震进行成功预报，如果建筑物不抗震，地震还是要毁坏我们的家园，威胁我们的生命。把建筑物建在远离地震活动断裂的安全可靠的地方，切实提高建筑物的抗震性能，使其达到能够抵御一定级别地震的水准，是降低甚至消除潜在的地震危害的最有效办法。

唐山瞬间倒下，在世界同类灾害中是罕见的。今天回头来看，固然地震震级高、发生时间在凌晨等原因是主要的，但不可否认的是，旧唐山基本是个不设防的城市，极大地放大了地震灾害。震前唐山少有高层楼房，以大杂院为主，城市布局很不合理。市区的民用建筑多为石砌或砖砌墙体的平房和多层砖混结构的楼房，墙壁微小的晃动，几百公斤的预制板都可能塌下来。上个世纪60年代后新建的楼房，也只是按6度设防。再加上震前唐山每一平方公里人口密度为1.5万人左右，市区道路过于狭窄，建筑物之间空地少，不便于人口的迅速疏散。医院、供水、供电、通讯、消防、公交等城市生命线工程，没有在抗震设防方面采取措施，地震中本该发挥重大作用的它们，反而成了灾害的重要组成部分。

32年后，在5·12地震救灾一线，我所到过的北川、汶川、什邡、都江堰、绵竹等这些受灾最严重的地方，数不清的房屋倒塌，夺走了上万人的生命。惨不忍睹的场景，撕心裂肺的感受，至今想起历历在目。最令人痛心的是那些中小学校，正在上课的孩子们大批大批地被埋压在倒塌的教室里。滴血的数字，令人心痛，也令人震惊。传统建筑物防震能力弱，一些农村房屋还是预制板的砖结构，是这些地方地震损失惨重的重要原因。一些国外专家认为，“在距离成都较远的贫困山区和农村地区，有很多建筑房梁与房柱的连接部位几乎没有被加固，因此，即使遭遇4级地震也可能会倒塌。”我们不能不承认，人不是死于地震，而是死于不设防的建筑物。

实际上，唐山地震中，尽管96%以上的建筑被摧毁，但仍有少数建筑物坚挺了下来。一个典型的例子是，震前，唐山发电设备厂用40吨钢材加固了全厂64座主要建筑，地震时没有一个车间倒塌，设备完好无损，仅用3天就全面恢复生产。事实说明，地震预报是一个世界级难题，但建筑物的坚固与否却是人可以控制的。在尚无可能“把地下搞清楚”的情况下，切不如把功夫下在把“地上搞坚固”上，这是两次大地震中30多万罹难者用生命换来的教训。

国外的情况同样说明了这个问题。

先来看看海地地震与智利地震的比较。

2010年1月12日21时53分9秒，海地发生里氏7.0级强烈地震，震中位于首都太子港以西大约16公里处，震源距离地表10公里左右。太子港的大多数建筑均在地震中遭到损毁，包括海地总统府、国会大厦、太子港大教堂、医院和监狱。地震造成22.25万人死亡，19.6万人受伤。地震中遇难的还有联合国驻海地维和部队人员，其中包括8名中国维和人员。

45天后——2010年2月27日，智利南部康塞普西翁市发生里氏8.8级地震，震中位于首都圣地亚哥西南320公里的马乌莱附近海域，震源深度约60公里。地震使整个城市向西移动了3米，地震强度之大震惊世界。地震发生后又连续发生多次6.0级以上的余震并引发海啸，波及包括澳大利亚在内的多个国家。这次地震是海地地震烈度的120倍，破坏性堪比100个海地地震。

浩劫过后，海地与智利交出了两份截然不同的灾害报告：海地地震造成约22万多人死亡——实际死亡人数难以准确估计；智利政府公布的死亡人数仅为507人，其中包括众多震后海啸中的丧生者。

这是两场世纪浩劫，但智利创造了奇迹。智利是如何有效防范超级巨震的？原因就在于建筑精巧的抗震设计和严格的工序监督。大地震发生在距离首都圣地亚哥320公里之外，但圣地亚哥市感受到的地震强度也达到8.2级，巨震之后99%的房屋竟然成功地躲过一劫。尽管也有不少房屋开裂，但仅有20多栋房屋严重受损，600万圣地亚哥人有惊无险。智利所有新房建设都有严格的建造程序和监督流程。按照智利法律规定，所有建筑在开建之前，都必须由专业机构按照抗击9级地震的标准设计。比如，混凝土楼板被特意设计成两块，中间用橡胶或是泡沫分隔开。当地震来临时，可以缓冲巨大的冲力，保证楼板不会因为扭曲而断裂。此外，房屋的梁柱里还加入了许多钢筋等加固材料。巧妙的防震设计是智利众多新建筑的共同特点之一。地震时，圣地亚哥机场候机楼连接高速公路的一座桥梁一端塌陷，引发外界的普遍质疑。对此，设计师的回应出乎所有人的意料。原来，他们是“故意这么设计的”。设计师的考虑是，如果桥的两端都固定连接，大地震来袭时，强大的张力会拉垮与之相连的候机楼或是高速公路。只有一端固定，地震来时，没有固定的一端受力后会自然塌下来，既保护了候机楼，又保护了公路。有人做过统计，就人均标准来说，智利拥有最多世界知名的地震学家与工程师。

再来看看阿尔及利亚地震与日本地震的比较。

2003年5月21日，阿尔及利亚首都阿尔及尔附近发生强烈地震，震中位于阿尔及尔以东约80公里的特尼亚和宰穆里地区，受灾地区波及阿尔及利亚人口最稠密、经济最发达的阿尔及尔、布迈尼亚等8个省、

52个市镇，造成长达110公里的废墟带，2274人死亡，11452人受伤，20多万人无家可归。受灾8省损毁学校、医院、政府办公楼等公共设施4400多处，其中300处彻底报废，损毁住宅12.8万套，财产损失超过50亿美元。地震中，本应受灾最重的山坡私人建造的小楼，人员损失并不大，绝大多数伤亡来自政府兴建的高层住宅公寓，有些刚刚交付使用不到一年。这些建筑“脆弱如纸板”，在地震中大量如“三明治”、“叠饼”式一层摞一层垂直坍陷，或干脆呈“爆炸式”瞬间变成一堆粉末，使住户不及逃生便魂归天国，激起建筑专家的不满和民众的公愤。

5天后——5月26日下午，日本北部仙台市附近发生里氏7.0级强烈地震，震源处于地面以下68公里，持续时间约为1分钟。仙台市内多处起火，远在南面302公里处的东京市内建筑也发生剧烈晃动。如此大的地震，仅有100余人受伤，真正创造了“零死亡”的奇迹。研究地震的专家有这样的说法，“日本死伤人数少并不意味着他们在地震研究方面的水平有多高明，其抗震奇迹的真正奥秘在于，发达的经济提供了坚固、可靠的建筑物。”这也说明，震防建设能够用最小的代价，最大限度地减少损失，震前预防比震后救援更人道也更经济。

还可以看看离我们时间最近、距离最近的尼泊尔大地震。2015年4月25日，尼泊尔发生8.1级地震。强震导致8442人死亡，超过10万人受伤。美国地质勘探局地震学家们认为，同样程度的强震袭击美国加利福尼亚州，每100万人可能有10到30人死亡。但在尼泊尔，可能导致1000人遇难，在巴基斯坦、印度、伊朗等国，可能造成1万人丧生。非营利国际组织“地质灾害国际”在一份报告中说，加德满都河谷居住着150万人，人口每年增长6.5%，是世界上人口密度最高的城市区域之一，“无疑面临严重且越来越大的地震风险”。专家说，当地人有一个传统，就是子女继承父母遗产中的房产时，需要把现有的房子平分。也就是说，在本来就不算坚固的建筑内打隔断。为了增加居住空间，人们还私自加建楼层。这些违章建筑，大大削弱了建筑物的抗震能力。所以有

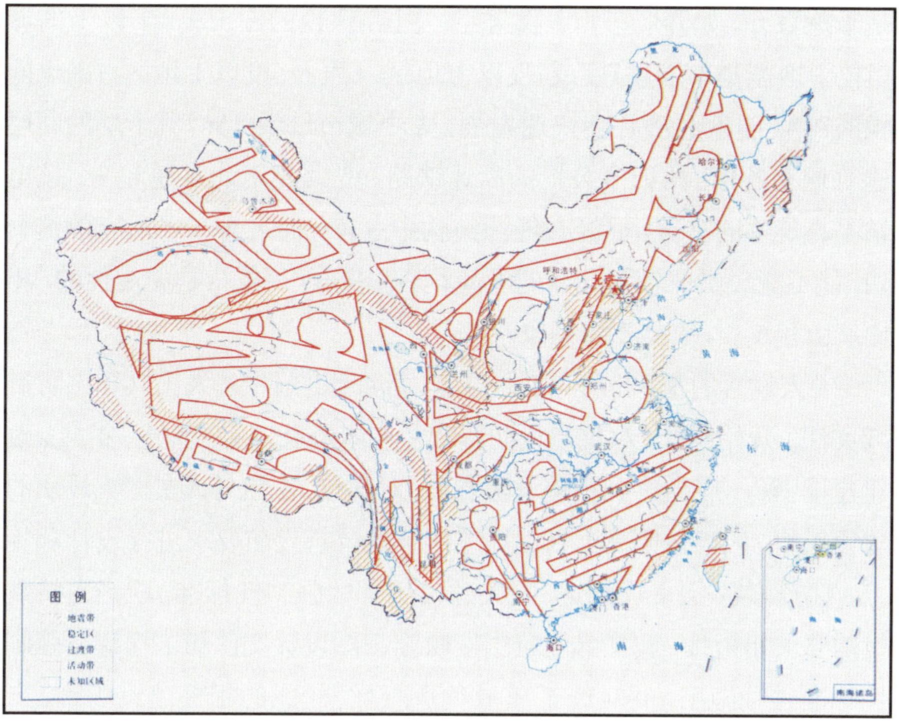

中国地震带分布图

这样的说法，“地震本身不会杀人，而建筑物会杀人。”

根据地震烈度，我国把各地划分为不同的抗震烈度区域，各地建筑的防震烈度就是按这个烈度划分的。比如汶川，震前的设防烈度为7度，当地建筑的抗震烈度是按7度建设的，但发生的地震却是10度。震前唐山的设防烈度为6度，1976年的大地震烈度为11度。这同样说明了一个问题，建筑物强度对降低地震灾害损失具有重要意义。

经过唐山和汶川两次大地震的痛苦磨难，中国的地震科技水平有了很大进步。目前，全国2.5级以上的绝大多数地震都能监测到，并可在两分钟内进行速报，不会再出现唐山地震时长时间搞不清楚震中在哪里的窘境。尽管如此，我们毕竟还没有攻克地震预报这一世界性的难题。2014年再回汶川灾区时，乘车行走在什邡、都江堰、汶川、理县、北川之间，那些经历过大地震的山体依然让人触目惊心，看上去还是千疮百孔，如开肠破肚。我常想，中国有41%的国土、一半以上的城市位于地震基本烈度7度或7度以上地区，6度及6度以上地区占国土面积的79%。随着经济社会快速发展，大中城市日新月异，几十层的高层建筑遍布各地；两万多公里的高速铁路，把大江南北贯通起来；核电站不再是零的突破，已经在能源结构中占有一席之地……所有的这一切，能不能经受住较强地震的考验？如果有事，后果将是灾难性的，相比唐山和汶川，更是不可想象。

令人欣喜的是，2009年5月1日起，新修订的《中华人民共和国防震减灾法》开始施行，对抗震设防提出了具体要求。规定新建、扩建、改建建设工程，应当达到抗震设防要求；对学校、医院等人员密集场所的建设工程，应当按照高于当地房屋建筑的抗震设防要求进行设计和施工。《防震减灾法》还规定，有关建设工程的强制性标准，应当与抗震设防要求相衔接；施工单位应当按照施工图设计文件和工程建设强制性标准进行施工，并对施工质量负责；已经建成的相关建设工程，未采取抗震设防措施或者抗震设防措施未达到抗震设防要求的，应当按照国家有关规定进行抗震性能鉴定，并采取必要的抗震加固措施；国家对需要抗震设防的农村村民住宅和乡村公共设施给予必要支持。

大灾之后的唐山重建家园时，考虑最多的是建筑物的安全性。出于防震的考虑，重建时的建筑原则上不超过6层，抗震性能按照8度设防，部分重要的建筑物按照9度设防。重建抗震的基本原则是“大震不倒、中震可修、小震不坏”。今天，我们走进新唐山，在一些老的居民小区，会产生一种视野开阔的感觉。这些建于地震后10年的楼房，一般只有四五层，楼间的距离相当长，长到会让如今的开发商惋惜浪费地皮的地步。最有名的建筑当数唐山百货大楼，只有5层高，却有250多米长，完全是一座“躺倒”的摩天大楼。从视觉上看，气派、厚重，给人以安全感。我曾经跟一些同志讲过，新唐山搞了这么多建筑，最值得称道的就是这个百货大楼。唐山人说，之所以这样建，主要原因就是防震。仅从抗震上来说，唐山是全国最安全的城市之一。

四川省什邡市，空军援建的蓥华八一中学

“现在走进川西灾区，最漂亮的是农房，最坚固的是学校，最现代的是医院，最满意的是群众。”这是许多四川人对灾后重建的评价，自豪之情溢于言表。几年前，在什邡、北川这些地方，一些学校的领导告诉我，现在的学校，是按8度抗震、9度设防标准建设的。有个中学还给我展示了他们的“秘密武器”——隔震橡胶支座。发生地震时，这个装置会对地震纵波及横波的破坏产生有效缓冲作用，减轻灾害对建筑物的损伤。一句话概括：一旦再发生大地震时，学生和老师再也不需四处奔逃，只需呆在教室里，因为有了抗震设防及这个装置，教室里就是最安全的地方。

任何事物都是相互联系的。如果说，把地上建筑搞坚固是防御地震灾害的“硬实力”，那么，人的防震减灾素质则是不可或缺的“软实力”。因为即使在地震来袭房倒屋塌的情况下，人依然有着生存空间，有着防卫和保护自己的可能。尽管这个“空间”极小、“可能”极少，但的确存在着。关键是要有一定的地震科学知识，并在震前、震时和震后能够采取及时、适当、合理的避险与自救行为。

尽管已经过去40多年，唐山地震时的这个故事不应忘记。开滦矿务局地处地震极震区，7个矿均处在9—11度烈度区内。360万平方米的地面建筑中，80%遭到严重破坏，变成一片瓦砾废墟。运煤的铁轨弯曲变形，有的竟然竖起两米多高，运送工人上下井的井架都扭成了麻花。供电、排水、通风、通讯、提升、运输系统全部中断，百里矿区陷于瘫痪状态。而在井下，那些大震后圆木支撑的窄窄的主巷道基本没被破坏，那些平时就险象环生的掌子面和竖井、斜井，没有脆弱到威胁矿工的生命。

震前，秉持“宁可千日不震、不可一日不防”的思想，开滦矿务局制定了周密的井下抗震防震计划。1975年4月专门下发文件，要求“加强安全出口的检查维修工作。对各出口如马路、梯子间等要保证畅通无阻，并设指路标。各采掘班组长以上的现场管理干部必须熟悉撤人路线，当好撤人向导”。对工人进行的防震知识宣传，管理干部对疏散人员路线的熟悉，密如蛛网的地下坑道里的逃生标记，断电前早就准备好的柴油发电机等，地震发生时发挥了重要作用。在不断抖动着的大巷里，断电，断风，矿工们很快判断是发生了地震，而不是瓦斯爆炸，他们知道必须立即撤出而且知道该从哪里撤出，撤出的过程几乎就是那份文件的现实版。许多老矿工回忆，当他们浑身是汗在半尺多深的涌水里奔跑时，前面的巷壁上清楚地用粉笔画着“去风井”的大箭头。就是在这一个个箭头指引下，上万名矿工找到了通往地面的唯一出口——通往活着的生命之口。

而在地面上的许多唐山人，却没有这些准备，没有这么幸运。地震发生时的那一夜，震前出现了一阵一阵藕荷色的地光，池塘里的鱼翻白了，井水急剧地上升或下降，有的还疯了似的冒泡翻花，与人患难的狗声嘶力竭地狂吠不止。震前10分钟，地光达到高潮，地声伴着地光越来越密集，像是大自然在举行一种撼人心魄的告别仪式。“地光和地声刚出现的时候，距地震还有6小时，这是极其宝贵的360分钟。可是好多人看到地光时却往家里跑，以为是‘苏修’扔原子弹了。”一些上了年纪的唐山人，提起这些心就痛。“如果他们了解地震前兆现象的知识，知道这其实是地光，是极重要的地震临震宏观异常表现，人们就可以立即远离房屋，从容走向安全地带，而不是把自己关在家里。”

地震袭来，房倒屋塌是难以避免的，但生命的伤亡应是可以减少的。对可能发生的强震，事先有准备和没有准备、懂地震知识和不懂地震知识，后果是不一样的。这是在唐山时给我留下的深刻印记，后来在汶川，验证了这个印记。

当我们追述两次地震这段历史，在为逝者祈祷、为生者加油的时候，是否还应该反思过去、警惕健忘？用不着遮遮掩掩，未来肯定还会有地震，有地震就会有灾难；灾难一旦发生，生死存亡就在瞬息之间。面对随时都可能降临的灾难，我们应当如何应对？

2016年7月28日，习近平总书记来到唐山考察。他在讲话中指出：我国是世界上自然灾害最为严重的国家之一，灾害种类多，分布地域广，发生频率高，造成损失重，这是一个基本国情。新中国成立以来特别是改革开放以来，我们不断探索，确立了以防为主、防抗救相结合的工作方针，国家综合防灾减灾救灾能力得到全面提升。要总结经验，进一步增强忧患意识、责任意识，坚持以防为主、防抗救相结合，坚持常态减灾和非常态救灾相统一，努力实现从注重灾后救助向注重灾前预防转变，从应对单一灾种向综合减灾转变，从减少灾害损失向减轻灾害风险转变。总书记特别强调，防灾减灾救灾事关人民生命财产安全，事关社会和谐稳定，是衡量执政党领导力、检验政府执行力、评判国家动员力、体现民族凝聚力的一个重要方面。同自然灾害抗争是人类生存发展的永恒课题。要更加自觉地处理好人和自然的关系，正确处理防灾减灾救灾和经济社会发展的关系，不断从抵御各种自然灾害的实践中总结经验，落实责任、完善体系、整合资源、统筹力量，提高全民防灾抗灾意识，全面提高国家综合防灾减灾救灾能力。

古语云，上医治未病之病，中医治欲病之病，下医治已病之病。病也灾也。其实，医者治病的三种层次跟做好防震减灾工作十分相似。如果用金钱来衡量灾害带来的损失“价值”的话，事实上，灾害之前的防御成本要便宜的多。事后补救不如事前“先救”，事后的亡羊补牢不如提前把牢筑实、搞坚固。《国家综合减灾规划（2016—2020年）》的目标之一，是年均因灾直接经济损失占国内生产总值的比例控制在1.3%以内，年均每百万人口因灾死亡率控制在1.3以内。放眼未来，国家有关部门描述了这样一幅蓝图：到2020年，地震科技总体水平达到发达国家同期水平；到2030年，步入世界地震科技强国之列，确保2035年基本实现防震减灾事业现代化；到本世界中叶，实现防震减灾与经济社会协同发展，实现技术先进、世界一流、保障有力的中国特色防震减灾事业现代化。我们由衷地希望，防震减灾成为每个公民的自觉行动，全社会防震减灾的综合能力显著增强。

第七章 凝固的记忆

时光无情，岁月有痕。唐山地震时，人们喊得最多的口号是“人定胜天”。经过两次地震，我们大彻大悟，大自然是需要敬畏的。

在世人眼里，地震承担了一个恶的角色。事实上，就像刮风、下雨、闪电一样，地震也是地球上经常发生的一种自然现象，本身并没有什么罪恶可言。人类面对地震，只能去研究和预防它，没有必要诅咒它。

如今，两次大地震都已远去，我们所能见得到，只能是一处处地震遗迹，它所记录下的悲惨的一页页，不单见证着灾区人民的苦难，也见证着全人类的苦难。如此宝贵的用人的生命换来的地震遗址遗迹，是大自然留给我们的一笔特殊的资源。

2008年初，我又一次来到唐山，来的这座一别30多年的英雄城市。所见所闻重生的新唐山，凤凰涅槃，浴火重生，令人赞叹和兴奋。寻找当年的记忆，缅怀流逝的岁月，也是我此行的目的之一。为此，我专门参观了唐山机车车辆厂原铸造车间和原河北矿冶学院图书馆楼两处遗址。据说，这是唐山保留的5处地震遗址遗迹中最具代表性的。也许是因为那场灾难留下的记忆太深刻了，离开后，心绪平静下来，总感到有一些遗憾，有一些不解。那场被称为20世纪人类十大灾难之一的大地震，将一个拥有百万人口的工业城市摧毁的如此惨烈、如此彻底，举世罕见。面积广大的地震遗迹哪里去了？为什么不能多保留一些反映地震灾难的遗迹？是因为害怕触动人们心灵的创伤，还是重建唐山需要挪腾地方？我始终认为，唐山留下几平方公里的地震遗址遗迹，完全具有世界遗产级的价值。

其实，就唐山保留下来的几处纪念地而言，也是有缺憾的。作为地震遗址遗迹，它需要表现和传达的是大自然的破坏力对人类社会的冲击，因而需要以其残破感、废墟感来唤起人们对那页沉痛历史的回忆，引申对逝者的缅怀，从而更加珍惜美好的生命。地震遗址纪念公园中尽管也有机车车辆厂扭曲的铁路等遗迹，但缺少了大地震窥见一般的全局感、动人心魄的震撼力，以及亲临其境、置身其中的冲击力。地震罹难者纪念墙，20多万逝者的姓名，犹如难以抹去的悲恸之曲，虽有庄重的纪念气氛，但由于地震遗迹原貌全无，一定程度上造成了人们与地震灾害之间的情感隔绝，无尽的哀思难以通过对空间的体验得以升华，难以通过感受空间产生联想、与设计者共同完成精神纪念活动，进而影响着地震遗址遗迹教育人、感染人价值的体现。进一步说，在时间的沉淀中，唐山地震的记忆逐渐变化为抗震记忆，与地震事件本身产生着疏离，弱化了真正能够唤醒人们地震记忆的影迹。

地震遗址遗迹的内容相对复杂，对其进行保护当然不能一概而论。并不是说把地震破坏的地方清理一下就可以冠之以遗产称谓。我认为，地震遗产遗迹不是震区重生的历史包袱，也不是散作无用的岁月尘埃。在一些被地震摧毁已经不适合人类居住的地方，在符合当地经济社会文化发展总体要求的前提下，选择一些典型的、有价值的地震遗址遗迹予以保护，起码有这样四重意义：留下一处进行地震科学研究的基地，一座普及地震知识的学校，一所爱国主义教育的课堂，一个祭奠亲人、缅怀逝者的祭思地。

无论在历史遗产还是自然遗产保护上，我们听到过太多的“悔之晚矣”。唐山地震遗址遗迹非常典型，具有极高的科学研究价值，给全世界的地震研究者们提供了一个痛苦但又极具价值的天然“实验场”。比如，地震时极震区地表出现许多与地震构造有关的裂缝，构成了一条长8000米、宽30米，总方向为北东30度的地震裂缝带。由于这些裂缝的出现，致使一些地表物体改变了其原有位置和形态。原唐山第十中学院内的小路和房基，分别被两条相互平行的方向北东50度的裂缝错断，水平错距1.2米、垂直错距0.5米；地下排水管和厕所被一条方向北东40度的裂缝错开，水平错距1米，垂直错距0.3米。这些地震裂缝极具研究价值。唐山机车车辆厂铸钢车间位于发震构造带北西侧约1000米处，系地震的震中宏观建筑物。地震致使两端墙柱全部倒塌，除中间支柱未倒外倾斜屋架大部分落地。该车间南侧的烟囱，原高35米，震损将半，仅存19.1米，被损后的现状保留了地震时地面垂直运动时留下的痕迹。作为大型厂房车间建筑物震害典例，这为建筑学、土木工程学、材料力学、地震地质学等学科的教学、科研、考察提供了难得的第一手资料。原河北矿冶学院图书馆楼，阅览室西部倒塌，东部震裂；书库向东北方向移动约1米，底层全部破碎，2至4层仍为一整体。这处遗址呈现多种破坏现象，具有极高的科学研究价值。40多年来，世界各国的地震工作者络绎不绝地来到唐山，研究地震孕育和发生的规律，从而为战胜地震灾害提供理论、方法依据和指导。

令人惋惜的是，唐山地震后，由于受当时的历史条件和国家财力、物力、科技水平的限制，很多非常宝贵的遗址、实物、资料在后来的重建中被当作废墟清理，地震遗址资源没有得到及时有效的保护。尤其是唐山钢铁公司俱乐部遗址、唐柏路食品公司仓库遗址的拆迁，流失了不该流失的历史气息，令人百味陈杂。如何保护地震遗址遗迹这一鲜活的历史和自然印记，科学认识这一宝贵资源的历史和现实价值，使其在记录震撼人心的灾难的同时发挥独特的功能，是摆在我们面前的重要课题。

由此想到了庞贝，想起了那句著名的预言——万物皆不能恒久不变。我曾到过意大利，专门参观过庞贝古城。即使到现在，依然没有哪个考古遗址能给我留下如此惊心动魄的记忆。离罗马约240公里的庞贝城，是亚平宁半岛西南角坎佩尼亚地区一座历史悠久的古城，始建于公元前6世纪。公元79年8月24日，维苏威火山突然爆发，持续长达20个小时。刚开始，岩浆喷高几千米，蒸汽云腾空万米，将天地遮蔽得漆黑一团，火山灰、浮石、碎岩飞泻而下，灼热的硫磺气体使人难以忍受。大约4个小时后，累积至屋顶的浮石开始压垮房屋。滚烫的岩浆以每小时60公里的速度流向全市，大火四起。25日凌晨，由火山灰、浮石积聚而成的“乌云”直接埋掉了整座城市，积层厚度甚至超过20米。整整三天，阳光都无法穿透被火山灰充斥的云层……突发的灭顶之灾使庞贝的生命倏然终止，毫不留情地将它从地球上抹掉了。但由于被火山灰掩埋，街道房屋保存比较完整，因而在被毁灭的那一刻也同时被永远地凝固了。1000年后，人们重新发掘了庞贝古城，发现当时的环境没有阻隔地呈现出来，似乎一切都又回到过去，景致依然，人却走了，留下了一座空城让后人凭吊。庞贝因此得以成为我们今天还能领略到的最伟大的古代文明遗址，为了解古罗马社会生活和文化艺术提供了重要资料。现今，庞贝古城已被联合国教科文组织确定为世界文化和自然遗产，2016年6月还被评为世界十大古墓稀世珍宝之一。庞贝古城每天吸引着数以万计的来自世界各地的游人，人们称这里是“天然的历史博物馆”。

庞贝古城是世界文化遗产和著名的旅游景点。它的价值，是以灾难遗址为承载的。可以想象，如果重新发现庞贝古城时，把灾难遗迹一概抹掉，那么，今天我们还会看到什么呢？地震遗址遗迹是人类历史、自然与文化遗产的重要组成部分，是对子孙后代进行科学教育、弘扬民族精神的重要基地。这一资源具有不可逆性，一旦破坏或毁灭，就不可能复制，留下的会是不可挽回的永久遗憾。对地震遗址遗迹进行保护，目的就是要留存记忆、铭记历史，使我们在人与人、人与自然、人与自身的关系中走向成熟。

从唐山到汶川，我们走过了32年的探索历程。随着人们的思想不断解放，眼界不断开阔，遗址遗迹保护进入了飞速发展时期，无论在内容上还是形式上都在发生巨大的变化。

按照中央和四川省委、省政府的部署，四川规划建设的5·12汶川地震遗址遗迹及地震纪念体系中，包括“万众一心、众志成城”——抗震救灾主题展览馆、北川县城地震遗址博物馆、汶川地震震中纪念地、汉旺工业遗址纪念地、都江堰虹口地震遗迹纪念地等。一个世界最大的自然遗产与文化遗产群址，一个在四川西北以成都、九寨沟为对角线原点的棱形自然——人文景观带，一条以“大爱中国”为主题的旅游线路，由于5·12地震的发生而正在形成。

2014年4月，我有机会再次探访5·12地震灾区。一路走来，各地的地震遗址遗迹，又把我带回了那段难忘的岁月，心灵再次受到洗礼。

“震在汶川，痛在北川”。5·12地震中，北川是受灾最严重、伤亡人数最多、财产损失最大的县域。老县城处于宏观震中，具有地震灾害类型全面、工程破坏类型最多、次生灾害类型典型等特征。震后，经国务院批准，新北川县城移址到安县安昌镇，另取名为永昌镇，这也是地震后唯一异地重建的县城。静静的安昌河还像6年前那样蜿蜒东流，相距仅23公里，两座县城沿河遥相守望，一座叫新北川，一座叫老北川。老北川县城作为地震遗址被永久保留，成为世界上原址原貌保护最完整、规模最大的地震遗址。

缓步进入老县城，站在三道拐鸟瞰平台上，地震遗址遗迹尽收眼底。按照“原真性、可逆性、分级分类、最小干预”的保护原则，地震废墟里一栋栋倾覆、垮塌的楼房，仿佛时间永远定格在2008年5月12日，让人强烈地感受到地震的强大破坏力量，感悟到生命的脆弱和坚强。那个曾经牵动着无数人心灵的北川中学，只有一根旗杆还挺立在那里，上面挂着一面鲜艳的五星红旗迎风飘扬。这几年，不停有人更换这面旗帜。北川中学遗址成了老县城地震遗址的核心，这里建了主奠台，我们和所有来这里来的参观者一样，默默地献上鲜花，向远去的罹难者志哀。

离北川老县城不远的任家坪，5·12汶川特大地震纪念馆建在这里，这是四川省灾后精神家园重建的“一馆三地”的核心部分，规划建成世界级的地震灾害研究基地和世界级的地震科普教育基地。青山绿树掩映下，占地14.23万平方米的纪念馆庄严肃穆。主体建设名为“裂缝”，寓意“将灾难时刻闪电般定格在大地之间，留给后人永恒的记忆”。整个建筑造型以大地景观的手法，通过地面切割、抬起，形成主要的建筑体量，并通过下沉广场和步道向外延伸，与平缓的草坡融为一体，局部翘起露出地面，象征新生和希望。纪念馆陈展面积10748平方米，以《山川永纪》为主题的陈展布置，分为序厅，旷世巨灾、破坏惨重，万众一心、抗震救灾，科学重建、创造奇迹，伟大精神、时代丰碑和尾厅6个部分，真实记录了5·12特大地震灾难、抗震救灾以及灾后重建的辉煌历程。按照顺时针参观路线，两层展示厅内展线长1.5公里，通过837张图片、5000余件实物，配以雕塑、模型及多媒体演示，犹如一幅立体画卷。

北川老县城，向大地震中的罹难者致哀

映秀镇是5·12地震的震中，也是最特殊的地震自然遗址，其历史价值和科学研究价值具有唯一性。全镇因地震死亡6000多人，为所有灾区人员伤亡最严重的地方。2008年9月16日，国家5·12地震遗址遗迹保护建设专家组提交的《5·12汶川地震遗址遗迹保护及地震博物馆规划建设方案》，通过国家地震局、文物局专家委员会的评审，决定对映秀镇的典型倒塌、倾斜建筑现状、沿江公路、百花大桥、公墓、牛眠沟等地震遗迹进行重点保护，形成汶川地震震中纪念地。牛眠沟是特大地震的震中点。地震第一时间从这里开始撕裂大地，巨大的能量把地下岩石击碎，伴随恐怖的巨响，几百万立方米的岩石碎块从地壳中喷射而出，造成奇特而可怕的岩石流，顺山谷呈“之”字形击打沟谷两侧山体而下，形成巨大的震源喷射口、长达近3公里的岩石流和9处山体击打面，牛眠沟瞬间被填高30米。这是一个独一无二的震源奇观。漩口中学是阿坝州的一所重点中学，原来在漩口镇，后因修建紫坪铺水库搬到映秀镇。这里能够看到地震对建筑物的破坏程度和破坏的种类，几栋教学楼倒塌的方式各不相同。有的建筑物是在最薄弱的地方扭曲，有的则是底层塌陷至地下，有的一端已经垮塌另一端严重倾斜，有的则是千疮百孔，对地震与建筑的研究具有很高的科考价值。已经作为保护区域的教学楼废墟前，安放着一个硕大的地震纪念表盘，时针和分针构成的裂痕，将地震发生的时刻永远凝固在14时28分。

我还到了什邡5·12地震遗址主题公园。这是一座以弘扬伟大抗震救灾精神为设计灵魂，以“穿心店纪念广场”为核心景观，以地震遗址体验、自然景观游赏、宜人环境度假为特色载体，集缅怀纪念、科普教育、休闲度假于一体的国内一流的地震遗址主题公园。巨大的钢铁脊梁雕塑，耸立在“四川·什邡抗震救灾纪念广场”中央，严重扭曲变形却巍然屹立，象征着伟大的抗震救灾精神。走进离纪念广场1公里远的穿心店工业地震遗址，眼前依然是6年前的场景：30余米高的塔楼倾斜倒塌，直径数米的钢铁管道像面条一样被扭曲折弯，车间厂房像魔方一样被拧断……这些变形的巨大建筑，显示着大型化工企业的气势，也见证着特大地震的巨大摧毁力。当地的领导同志告诉我，穿心店地震遗址在地震地质学、工程地震学、地震灾害学、地震应急救援技术学等方面极具价值，既是一个地震遗址，又是一个在新中国历史上内陆地区极具代表性的工业遗址，“其建筑从上世纪50年代至今，既浓缩地反映了我国内陆工业发展的历史，又反映了各年代抗震设防的历史水平状况，堪称一座露天博物馆，是迄今为止我国保存最为完整的工业设备和工艺流程的地震工业遗址”。这里还有一排5·12地震诗歌墙，上面刻着从全国甄选的20首地震诗。其中，《请默哀》《孩子，快抓住妈妈的手》《生死不离》等，都是曾使人心颤、泪水涟涟的著名诗篇。

参观什邡抗震救灾纪念广场，回溯6年前在这里的一幕幕

人类文明的发展史，其实也是一部人与自然的历史。自然是人类生存的基础，自然是文化的根基，文化和自然之间有着割不断的联系。任何文化遗产的形成，都有其特定的自然环境，而任何自然遗产也都有其特定的文化内涵和长期保存的文化基础。世界范围内，地震之后及时对灾害遗址遗迹进行完整保护的先例不多。作为自然遗产一部分的地震遗址遗迹，每一处碎片都记录着不可逆的多种信息，既包括自

然信息，也包括文化信息。保护这些地震遗址遗迹不是一项简单的、短期性的修复建设行为，而是一项高层次、长久性的活动。在这方面，我们还有许多工作要做。

“一定要把地震遗址保护好，使其成为重要的爱国主义教育基地。”这是习近平总书记视察5·12汶川特大地震震中映秀镇时的殷殷嘱托。山川永记，浩气长存。灾难已被凝固、封存，可怕的记忆却无法永恒抹去。地震所带来的历史遗迹，是灾难和灾难发生的形象化符号，将永远载入人类的“精神档案”。“为了明天而保护今天”，从这样的角度来诠释地震遗产遗迹保护的意义，想必更多的人会感同身受。

第八章 不朽的抗震精神

我们无法回避灾难，但我们可以选择如何应对灾难。

两次波澜壮阔的抗震救灾，留给我们许多宝贵的东西。从中央到地方，怎么样快速反应应对突发事件，怎么样动员和凝聚全社会的力量，怎么样统筹兼顾关照各方，所有这些，为我们砥砺前行积累了有益的经验，无疑是一笔弥足珍贵的财富。其中，最宝贵的应该是伟大的抗震精神。

环顾人类地震史，地震发威的时间不过十几秒、几十秒，但它造成的灾害不会由于大地震动的停止而停止。灾难降临之后，人们在遭受物质废墟痛苦的同时，也会遭受精神废墟的磨难。细细想来，其实，家园的毁灭并不可怕，毕竟我们可以从头再来，而人的精神垮了却是最可怕的，意志沉沦、精神崩溃、信念丧失、人心涣散，搞不好会灾难叠加。我一直认为，地震带来的次生灾害，最值得重视的应该是灾民精神世界的重建。

精神的力量，包括思想、文化、信念、志向、气魄等诸要素，是与物质的力量紧密相连的。物质不灭，能量守恒，精神永存。在唐山，在汶川，灾区人也是有血有肉、有情有义的血性男女。那么大的灾难，瞬息之间，家园破碎，生灵涂炭，数以万计的人们被无情地埋压在大片废墟下，数以万计的生命一瞬间与亲人阴阳两隔，说没有哀伤、没有悲痛是假话。但是，在精神炼狱中经受磨难的灾区人民，没有低头屈首，没有沉沦绝望。对生命的珍重和眷恋，支撑着他们不甘放弃，用爱和坚韧创造出一个个生命奇迹；面对废墟遍野、满目疮痍，对明天的希望和信心，激励着他们自强不息、重建家园，演绎出一个个凤凰涅槃般的奇迹。据说，今天的唐山，还有10多所截瘫疗养院，住着180多位病人，多数是大地震中的截瘫伤员，最大的90多岁，最小的年近50。这是地震留给这座城市至今尚未愈合的“集体伤疤”。当年，一些外国专家预言，这些人的生命极限是15年。然而，他们用他们的顽强，创造了两次生命的奇迹：一次是40多年前在废墟瓦砾中获救幸存，一次是打破了生命时长的断言。从“别看唐山受了灾，大庆红花照样开”“七级地震吓不倒，越是艰难越向前”“重灾面前不低头，泰山压顶不弯腰”的誓言中，从“汶川挺住！”“汶川不哭！”“四川雄起！”的呐喊中，我们感受到了一种超越时间和空间的精神力量。唐山感动了世界，汶川感动了世界，中国感动了世界。感动世界的不是地震本身，而是中华民族在灾难面前表现出的永不屈服的精神。地震可以摧毁我们的家园，但摧不垮人们内心世界的精神力量。倒下的是数以万计的生命和难以计数的建筑，升腾起的是中华民族高昂的伟大精神。人是要有一点精神的，何况是在灾难中。多少年了，我一直想，无论唐山还是汶川，都应该写一部大书，一部浸透着血和泪的大书，一部人与自然抗争的大书，一部高扬抗震精神的大书。

抗震精神是什么？其实，从唐山到汶川，每一天的抗震救灾，都是抗震精神的锻造、展现和诠释。

哀风悲雨、生命殆危。危难之际的万众一心、守望相助，就是这种伟大的精神。地震袭来，整个中国一盘棋。地，不分东西南北；人，不论省份民族；情，不问亲疏贫富，四海一心的中国力量，人力、物力、财力、智力、领导力，一次又一次地凝聚在灾区。从中央到地方，从震中到后方，一方有难，八方支援。规模空前的生命大营救，历经险阻的千里大驰援，处处涌动的爱心大奉献，共克时艰的社会大协作，汇聚成全民族风雨同舟、生死与共的强大合力。矗立在唐山市中心的抗震纪念碑，有这样一段昭示今天和未来的碑文：“地震之后，党中央、国务院急电全国火速救援。十余万解放军星夜奔驰，首抵市区，舍生忘死，排险救人，清墟建房，功高盖世。五万名医护人员及干部民工运送物资，解民倒悬，救死扶伤，恩重如山。四面八方捐款赠物，数十万吨物资运达灾区，唐山人民安然渡过缺粮断水之绝境。与此同时，中央慰问团亲临视察，省市党政领导现场指挥，诸如外运伤员、清尸防疫、通水供电、发放救济等迅即展开，步步奏捷。震后十天，铁路通车；未及一月，学校相继开学，工厂先后复产，商店次第开业。冬前，百余万间简易住房起于废墟，所有灾民无一冻馁；灾后，疾病减少，瘟疫未萌，堪称救灾史上之奇迹。”天灾无情，人间有情。在人类抗灾史上，没有其他任何一次救灾行动能够像唐山和汶川那样，动员起如此巨大的人力物力；没有其他任何一种社会制度，能够如此紧密地把全中国人民团结在一起。那时，为了灾区人民，所有中国人都“敞开了心怀，打开了钱包，张开了血管”。唐山地震时，老百姓生活普遍比较困难，几十块钱要养一家六七口人。即使那种情况下，全国各地的人民群众，还是踊跃地捐出衣物和有限的工资，尽其所能，解囊相助，奉献爱心。汶川地震时，无论是腰缠万贯的企业老总，还是收入微薄的普通民众，更是用不同的方式传递着爱心、温暖、坚强和力量。我看过一篇报道，一位67岁的乞丐老人倾囊所有，把乞讨数日积攒的105元善款毫不犹豫地投进捐款箱。这在当时仅仅是普通的一个善举，在爱的海洋中只能算沧海一粟，但折射出的是浓浓骨肉情，深深同胞爱。最撼动人心的是危难时刻人们的高贵良知。大灾骤至，活着的人没有绝望，没有等待，表现出空前的集体意识和互助意识，这成为后来被誉为“抗震精神”的核心。唐山有位母亲，地震袭来时正要生产，医院没有了，医生找不到了，是乡亲们帮助接生，用铁片割断脐带；孩子的父亲救出产妇，回过头来就去救别人，徒手扒出3位邻居，但自己的母亲、弟弟、岳母都遇难了；孩子出生后，产妇吃得是代销点最后一点红糖，孩子吃得是村里的“百家奶”……患难与共，守望相助，无私奉献，和衷共济，是灾区人民记忆中不变的朴素底色。有一句话说得很深刻：再小的爱心乘以13亿，就是爱的海洋；再大的灾难除以13亿，就是铿锵有力的四个大字——“众志成城”。

天塌地陷，家破人亡。灾难横亘面前的不畏艰险、百折不挠，就是这种伟大的精神。救人救灾不是枪林弹雨的战争，然而，两次大地震造成的人员伤亡之多、财产损失之巨、精神冲击之大，绝不亚于一场战争。转眼间，一辈子为之奋斗栖身的家园没有了，一直相依为伴的亲人没有了。放眼望去，只有一片又一片的废墟和凄凉。那个时候，我们看到，党员干部舍小家为大家，组织群众自救互救；人民教师为了学生的安危，不惜献出自己的生命；白衣战士冒着余震的危险，救死扶伤；灾区群众强忍失去亲人和家园的悲痛，积极投身抗震救灾；人民解放军、武警官兵更是“用生命拯救生命”，撑起抗震救灾的“顶梁柱”。灾难和死神面前的不屈不挠，拯救生命的坚定从容，忠于职守的高度责任，共克时艰的戮力同心，总是在最关键的时刻出现、在最需要的地方闪耀。我给部队讲过两次抗震救灾中的许多人物。在唐山，后于家店大队党支部书记王庭新，自己在地震中严重受伤，仍然忙碌着抢救废墟下的群众，直至献出生命。唐山矿工会副主席李玉林，冒死驱车到北京中南海向中央报告灾情。“雷锋式的女战士”高东丽，在房倒屋塌的一瞬间，用生命的最后一息联通指挥所、作战部门的电话线路，向值班首长、航行调度和气象值班室按铃报警。吕家坨矿革委会副主任贾邦友，身陷震后的矿井下，仍沉着冷静地指挥九死一生的1000多名矿工成功脱险。在汶川，张开双臂紧紧护住课桌下的4个孩子，自己却被冰雹般的砖瓦夺走生命的人民教师谭千秋；用后背挡住垮塌的水泥板，怀里还紧抱着一个孩子的幼儿园老师瞿万容；强忍住被地震夺走10位亲人的巨大悲痛，毅然坚守岗位，全身心投入到抗震救灾中的坚强警花蒋敏；患肠穿孔命悬一线，仍然忍痛奋战3昼夜营救灾民的18岁战士严情勇……他们都是普普通通的人，但他们在危难时刻能够豁得出来、冲得上去、舍生忘死、无私无畏，何尝不是英雄呢？他们的确是英雄，然而又有谁能说得清在唐山、在汶川有多少这样的英雄呢？我还一直记得那个初一的学生邓清清，在废墟里面打着电筒忘情读书，用书声与死神抗争的情形；那个3岁的孩子郎铮，用满是伤痛的小手向施救的解放军叔叔敬少先队队礼的画面。在都江堰新建小学，有一个三年级的学生叫许忠政，刚刚9岁，地震中，他和几名同学被压在废墟下。一时间，死神紧紧拽着他们，哭泣声、呻吟声、绝望声充斥着几个幼小的心灵。但就在不经意间，一声铿锵有力的国歌声飘进了许忠政的耳中，他随着哼唱起来，一声、两声、三声……不知何时，所有活着的同学也跟着唱了起来，顿时一座废墟充满了生机。在与国歌相濡以沫28个小时的漫长等待后，他们终于走出了这片废墟。那个时候，救人的是英雄，被救的同样是英雄。浴火淬炼之后，唐山没有垮，汶川没有垮，灾区人民挺直脊梁从废墟上站立起来，昂着头走到今天，他们不是“熬”过来的，而是“搏”出来的，靠得就是这种压倒一切困难而不被任何困难所压倒的精神。

不朽的抗震精神！

山河破碎，满目疮痍。重建家园中的自强不息、致远前行，就是这种伟大的精神。“虽遭灭顶之灾，终未渝回天之志”。抗震救灾和灾后重建，既是战胜灾难、重整河山、重建家园的过程，也是升华道德情操、提振精神力量的过程。从燕山脚下到龙门山麓，从滦河岸边到岷江江畔，灾难阻挡不了社会发展的脚步，艰险也阻挡不了人们对美好生活的向往。正是因为有了这种精神的支撑，坚强不屈的灾区人民，穿越灾难，砥砺前行，在破碎的土地上，在震后的废墟上，以无所畏惧的英雄气概、团结一致的强大力量、惊天动地的艰辛努力，清理废墟，搭起帐篷，回到厂里开工，下地抢收庄稼，毅然投入到重建家园之中，走上了艰难但却是充满希望的征程。他们相信，虽然夜里有哭泣，但天明一定会有歌声。如今，唐山已经脱胎换骨，实现涅槃，昔日地震废墟满目疮痍，今天座座新家园俊秀挺拔。汶川也从山河破碎走向重生振兴，曾经哭泣的灾区，飞出欢歌笑语；曾经破碎的山河，绿色嬗变，流光溢彩。当我们再一次踏上地震灾区的土地，一栋栋挺拔漂亮的新房民居，连绵成片，珠玉四落；一条条飞跨江河连通南北的桥梁公路，穿山越谷，丝带飘舞；一片片崭新精致散发着勃勃生机活力的村镇园区，浴火重生，生机盎然；一个个创新发展驱动的新企业，以前所未有的竞争力走向世界。伟大的抗震精神，是灾区崛起之魂，内涵着迎难而上、负重自强的基调，彰显着同心同德、共克时艰的风尚，体现着化危为机、奋发有为的魄力，刻画着敢为人先、勇于担当的品格。

……

在唐山，人们把抗震精神概况为公而忘私、患难与共、百折不挠、勇往直前。在汶川，人们又把这种精神概括为万众一心、众志成城，不畏艰险、百折不挠，以人为本、尊重科学。其实，两种表述概括，反映了同样的本质内容。爱国主义、集体主义、社会主义精神是它的深邃内涵，党和人民军队的优良传统是它的活水源头，中华民族的民族精神是它的丰厚底蕴，社会主义制度的优越性是它的强大支撑，党的领导是这个“同心圆”的圆心。

我们可以忘记灾难，但不能丢掉灾难中锻淬的精神。没有精神支撑的民族行之不远。历史上不乏这样的先例，国家因灾难而倾覆，文明因灾难而消亡。中华民族经历过太多的苦难，但文明血脉一直传承，民族历史一直绵延。从精卫填海到愚公移山，从大禹治水到黄帝立国，从革故鼎新到抵御外侵，我们的先辈们在同艰苦自然条件作斗争中、在与现实生存逆境的抗争中，历经磨难而信念愈坚，饱尝艰辛而斗志更强，逐步凝聚为一种伟大的民族精神。这种民族精神，取精用弘，博大精深，是中华民族自强自立于世界民族之林的血脉根基，是维系中华民族团结和谐、永续发展的精神纽带。

伟大的抗震精神，是时代精神与民族精神的新的结晶。民族精神犹如一条长河，在悠久的历史长河中奔流不息。作为一个民族发展进步的精神支柱和精神动力，又总是与该民族在一定历史时期的历史任务相联系，每一代中国人都为民族精神的传承作出了贡献，每一次重大抗争都推动着民族精神不断创新。正是一次次灾难的考验、一场场人间真情的倾注，砥砺着我们的民族精神，推动着中国社会在挫折中奋进、在逆境中前行。两次抗震救灾所淬火锻造的抗震精神，是民族精神在当代中国的新发展。以人民为中心执政理念的深植，国家政治文明的演进，社会主义制度优越性的发挥，国家综合实力的展示，现代科技成果的支撑，合作发展的开放襟怀，人民责任意识的增强，时代精神和民族精神相交汇，社会主义和爱国主义、集体主义相交汇，革命英雄主义和社会主义人道主义相交汇，从而使得源远流长、博大精深的民族精神，具有了鲜明的时代特质和时代元素，为中华民族精神家园增添了新的瑰宝。

2016年7月28日——唐山大地震40年之际，习近平总书记来到唐山考察，专门到地震遗址纪念公园，向唐山大地震罹难同胞和在抗震救灾中捐躯的英雄敬献花篮，并向纪念墙三鞠躬。他强调：这次来唐山，主要是看一看这座英雄的城市，看一看这里英雄的人民。40年前的大地震虽然摧毁了一座城市，但没有摧毁唐山人民和全国军民的坚强意志。在党中央坚强领导和全国广大军民支持帮助下，唐山人民以顽强拼搏的精神投入抗震救灾和灾后恢复重建，在中华民族奋斗史上谱写了一部可歌可泣的壮丽诗篇。在同地震灾害斗争的过程中，唐山人民铸就了公而忘私、患难与共、百折不挠、勇往直前的抗震精神。这是中华民族精神的重要体现。我们今天要继续弘扬抗震精神，为实现全面建成小康社会奋斗目标、实现中华民族伟大复兴的中国梦注入强大精神动力。

从唐山到汶川，伟大的抗震精神，是灾区人民以及全国军民在实践中用鲜血、生命和艰苦卓绝的斗争，共同铸造的民族之魂。宛如一座不朽的丰碑，弥久愈坚，将永远载入中华民族的史册，成为我们民族生存与发展的精神支柱。正如灾区人民所经受的痛苦与磨难，不仅属于唐山、属于中国，更属于全人类。今天，实现中华民族伟大复兴的中国梦，已经成为中国走向未来的鲜明指引，成为激励中华儿女团结奋进、开辟未来的一面精神旗帜。中国梦是国家情怀、民族情怀、人民情怀相统一的梦，本质是国家富强、民族振兴、人民幸福。不仅要在物质上强大起来，而且要在精神上强大起来。“人间万事出艰辛”。一切美好梦想的实现，都需要强大的精神激励，都需要付出不懈的艰苦努力。很难想象，在一片精神苍白的沙滩上，能建成社会主义的大厦。物质贫穷不是社会主义，精神贫穷也同样建设不了社会主义。我们要决胜全面建成小康社会，夺取新时代中国特色社会主义伟大胜利，实现中华民族的伟大复兴，前进道路并不平坦，不仅会有急流险滩、风暴雷霆，还会有各种阻力、干扰，充满着曲折与艰辛、风险与挑战。伟大的梦想，需要伟大的精神。实现中华民族伟大复兴的中国梦，需要抗震精神，呼唤着伟大的抗震精神。

结语：关于两次地震的几则问答

一、与唐山地震相比，为什么说5·12汶川地震是新中国成立以来破坏程度最高、波及面积最广、救灾难度最大的地震？

答：从得知汶川发生地震的那一刻起，我就把唐山地震作为参照，难以想象汶川会像唐山那样凄惨，会有那么多的生民之痛、家国之殇。令人痛怵的是，震惊世界的5·12地震，无论强度、烈度和破坏力，都大大超过了唐山地震。这是因为：

第一，地震又称地动、地振动，是地壳快速释放能量过程中造成的振动，期间会产生地震波的一种自然现象。地球上板块与板块之间相互挤压碰撞，造成板块边沿及板块内部产生错动和破裂，是引起地震的主要原因。研究表明，地震震级每增加一级，地震释放的能量增加32倍。唐山地震国际公认的震级是7.8级，汶川地震是8.0级。震级增加0.1个等级，能量扩大1.4倍以上，8.0级比7.8级增加0.2个等级，意味着能量差不多扩大4倍。就是说，汶川地震的能量是唐山地震的4倍以上。从地震烈度看，烈度11度区面积，唐山地震约47平方公里，汶川地震2419平方公里；10度区面积，唐山地震320平方公里，汶川地震3144平方公里；9度区面积，唐山地震1430平方公里，汶川地震7738平方公里；8度区面积，唐山地震5470平方公里，汶川地震27787平方公里。

第二，地震通常是由断层活动引起的。大多数破坏性地震发生时，发震断层将引起地面的水平和垂直错动，这种大幅度的地面错动变化，是造成灾害的主要原因。就像一盆水，长时间晃动要比短时间晃动溢出的量大得多。地面建筑也是如此，晃动的时间长，垮塌的概率自然高。唐山地震错动时间是12.9秒，汶川地震错动时间是22.2秒。汶川地震属逆冲右旋挤压型断层地震，发震构造带在挤压应力作用下，由南西向北逆冲运动，导致建筑物的摆幅持续时间比唐山地震长近10秒。况且，唐山地震的错动是拉张性的，是上盘往下掉；汶川地震的错动是上盘往上升，要比唐山地震影响大。

第三，地震波发源的地方，叫作震源。通常将震源深度小于70公里的叫浅源地震，深度在70—300公里的叫中源地震，深度大于300公里的叫深源地震。破坏性地震一般是浅源地震。唐山地震震源深度16公里，汶川地震发生在地壳脆韧性转换带，震源深度14公里，汶川地震的破坏程度要大于唐山地震。

第四，唐山地震发生在平原地区，地震破坏范围超过3万平方公里，有感范围波及辽宁、山西、河南、山东、内蒙古等14个省、市、自治区。汶川地震，破坏面积10万平方公里以上，有感范围波及北京、江苏、贵州、宁夏、青海、甘肃、河南、山西、陕西、山东、云南、湖南、湖北、上海、重庆、西藏等28个省、市、自治区。其中，地震波及的四川、甘肃、陕西、重庆等省、区、市，受灾面积44万平方公里，重灾区面积12.5万平方公里，受灾面积相当于西班牙的整个国土。受灾人口4624万人，比北欧5国人口总和还要多。

第五，唐山位于燕山南麓、渤海湾中心地带，地势北高南低，自西、西北向东及东南趋向平缓，直至沿海。发生在平原地区的唐山地震，地质变化引发的灾害主要是房倒屋塌。从这个意义上说，唐山又是幸运的，幸运的是没有发生诸如堰塞湖这样的次生灾害。汶川地震发生在川西高原，不仅有“地动山摇”带来的房倒屋塌，还有“山崩地裂”引发的山体崩塌、滚石、滑坡、堰塞湖等次生灾害的破坏。据统计，汶川地震共造成各种地质灾害10693处，其中崩塌3211处、滑坡5179处、泥石流920处，其他地质灾害1391处，形成35处堰塞湖。这是唐山地震所不曾见到，也不可比拟的。

第六，唐山地震前的1975年，中国GDP总量2997.3亿元。32年后的2007年，中国GDP总量24万9530亿元，是1975年的83.2倍。1975年，唐山市地区生产总值21.59亿元。汶川地震前的2007年，以四川受灾最严重的5个地区为例，德阳市648.4亿元，绵阳市673.5亿元，广元市211.4亿元，阿坝州105.1亿元，成都市3324.4亿元，合计近5000亿元，是32年前唐山市的230倍。考虑到今天的中国经济总量比那时大得多，加上受灾地域广大，直接经济损失8451亿元，无疑比唐山地震大得多。

二、就其能量，汶川地震是唐山地震的4倍；而遇难人数，唐山地震又3.5倍于汶川地震，为什么？

答：实际上，这并不是一个难解的问题。细细想来，这与震中位置有关。唐山那时就是一座著名的工业重镇，人口近百万，在当时的中国也算是大城市了，而地震的震中恰恰又是在城市的中心地带。汶川地震的震中地区是在高山峡谷，人烟相对稀少，村落分散。波及到的范围，只有四川盆地的边缘地带人口稠密。就像同样一颗炸弹，在几十人范围内爆破，与在几千人范围内爆破，伤亡肯定不一样。这还与发震的时间有关。唐山地震发生在凌晨3点42分，正是人们酣睡时，几乎所有的人都在建筑物内。40多年前的那些日子，我们领教过冀东地区七八月份的酷暑炎热。一些幸存者描述，27日那天，天热得不得了，半夜了，动一动还是一身汗，只有后半夜才能踏实入睡。而汶川地震发生在午后时分，工地上忙碌的工人，田野里劳作的农民，马路上匆匆的行人，众多的人身置室外，远离建筑物威胁，因而也就远离了死神。再有，就是与地面建筑有关。唐山地区有记载以来没有发生过大震，人们的防震意识普遍薄弱。受那个时期经济条件所限，城市建筑物基本没有设防，许多水泥预制板直接搭在墙体上，地震来时弱不禁风。而汶川地震波及的广大地区，建筑物大多是改革开放时期建起的，就其坚固耐用，比32年前的唐山好得多。正因为如此，汶川地震，除北川老县城和映秀镇等一些震中地区外，大多没有发生像当年唐山96%的建筑物倒塌的惨像。

三、震中映秀离成都100多公里，受灾严重的都江堰离成都仅仅几十公里，为什么地震会与成都擦肩而过?

答：还是地震发生之初，许多信息还不是很明了的时候，我和许多同志一样，最担心的是成都这个中国西部地区重要的中心城市。5月15日上午我到了成都，走出双流机场，眼前的成都市区基本上没有大地震的痕迹，仍是一派繁荣稳定，人们都在正常地工作、学习、生活，最忙碌的是支援灾区抗震救灾。都江堰是成都市管辖的一个县级市，两地相距60多公里，震毁情景却惨不忍睹、令人震撼，犹如冰火两重天。我曾经跟一些同志说过这样一句话：成都是一片福地，一座吉星高照的城市。

其实，历史上龙门山地区发生的地震，每一次都与成都擦肩而过。为什么如此眷顾成都？我请教过一些专家，他们告诉我，这与成都平原的地质构造密切相关。

首先，从成都到贵州，再到长江中下游的地带，是一个地壳结构非常稳固的地区，地质上叫作扬子地台（即华南地块），成都平原就处在这个地台上。约1亿年前，四川盆地构造活动结束成为陆地后，就进入稳定的地台发展期。距今200万年左右的新生代第三纪发生新的强烈地壳运动形成青城山脉，是距离成都平原最近也是最后的造山运动，但成都平原本身没有重大的地质构造活动发生。如果往下打一个钻的话，成都平原500米深度有鹅卵石层（砾石层）、砂层和黏土层，500米之下是约45公里的基岩，基岩上面是砂岩层，下面是石灰岩层。这两层是六七亿年形成的沉积岩层。再往下，是有10多亿年到20多亿年历史的以花岗岩为主的岩层。脚下是完整性比较好的地质结构，屹立在稳固的地台上，这就意味着成都平原具有完整和稳定的基底，不具备发生灾难性大地震的大地构造背景条件。

其次，地震是地下断层的突然破裂或突然错动。成都脚下的地台会不会有断层？实际上，成都周围主要的地震分布于北、西方向，北面秦岭有断层，西边有鲜水河断层、龙门山断层，南面有安宁河断层。一般说来，大断层对应大地震，小断层对应小地震。而四川盆地则没有什么断层，有的也是非常小的断层。成都平原西南面的浦江至新津断层带，长度约80公里，规模较小，这一断层带曾发生过两次5级左右地震，构造活动不明显。东面的龙泉山褶断束，断裂规模约90公里，过去200万年间从没有显著的地质活动，并已被风雨侵蚀成为台地和浅丘。从浅一点的地质条件讲，成都平原发育在东北——西南向的向斜构造基础上，是由发源于川西北高原的岷江、沱江及其支流等8个冲积扇重叠联缀而成复合的冲积扇平原。整个平原地表松散，沉积物巨厚，地势平坦。坚硬的岩石上面，覆盖了一层厚厚以泥土为主的沉积物。由于这些沉积物比较“松软”，其间有很多小的缝隙，因此对地震波具有较强的消耗能力，可以很好地保护其承载的建筑。尽管西边断层很多，但是地壳运动的能量往往在断层上释放，而坚硬岩石的抗震作用和泥土的缓冲作用，可以显著地减小地震的破坏。

这就是成都一次次免受地震之害的原因。进一步说，成都平原即使有地震，也只会是小震，主要集中在龙泉、金堂等地。因为龙泉山脉是地壳积压形成的，所以每年地壳运动时会有轻微的地震。但这是一个小型山脉，地壳运动不大，每次地震幅度都在3级以下，震中附近会感觉到稍微晃动一下，一般不会被人察觉。对于成都来说，更多的是会受到其他地方地震波的影响，有时可以感受到来自龙门山、秦岭、松潘、甘孜等地的地震。虽然紧邻地震多发带，但根据历史记载和近年的观测，成都从没有发生过大于6级的地震。记录到的5次5级地震，分散在邛崃、蒲江、洪雅、籍田、绵竹等地，最大震级为5.5级，况且地震复发时间也比较长。

所以我说，5·12地震是不幸的，成都则是大幸的。

四、2017年8月，九寨沟发生地震后，四川汶川、北川、茂县电视台发布了地震预警消息，而且很准，没有几秒钟这些地方就开始晃动。这是不是意味着地震可以预测预报了？

答：从媒体上看到这则消息，也引起了我的关注和兴趣。的确是这样，九寨沟地震刚刚发生6秒后，距离震中300公里的汶川电视台就发布了地震预警："四川省九寨沟正在发生地震，汶川有震感，请做好避险准备"。同时语音播报从40多秒开始倒计时，大约进行到36秒时，屋顶出现晃动。

从我了解的情况看，首先必须明确，预警是预警，预报是预报，两者并不是一回事。地震预报是地震发生前做出的，而地震预警是在地震发生后发出的。因此，预警不等于预报。

地震的成因是由于地下几公里至数百公里的岩体发生突然破裂和错动。而这些破裂和错动释放的能量又以地震波的形式向四周辐射出去，就像向平静的水面投入一块石头，石头运动的能量会以水波的形式向四周辐射。地震波是一种机械波，能够穿过固体物质向四周辐射，把震源处的能量传送到地表，具有一定的传播速度。也就是说，当地震发生后，人们不会立刻感觉到地面的震动，而是要等相应的地震波传播到人所在的位置才会有感觉。地震波分为横波（S波）和纵波（P波）。通常，无破坏性的纵波最早到达震中，而破坏力较强的横波每秒钟只能跑出3至4公里，传播速度相对较慢，到达地表的时间会延后10～30秒。地震预警技术就是利用地震的P波与S波，特别是P波与电波的"时间差"来实现的。深入地下的地震探测仪器检测到P波后传给计算机，即刻计算出震级、烈度、震源、震中位，于是预警系统抢先在横波到达地面前10—30秒通过电视和广播发出警报。还由于电磁波的速度是每秒30万公里，比地震波传播得更快，其“速度优势”为地震即将到达的区域赢得了宝贵的反应时间。这一过程，如同闪电与雷声的赛跑。因为光速大于音速，所以总是在闪电之后才听见雷声。由于各地收到预警的时间是不同的，从几秒、几十秒到一两分钟，所以离震中越远得到的预警时间越长。

地震预报则是指在地震发生之前，预知地震发生的地点和时间，从而快速将人员提前撤离地震区，关闭次生灾害源，将地震灾害降低到最低。准确地地震预报，需要找到与地震运动过程相对应的指标，但目前还不能确立这样的指标体系。因为地震孕育的过程比较长，尤其是大地震，复发周期可能达到上千年，但一旦断层破裂，能量又是在瞬间释放。观测时间短、地质运动的不均匀等都造成了信息鉴别的难度。所以在地质学上，哪些地段容易发生地震可以确定，但做不到预报具体发生的时段。

地震预警提供的“时间差”，对于避免或减少地震灾害至关重要。别小瞧了这短短几十秒。有数据显示，普通建筑大约可以抵御地震袭击约12秒后倒塌。地震预警带来的这短短的“读秒”时间，无疑可以提供更多生存的希望。比如，地震波从震中甲地传到乙地需要25秒。如果你在发震5秒后感受到了地震波，并用15秒钟打电话告诉乙地的朋友，那么他就会获得5秒的应急时间。再比如，你在成都第一时间看到这则地震预警，那么在迅速反应的前提下，1分钟是可以从2楼通过走楼梯迅速冲到居民楼前的空地上。还由于人们在遇到突发状况时不太容易快速而准确地判断情况，地震预警系统能够帮助人们在地震发生时快速判断，增加逃生成功的可能。研究表明，人如果能在地震发生时提前3秒躲避，伤亡人数可降低14%；10秒获得警报，伤亡人数可减少39%；提前20秒，伤亡人数可降低63%。尤其在经济社会飞速发展的今天，对于高铁、民航、地铁和核电站、水电站等生命线设施来说，地震预警系统十分必要。在几秒钟内，紧急关停、减速停车等应对，可以阻止或减轻次生灾害的发生。以燃气管道为例，若能在地震波到达之后短时间内关闭管道，就能有效控制燃气泄漏的数量而降低火灾或者爆炸的风险。

中国是继墨西哥、日本后，第三个具有地震预警技术能力的国家。目前，全国已建立覆盖31个省区、220万平方公里、6.6亿人口的地震预警网络，主要分布在南北地震带、华北地震带、东南沿海地震带、新疆西北部，覆盖中国地震预警一线区面积的90%。2013年2月20日，部署在云南省昭通市的地震预警系统，在一次破坏性地震到来之前发出预警，这是中国地震预警系统首次对破坏性地震的成功预警。虽然地震预警系统意义重大，但由于地震波是由震中向外传播的，距离震中越近、最先受到影响的重灾区，接受预警信息和进行反应的时间极短，很难避免较大人员伤亡。而距离震中越远、受到地震影响较小的地区，则有更多时间接收预警并作出反应。这就需要做好两个方面的工作：一是通过改进预警原理机制，增大预警时效，以减小震中地区的人员伤亡；一是增强人民群众对地震预警系统的了解，能够在接收到预警信息时从容选择最合理的紧急逃生避险措施进行自救，从而使预警系统发挥最大的功效。

后　记

在中国人的眼里，唐山和汶川不仅是地理坐标，也是精神坐标。对灾难的记忆是痛苦的，不堪回首却又无法回避。我们无法改变灾难的重复性，但我们可以在灾难中学会战胜灾难。如果说，一个国家和民族的辉煌，可以让所有人去分享，那么一个国家和民族的苦难，同样也需要每一个人来承担。尤其是发生在唐山和汶川大地上的那两次波澜壮阔的抗震救灾，我们的党、军队和人民所展示的伟力和精神，感天动地。这些宝贵的精神资源，不应灾难再来时才会想起。我们这代人有责任将这些国家记忆收藏起来，留给历史，留给子孙，留给生命。即于此，便有了这部尝试以报告文学形式追述的回忆。

本书即将付梓之际，许多老领导、老战友和朋友们倾注的心智和付出，历历在目，铭记在心。军委原副主席迟浩田老将军，耄耋之年，不吝墨宝，欣然为本书题写书名，使我甚感荣幸。邵华泽同志是我敬重的老部长，百忙之中为本书题词，感激不尽。

汪守德同志是著名文艺评论家，为本书所写之序，耗费了许多心血，由衷地表示谢意。还要感谢矫勇、张西南、刘殿长、江宛柳、李明计、杨敏、孙来成、林友汉、王殿林、杨志刚、仇碧波、胥得意、李铁骑、翟平果等同志。没有他们的斧正和赐教，这本拙作是难以面世的。

本书写作过程中，参阅了各方面的资料。由于水平所限，书中难免有错讹之处，欢迎批评指正。书中使用的图片，除本人拍摄的外，由武警总医院政治部和原武警水电指挥部、81101部队，以及原北京军区战友文工团提供。

作者

2018年2月